Mon nom est Jillian Gray

Joseph Klempner

Mon nom est Jillian Gray

ROMAN

*Traduit de l'américain
par France Camus-Pichon*

Albin Michel

COLLECTION « SPÉCIAL SUSPENSE »

Titre original :
MY NAME IS JILLIAN GRAY
© Joseph T. Klempner 2003
Traduction française :
© Éditions Albin Michel S.A., 2003
22, rue Huyghens, 75014 Paris
www.albin-michel.fr
ISBN 2-226-13547-2
ISSN 0290-3326

1

L E vieil homme a dû mourir.
Je ne le connaissais pas. Nous ne nous étions jamais rencontrés. Je ne savais même pas comment il s'appelait. Mais il habitait en face de chez nous depuis... Cinq ans ? Six ans ? Seule une cour nous séparait, sept ou huit mètres au plus de notre fenêtre de cuisine à la sienne. Pourtant, à aucun moment nos vies ne s'étaient croisées. Il n'était qu'une présence de l'autre côté de la cour, une frêle présence parmi les ombres mouvantes de son appartement. S'il avait remarqué la nôtre, il n'en avait rien laissé paraître. Moi, en revanche, je l'avais remarqué. Je le voyais se préparer une tasse de thé, prendre une casserole ou une soucoupe, ou simplement s'arrêter devant son évier, pour fixer quelque chose à l'extérieur de mon champ de vision. Mon mari, lui, ne le voyait pas du tout : il est aveugle. Curieusement, je ne lui ai jamais parlé du vieil homme, me refusant à partager avec lui le fait que pendant tout ce temps, à quelques mètres de nous, un autre être humain traversait le dernier chapitre de son existence. Je gardais le vieil homme pour moi – pour être seule à l'observer, seule à le plaindre.

Et maintenant, semble-t-il, seule à le pleurer.

2

J E m'appelle Jillian Gray. Depuis quelque temps, en
tout cas. Autrefois, j'avais un nom un peu plus long,
un peu moins mélodieux, aux consonances un peu plus
juives. *Grabinowitz.* Voilà, je l'ai dit. C'est un nom honnête, je le sais, dont mes parents ne se sont jamais
plaints et qui n'a rien de honteux. Pourtant, quand j'ai
monté mon agence, j'ai voulu mettre toutes les chances
de mon côté. « Gray » a quelque chose de clair et net,
vous ne trouvez pas ? Alors que Grabinowitz...

Mon mari, lui, s'est toujours appelé Walter Sapperstein et ne s'en porte pas plus mal. A l'université, pour
tout le monde, il est « le professeur Sapperstein ». Ça
sonne bien, non ? Mieux, en tout cas, que « Jillian Sapperstein »...

Quel genre d'agence ai-je monté ? Je sais, vous ne me
l'avez peut-être pas demandé. Mais combien de fois
avez-vous rencontré quelqu'un dans un avion, ou à une
soirée ? Assez souvent pour constater qu'après avoir
parlé de la pluie et du beau temps, tourné autour du
pot... on en arrive fatalement à : « Et dans la vie, vous
faites quoi ? »

Les hommes sont pires que les femmes, mais le fossé
se comble vite. La raison en étant, j'imagine, que nous
sommes de plus en plus nombreuses à avoir une profession. Alors qu'à une époque nous nous contentions

d'élever nos enfants, de nous occuper de nos maris, de faire les courses, la lessive, le ménage et de gérer le budget familial (activités n'intéressant personne), nous sommes désormais avocates, médecins, architectes, stylistes, gestionnaires... Comme les gens sérieux. Nous en parlons donc volontiers, et redoutons beaucoup moins les questions : nous avons quelque chose à dire. Un peu comme si, après avoir longtemps cru que nous n'avions aucun sujet de conversation digne de ce nom, nous éprouvions le besoin de rattraper le temps perdu.

Et d'être reconnues.

Ce que je fais dans la vie ? Je suis chasseuse de têtes. Pour impressionner mon interlocuteur, il m'arrive de répondre que je dirige une « agence de conseil en recrutement de cadres ».

Ne vous méprenez pas sur le sens du verbe « diriger ». Je suis l'agence à moi toute seule. Enfin, pas tout à fait. Il y a aussi mon ordinateur, ma messagerie électronique, mon télécopieur, mon carnet d'adresses, mon logo, mon téléphone (je me suis plus d'une fois entendu dire – toujours par des hommes – que j'avais une voix très agréable), mes cartes de visite en relief, mes cartes de crédit au nom de la société, et même (mais oui !) mon numéro vert. Ensemble, nous nous efforçons de répondre aux besoins en cadres de l'industrie new-yorkaise du prêt-à-porter.

Le monde de la 7e Avenue, pour reprendre le jargon de la profession.

Permettez-moi de me présenter à nouveau, dans les formes, cette fois. Jillian Gray, de Recrut'mod Services. Vous pouvez me joindre au 1 (800) MOD-BOSS.

Rassurez-vous, je n'ai pas toujours eu de numéro vert. Autrefois, comme tout le monde, je me contentais du bon vieux numéro habituel. Il commençait et se terminait par deux chiffres identiques, un gros atout (ce que vous confirmera toute personne appartenant au monde des affaires) car les clients s'en souviennent mieux.

J'étais le (212) 663-2677, et dans mon ignorance, je me croyais comblée.

Jusqu'au jour où le représentant d'une compagnie de téléphone a pris les choses en main. J'ai oublié s'il travaillait pour New York Telephone ou NYNEX. C'était sûrement avant la naissance de Bell Atlantic, mais je n'en jurerais pas. Quoi qu'il en soit, il m'a entre autres fait miroiter l'installation d'une seconde ligne et trois mois d'abonnement gratuits. A titre de « cadeaux de bienvenue », m'a-t-il déclaré, de sa belle voix grave. On aurait dit James Earl Jones en personne. Pendant une semaine, j'ai résisté à ses charmes. Finalement, il m'a proposé en prime une garantie incluant le remboursement et deux cent cinquante dollars de dédommagement, pour le cas où mon chiffre d'affaires n'augmenterait pas de vingt-cinq pour cent dans les six mois. Quant à ma dernière objection – « Et mes clients qui avaient l'habitude de m'appeler au (212) 663-2677 ? » – il y a répondu en promettant de créer le numéro vert à partir des sept chiffres de l'ancien. Toujours avec la même voix.

J'ai capitulé. Mon numéro est devenu le 1 (800) 663-2677.

Et ce n'est pas tout !

Un matin où, combiné dans une main, crayon mordillé dans l'autre, j'hésitais à donner un coup de fil particulièrement désagréable, je me suis surprise pour repousser l'échéance à griffonner distraitement au dos d'une enveloppe plusieurs équivalents de 663-2677 composés avec les lettres des touches correspondantes. D'une minute à l'autre, je me suis retrouvée princesse de MOD-BOSS.

C'était il y a sept ans. Les faits ont donné raison au représentant : ma petite agence a prospéré. La liste de mes clients compte aujourd'hui presque deux cents cadres, dont vingt ou trente sont en général mûrs pour un changement de responsabilités, même s'il faut que je leur en parle pour qu'ils en prennent conscience. Et bien que je ne sois pas millionnaire, je gagne confortablement ma vie, d'autant que Walter et moi appartenons à une espèce très répandue en cette fin de siècle : celle des couples à deux salaires sans enfants.

Dois-je ma bonne fortune à mon numéro vert ? Qui sait ? Il y a un an, en tout cas, deux avocats empressés représentant une agence de publicité de Madison Avenue m'ont invitée à déjeuner – un repas ridiculement cher, avec trois vins différents, au cours duquel ils ont tenté de me racheter mon numéro. Apparemment, un de leurs clients venait de reprendre une société de gardiennage. Il voulait utiliser le numéro 1 (800) MOD-COPS, malheureusement déjà pris : c'était le même que 1 (800) MOD-BOSS. En l'espace d'une heure, ils m'ont offert cinq mille, puis dix mille, puis cinquante mille, et même cent mille dollars. Chaque fois, je riais de plus belle.

– Quel est votre prix ? a fini par me demander le plus âgé.

– Ce numéro n'a pas de prix. Pour la bonne raison qu'il n'est pas à vendre, ai-je répondu avec mon plus beau sourire.

J'aurais dû vous prévenir : le vin a sur moi des effets imprévisibles. En vérité, je n'ai pas besoin de pareilles sommes. Je n'ai jamais rêvé de gagner à la loterie : j'ai trop entendu parler des ennuis que ça provoque. A peine avez-vous quitté votre emploi que vous faites un infarctus. Vous voyez débarquer des cousins perdus de vue depuis des années. Vous divorcez. Vos parents vous font un procès. On se demande ce que ça a d'enviable... Le loyer de notre appartement est bloqué à un niveau raisonnable. Certes, nous sommes un peu à l'étroit, mais Walter trouve ça très bien : il connaît chaque pièce comme sa poche. Nous n'apprécions ni les grands restaurants, ni les voyages, ni les bibelots coûteux. Je gagne assez d'argent pour m'offrir les vêtements qui me plaisent, ma seule faiblesse. Je n'ai pas de goûts de luxe, j'aime simplement pouvoir me faire plaisir de temps en temps.

Cela dit, mon agence tient une grande place dans ma

11

vie. Je l'ai créée de toutes pièces, lui ai consacré beaucoup d'heures de travail, et je suis fière du résultat.

Fière d'être la princesse de MOD-BOSS.

Apparemment, c'est officiel. Jusque-là, je me contentais de supposer que le vieil homme était mort. Je ne le voyais plus de l'autre côté de la cour depuis près d'une semaine, et les lumières de son appartement – qui avaient toujours rythmé son existence de vieillard tôt levé, tôt couché – restaient éteintes.

Mais en guise de confirmation, les démolisseurs ont fait leur apparition.

Des hommes à la peau sombre, équipés de masses, de pieds de biche, d'outillage électrique. Ils sont trois. Et s'échinent dans un nuage de poussière, un brouillard perpétuel qui les laisse blancs de poudre. Un masque leur cache le nez et la bouche, comme si le vieillard était mort de la fièvre d'Ebola, d'un anthrax ou d'une autre maladie contagieuse. A intervalles réguliers, ils le remontent sur leur front pour allumer une cigarette brune sans filtre. Après tout, pourquoi se priver d'un peu de nicotine et de goudron quand on inhale quotidiennement de la peinture au plomb, de l'amiante et les microbes des autres pour gagner sa vie ?

Tout va à une vitesse presque indécente. Il y a une semaine encore, le vieil homme s'affairait dans son appartement, se préparait une tasse de thé, mangeait une banane pour le potassium, fermait chaque soir ses volets et les rouvrait chaque matin. Il devait s'imaginer que sa petite vie routinière durerait toujours. A tort, évidemment. Maintenant, des hommes masqués s'acharnent à effacer toute trace de sa présence, toute preuve de son existence.

A mettre du neuf à la place du vieux.

Un appel de George McMillan, directeur général chez Perry Ellis.

Il est furieux : le bruit court qu'un rival lui soufflerait le poste de directeur exécutif. Dans les grands groupes, on nomme les directeurs généraux à la pelle. D'accord, j'exagère. Mais une grosse société en a au minimum cinq ou six, qui espèrent tous (en se donnant beaucoup de mal pour arriver à leurs fins) atteindre l'échelon supérieur.

Pour votre information, voici à quoi ressemble un organigramme sur la 7ᵉ Avenue :

PDG

VICE-PRÉSIDENT

DIRECTEUR ÉXÉCUTIF

DIRECTEURS GÉNÉRAUX

DIRECTEURS ADJOINTS (très nombreux)

CHEFS DE SERVICE (encore plus nombreux)

TOUS LES AUTRES (qui font l'essentiel du travail)

Si cette structure pyramidale vous rappelle les chaînes postales qui vous promettent la fortune pour mieux vous escroquer au profit de ceux dont le nom figure en tête de liste, ne vous en prenez pas à moi.

Je n'y suis pour rien.

En tout cas, George est fou de rage et sans doute vaguement inquiet, même s'il ne l'a pas avoué au téléphone. Il s'est borné à me demander de prospecter le marché pour lui. Ce que je vais faire. George n'est plus tout à fait dans le coup, mais il peut encore intéresser un employeur. Je suis bien placée pour le savoir : c'est moi qui lui ai trouvé son poste actuel chez Perry Ellis. J'affiche son CV sur mon écran. Son « curriculum vitae », comme on disait autrefois. Encore deux mots passés aux oubliettes dans les années quatre-vingt-dix...

Quel âge pouvait bien avoir le vieil homme ? Soixante-dix ans ? Difficile à dire. Avec son dos voûté, son regard caché derrière de grosses lunettes, c'était peut-être un sexagénaire, prématurément vieilli par un cancer après des années d'exposition à la peinture au plomb et aux particules d'amiante. Ou un octogénaire faisant moins que son âge. Comment savoir ?

Walter, lui, a cinquante-trois ans : dix-neuf de plus que moi. Second mariage pour lui, premier pour moi. (Pourquoi « premier », d'ailleurs ? C'est le seul et l'unique, voilà tout.) Nous nous sommes rencontrés à l'université, où je l'avais comme professeur. J'étudiais la sociologie, bien décidée à me dévouer pour sauver l'humanité dès que j'aurais mon diplôme en poche. A l'époque, cependant, j'avais aussi un objectif plus modeste : trouver un cours de littérature anglo-saxonne de troisième année qui soit compatible avec mon emploi du temps.

ANGLAIS 203. LITTÉRATURE AMÉRICAINE CONTEMPORAINE.
(PROF. SAPPERSTEIN)

Etude des principaux courants de la fiction américaine du 20ᵉ siècle. On s'attachera plus particulièrement à l'œuvre de Ford, Barthelme, Updike, Doctorow, Roth, Vonnegut, Irving, Tyler et Leonard. Admirateurs de Susann, Ludlum et Trevanian (ainsi que tous ceux pour qui Irving se prénomme Clifford), s'abstenir.

Lundi, mercredi, vendredi, 11h-12h. Une préparation hebdomadaire, à présenter oralement. Examen terminal : entretien oral.

Niveau requis : anglais 201, ou autorisation de l'enseignant.

Pourquoi pas ? Je ne connaissais ni Leonard, ni le prénom de l'autre Irving, mais quelle importance ? Je retenais surtout que les jours et l'heure me convenaient parfaitement. Le tour était joué : j'avais mon cours obligatoire de littérature anglo-saxonne !

Malgré des indices évidents, l'idée que le professeur

Sapperstein puisse être aveugle ne m'avait pas effleurée avant la rentrée universitaire. Je devais m'imaginer que l'accent mis sur le travail oral tenait au caractère érotique de certains textes au programme. Roth ? Peut-être Nabokov serait-il aussi de la fête... Encore un Américain, non ?

J'étais très jeune, en ce temps-là...

En septembre prochain, la société Coach Leatherware aura besoin d'un nouveau directeur chargé de la recherche et du développement. Je le sais car l'actuel directeur, une directrice en l'occurrence, est enceinte de deux mois et va s'absenter environ un an pour pouponner. Sara Lee, la maison mère, est progressiste, mais pas au point de laisser le poste vacant jusqu'à ce que bébé soit prêt à abandonner l'allaitement maternel pour la crèche.

Les affaires sont les affaires, après tout.

Je me demande si George McMillan a des compétences en matière de recherche et de développement.

3

L ES démolisseurs sont partis.
Les plâtriers les ont remplacés. Dans la 70ᵉ Rue
Ouest, les immeubles ont été construits avant-guerre, à
la fin des années vingt où le placoplâtre n'existait pas.
Pour faire un mur, on utilisait du vrai plâtre. Solide,
isolant, résistant. Le matériau idéal. Sauf quand on
décide d'accrocher un miroir, de déplacer un tableau
de quelques dizaines de centimètres sur la droite, ou de
poser une nouvelle prise électrique. Là, les choses se
compliquent.

Les démolisseurs semblaient originaires du Moyen-
Orient ou d'Amérique du Sud, mais les plâtriers, eux,
ont l'air italien. Ils ont la peau plus claire, travaillent
moins vite, parlent avec les mains.

Il s'avère que George McMillan n'a pas la moindre
notion de ce qu'est un service recherche et développement. Son domaine spécifique est la production, le fait
de transformer un concept en un produit prêt à être
commercialisé.

– Par ailleurs, ajoute-t-il, j'aime les chiffres. Je me vois
mal passer mes journées avec un groupe de stylistes.
Une heure de temps en temps, d'accord. Mais à longueur de journée...

– Et pourquoi ça ?

– Vous savez bien... Les femmes ont des caprices de

divas. Quant aux hommes... pas besoin de vous faire un dessin.

En effet. Ce que George n'ose pas dire à haute voix, c'est que bon nombre de stylistes hommes sont homosexuels. Pas vraiment un scoop. Plus surprenant est le fait que quelqu'un comme George, avec ses réflexes d'homme de Neandertal, ait survécu aussi longtemps dans ce milieu. Mais le client étant roi, je lui promets de continuer mes recherches... dans le domaine de la production.

Pour le dîner, j'ai préparé à Walter des lasagnes, un de ses plats préférés. Je fais tout moi-même, sauf la sauce, pour laquelle je triche un peu : j'ajoute quelques tomates fraîches à une boîte de Newman's Own. Si Walter remarque la différence, il ne relève pas. Il a du mal à trouver le fromage fondu, et manque de renverser son verre d'eau en le cherchant à tâtons.

– Onze heures trente, dis-je.

Docilement, il avance la main un peu à gauche, à l'endroit exact où serait l'aiguille des heures sur une pendule. C'est un code que nous avons mis au point. Walter n'aime pas que je lui tende les objets, ni que je fasse tout à sa place.

Il a perdu la vue à quatorze ans, à la suite d'un accident stupide. Il jouait comme receveur dans un match de base-ball. Pour mieux se préparer à un échange serré sur le marbre, il avait quitté son masque. A juste titre, car la balle était arrivée en même temps que le coureur. Mais à la dernière fraction de seconde, elle avait rebondi sur l'épaule du coureur, déviant légèrement de sa trajectoire, trop tard pour que Walter puisse réagir. Il l'avait reçue en plein dans l'œil. On l'avait opéré le soir même, et réopéré deux fois au cours des deux semaines suivantes, sans réussir à sauver son œil.

La perte d'un œil représentait déjà une épreuve. Mais en 1959, l'ophtalmologie n'avait pas fait autant de progrès qu'aujourd'hui. On ignorait entre autres que l'œil blessé tenterait vainement de se reconstruire, au détriment de l'œil sain. Les médecins l'ayant compris trop tard, Walter avait perdu ses deux yeux.

— Et alors ? Ça m'a au moins permis d'échapper à la guerre, non ? a conclu Walter, la première fois qu'il m'en a parlé.

Je lui ai répondu qu'à l'époque où il aurait pu être appelé, la guerre était déjà finie.

— Peut-être, mais je pouvais difficilement le prévoir !

Essayez donc de discuter avec un aveugle qui veut tout faire lui-même et refuse qu'on le plaigne !

Un carreleur succède aux plâtriers, un homme aux cheveux blancs qui me paraît italien, lui aussi. Simple supposition, mais j'ai tendance à associer l'art du carrelage au raffinement italien. Je n'aperçois qu'un échantillon du travail de l'artisan, quelques fragments de mosaïque verte sur fond ocre au-dessus d'un plan de travail. Assez pour me prouver qu'il connaît son métier et que les nouveaux occupants – ou leur décorateur – sont des gens de goût.

Ils ne semblent pas non plus regarder à la dépense. Les appareils électroménagers jaunâtres font place à des modèles dernier cri, les volumineux placards laqués à des éléments intégrés en verre et en bois naturel, l'ampoule nue au plafond à un éclairage indirect.

Quelqu'un a de l'argent à dépenser.

Il est temps pour moi de remplir ma déclaration de revenus, seul moment de l'année où j'en veuille vraiment à Walter de sa cécité. Il propose toujours de me tenir compagnie pendant que j'épluche les formulaires et que je fais mes calculs, mais a l'air d'être en pénitence.

– Engageons un comptable, Jilly, me suggère-t-il pour la cinquième année consécutive.

Je lui rappelle que je suis une femme d'affaires, parfaitement capable d'inscrire des nombres dans des cases sans me tromper. Un instant, j'envisage d'envoyer ma déclaration par internet. Mais après tant d'années, les différents formulaires n'ont plus guère de secrets pour moi, et je décide finalement de ne rien changer à mes habitudes. J'essaierai l'année prochaine, me dis-je, tout en sachant que je n'en ferai rien.

Comme toujours, je me retrouve avec un solde débiteur. Les prélèvements à la source de Walter nous aident un peu, ainsi que l'abattement supplémentaire auquel sa cécité lui donne droit. Malheureusement, en tant que travailleuse indépendante, je ne bénéficie d'aucun prélèvement à la source. Avec la déclaration de revenus, arrive donc le moment de passer à la caisse. Chez nous, avril est sans aucun doute le mois de l'année le plus douloureux.

Je passe une partie de l'après-midi à regarder deux équipes d'ouvriers remplacer les fenêtres de l'appartement d'en face. La première enlève les anciennes, même leur cadre en bois. Je n'avais encore jamais réalisé l'importance du volume des huisseries par rapport à la surface vitrée. Quand tout a disparu, il ne reste que deux trous béants dans le mur de l'immeuble, un pour la cuisine, un pour la chambre. Résultat : je vois l'intérieur de l'appartement comme si j'y étais !

Trois quarts d'heure plus tard, arrive la seconde équipe avec les fenêtres neuves. Les ouvriers installent en force le cadre dans les ouvertures existantes, calfatant les interstices à l'aide d'un pistolet spécial. En un tour de main, de nouvelles fenêtres étincelantes sont en place. L'opération aura pris moins de deux heures. Incroyable.

Qui sont ces nouveaux locataires ? Ou propriétaires...

(J'ignore si l'immeuble est en copropriété ou en location.) J'imagine déjà un couple de yuppies, agents de change, un million et demi de salaire annuel à eux deux. Sans enfants – l'appartement est trop petit. Encore ne s'agit-il sans doute que d'un pied-à-terre en ville. Leurs week-ends, ils les passent aux Hamptons, ou dans le Connecticut, ou encore à Rhinebeck. Ils seront debout à l'aube chaque matin pour aller courir à Central Park, ou s'entraîner dans un club de remise en forme. Le soir, ils commanderont de la cuisine chinoise – avec beaucoup de légumes, s'il vous plaît, et pas de glutamate – qu'ils accompagneront d'un verre d'eau minérale. Ils seront beaux, minces, et blonds.

Je les déteste déjà.

Quand je sors en fin d'après-midi, je décide de passer devant l'immeuble d'en face. Comme ça m'est d'ailleurs arrivé des centaines de fois. Après tout, je n'ai que la cour à traverser.

Je ne fais là rien d'extraordinaire, me dis-je. Pas comme si je m'écartais de mon chemin – pour aller au sud de Manhattan ou dans l'East Side, par exemple. Ce qui serait carrément inquiétant.

Sa brique ocre est la même que celle de notre immeuble. Pas de porche, juste une dalle qu'on traverse pour atteindre la porte d'entrée. Le hall, petit mais bien tenu, n'a pas le luxe monumental des immeubles chics de l'East Side. A côté de la porte, je découvre une plaque de cuivre sur la brique :

GOODWIN PROPERTIES INC.
Agents immobiliers
290, Madison Avenue
New York, N.Y.

De retour chez moi, je cherche Goodwin Properties sur mon ordinateur. Apparemment, ils appartiennent à un réseau d'une douzaine d'agences, propriété de la holding Urban Investments Ltd., l'une des nombreuses filiales de Global Properties, elle-même division de One-Corp, conglomérat tentaculaire figurant au Top 500 des sociétés recensées par le magazine *Fortune.* Aussi passionnantes soient-elles, ces informations me suffisent amplement. Je passe un coup de fil à Goodwin Properties : l'immeuble est en copropriété, et il n'y a pas d'appartement à vendre pour l'instant.

– Voulez-vous que je vous inscrive sur la liste d'attente, pour le cas où quelque chose se libérerait ? me propose une agréable voix féminine.

– Je vous remercie, ce ne sera pas nécessaire.

Non seulement monsieur et madame Yuppie font entièrement refaire leur appartement, mais en plus, ils en sont propriétaires ! Je les déteste plus que jamais.

Pourquoi tant de haine envers deux parfaits inconnus ? C'est ce que vous vous demandez, n'est-ce pas ?

D'abord, je n'ai pas besoin de me forcer : ce genre de sentiment me vient naturellement. Et puis au fond, je ne les déteste pas tant que ça. Bon, d'accord, un peu quand même, mais je n'ai rien contre eux personnellement.

Essayez par ailleurs de vous représenter la vie dans une grande ville. A New York, en tout cas. La plupart du temps, on ne sait rien de ses voisins. Dans une petite ville, on connaît tous les gens du quartier. On a une pelouse devant sa maison, un jardin derrière. Eux aussi. On les rencontre ; on parle ; on s'emprunte des œufs, des outils, des échelles, des râteaux. Très vite, on les invite à prendre un café. Et imperceptiblement, on devient amis.

Dans un immeuble, c'est une autre affaire. A notre étage, il y a huit appartements, et j'ignore l'identité de la moitié de leurs occupants. J'ai rencontré l'autre moitié dans l'ascenseur, où le fait de monter ou de descendre au même étage nous a mis en présence. Si je les avais croisés dans la rue, ou même dans le hall, nous nous serions sans doute salués poliment et les choses en seraient restées là.

Nous autres, rats des villes, sommes pourtant aussi curieux que nos cousins les rats des champs. Nous nous intéressons autant qu'eux à nos voisins. Malheureusement, une multitude de cloisons nous isolent les uns des autres, et nous n'avons ni pelouses, ni jardins où échanger des outils, prendre un café, partager des bribes de notre existence.

Nous sommes en manque de convivialité.

Pour compenser, nous surveillons, nous épions, nous tentons de surprendre les conversations. Quand personne ne nous voit, nous inspectons les emballages à côté du vide-ordures dans l'espoir de découvrir des indices. *Quel vin boivent-ils ? A quels magazines sont-ils abonnés ? Qu'ont-ils eu à Noël ?* Et lorsque nos efforts restent vains – lorsque nous ne savons toujours rien de la mystérieuse occupante du 6-B qui part travailler après dîner, ni du type au fond du couloir avec son berger allemand boiteux – nous faisons appel à notre imagination.

Alors oui, c'est vrai, j'ai un peu fantasmé sur nos futurs voisins d'en face. Quel mal à ça ? D'ailleurs, attendez un peu et vous verrez que l'avenir me donnera raison.

Je viens d'apprendre que le chausseur suisse Bally cherchait un nouveau directeur du marketing pour sa branche maroquinerie. Je me demande si George McMillan ne leur conviendrait pas. Mais leur siège est à New Rochelle, ce qui pourrait se révéler problématique pour George, dont le domicile se trouve dans le New Jersey. Ça vaut tout de même la peine d'essayer. Je m'en occupe dès que possible.

Moi, jalouse de monsieur et madame Pleins Aux As, et de leur petit bijou d'appartement en face du mien ? C'est ce que vous pensez ? Erreur. Je vous assure, ce n'est pas mon genre.

Jetez cependant un coup d'œil ici, pour voir. Ne vous méprenez pas : j'aime mon appartement et mon mari. Je comprends la nécessité pour Walter de vivre dans un espace réduit, familier et confortable, sans angles saillants qui le fassent trébucher, sans plantes suspendues surgissant là où on ne les attend pas, sans prises à découvert pour l'électrocuter. Avec son sens de l'humour, il prétend que chez nous, tout est prévu pour les enfants. Et comme toujours, il plaisante à ses dépens : ici, c'est lui l'enfant.

Est-ce que je ne préférerais pas habiter un appartement neuf, clair et spacieux, avec une cuisine intégrée, des éléments en bois naturel et en verre, un carrelage raffiné et un éclairage tamisé ? Certainement. Pas vous ?

Bon, je le reconnais, je suis quand même un peu jalouse. Vous ne le seriez pas, à ma place ? Mais dans cinq minutes, tout sera oublié. C'est l'un des avantages d'être une femme.

Un temps, j'ai rêvé d'avoir des enfants.

Là, il m'a fallu un peu plus de cinq minutes pour me faire une raison.

Quand les médecins se sont aperçus, trop tard, que l'œil blessé de Walter utilisait des composants de son œil sain, ils se sont efforcés de stopper le processus. De toute évidence, il aurait fallu enlever l'œil malade et le remplacer par un œil de verre. Le verre est une matière morte, inerte. Il ne prend rien à personne. (Mais rappelez-vous, c'était en 1959, le Moyen Age de la médecine moderne. Encore que dans l'histoire des sciences, avec le recul, chaque période devient toujours le Moyen Age de la précédente. Pour ceux qui vivent au milieu de ladite période, en revanche, c'est une autre histoire : ils se croient à l'Age des Lumières. En ces temps révolus où l'on enfonçait des cailloux dans le crâne des gens pour en chasser les démons, où l'on utilisait des sangsues pour leur purifier le sang, où l'on pratiquait des lobotomies pour les rendre plus dociles, tout le monde pensait : *Formidable ! Quelle médecine révolutionnaire ! Une véritable panacée ! Du jamais vu !*)

La panacée, à la fin des années cinquante, s'appelait « radiothérapie ». *Épuisé par une leucémie ? Bombardez-la de rayons X ! Récemment opéré d'une tumeur au cerveau ? Quelques séances de rayons à titre préventif ! Un cancer du sein ? Irradiez cette saleté !*

Ainsi Walter a-t-il subi une radiothérapie prolongée pour neutraliser son œil blessé. Avec succès – à fortes doses, les rayons détruisent très efficacement les cellules humaines – bien que trop tard, une fois encore, pour sauver son œil sain. Mais pas pour le laisser définitivement stérile.

A son insu, évidemment.

A entendre Walter, c'est la grande tragédie de son existence. Toute son adolescence, et au début de sa vie d'adulte, il a vécu dans la crainte de se retrouver père de famille. Et après notre mariage, alors qu'il n'attendait que cela, il a découvert qu'il ne le serait jamais. Que pendant toutes ces années, il avait tiré à blanc, comme il dit.

– Si seulement j'avais su, a-t-il gémi plus d'une fois.

En plaisantant, comme d'habitude.

L'annonce de la nouvelle par les médecins, elle, n'avait rien d'une plaisanterie. Beaucoup plus âgé que moi et aveugle de surcroît, Walter se sentait déjà assez vulnérable. Et voilà qu'il se retrouvait stérile par-dessus le marché ! Pourtant, j'ai catégoriquement refusé d'avoir recours aux spermatozoïdes d'un donneur, provenant d'un flacon numéroté et stocké dans la salle des coffres réfrigérée de la Banque du Sperme. Même si je ne l'ai jamais dit ouvertement, j'aurais eu l'impression d'élever un enfant de moi – à moitié de moi, en tout cas – mais pas de mon mari, acte d'une cruauté inqualifiable envers Walter. Restait l'adoption. Nous avons fait une douzaine de demandes, rempli d'innombrables formulaires, fourni des références certifiant que nous étions des gens charmants et d'une moralité irréprochable, écouté d'interminables conférences sur l'art d'être parent... Vous seriez surpris de la façon dont les conseillers considèrent un couple dans lequel le mari, non content d'être aveugle, a dix-neuf ans de plus que sa conjointe. Leur regard se durcit et ils évitent le vôtre. Ils s'absorbent dans la contemplation d'un objet à l'autre bout de la pièce, ou du tableau juste au-dessus de votre tête :

– Seriez-vous par hasard intéressé par un enfant plus âgé ?

– Beaucoup plus ?

– Non. Disons dix ou douze ans...

Bien que nous soyons en avril, il y a une tempête de neige : de celles qu'on ne prend pas au sérieux car ensuite, le soleil se remettra à briller et les températures dépasseront vingt degrés. Mais le temps qu'elle dure, il neige dru, du dîner jusqu'à plus de minuit. A côté de moi à la fenêtre de la cuisine, Walter me tient la main pendant que je lui décris les flocons qui arrivent du fleuve en rafales, presque à l'horizontale. De temps à autre, le vent tourne brusquement et les flocons se mettent à tourbillonner, prisonniers des immeubles qui se dressent de part et d'autre. Parfois, ils s'élèvent même à la verticale, scintillant dans la lumière des lampadaires et des phares en contrebas. Un étrange spectacle, sans doute réservé aux cours intérieures des grandes villes.

Ce que je ne décris pas à Walter, c'est l'appartement d'en face aux immenses fenêtres étincelantes, aux pièces vides et sombres avant l'arrivée de ses nouveaux propriétaires.

4

E H bien oui, je me suis trompée. Ce sont des choses qui arrivent.

L'appartement d'en face n'est plus vide. Les appareils électroménagers dernier cri, la cuisine intégrée, le carrelage sophistiqué, l'éclairage tamisé... ils ont de la compagnie désormais.

Simplement, ce n'est pas le couple d'agents de change yuppie que j'avais imaginé. Pas de cheveux blonds permanentés en vue, ni de tenues de jogging Nike assorties, ni de bouteilles miniature d'eau de source, ni de *Wall Street Journal* partagé au petit déjeuner, devant des bols identiques de céréales au son mélangées à la dernière variété de fraises à la mode.

En fait, il ne s'agit même pas d'un couple.

C'est un homme seul.

Audrey Mathesson, de chez Calvin Klein, m'appelle. Connaîtrais-je quelqu'un d'intéressé par le lancement d'une ligne de bas et collants ? A titre de consultant, pour commencer, mais le poste pourrait devenir permanent si les ventes décollent.

– Quel salaire ?

– Cinquante mille dollars pour six mois ?

A son intonation, je comprends qu'elle tâte le terrain.

– Cinquante mille ? Sans primes ni perspectives fermes ?

– Soixante mille. C'est mon dernier prix.

Voilà qui est un peu mieux. Je lui promets de donner quelques coups de fil et de la rappeler dans la journée.

Il a un physique de play-boy !

Il est jeune, mais moins que je le croyais au départ. La trentaine, sans doute, quarante ans au plus. Grand, encore qu'avec sa fenêtre légèrement en contrebas, j'aie du mal à évaluer sa taille réelle. Sûrement un mètre quatre-vingts. Ou plus, à le voir baisser instinctivement la tête pour franchir une porte. Quant à ses cheveux, ils sont bruns, noirs même, et non pas blonds. Des mèches drues lui retombent sur le front, dissimulant ses yeux.

Je détourne le regard.

J'appelle Rhonda Edelstein sur son lieu de travail.

– On peut parler ?

Une chasseuse de têtes qui veut garder ses clients doit avoir la discrétion pour règle numéro un, et pour règle numéro deux de ne jamais oublier la première.

– Pas longtemps, répond Rhonda. Quoi de neuf ?

Je lui demande si elle a envie de travailler pendant six mois comme consultante pour un groupe réputé, poste qui pourrait devenir définitif. Rhonda dessine depuis deux ans des cravates pour Macy's et ces derniers temps, les impressions cachemire lui donnent des cauchemars.

– Combien ?

Vous allez croire que j'évolue dans un secteur essentiellement mercenaire.

– Ils sont restés assez vagues, dis-je. Je pense pouvoir t'obtenir soixante-cinq mille dollars.

N'oubliez pas que je travaille à la commission.

Rhonda semble intéressée. Je lui rappelle de me faxer

dès que possible un CV à jour, et de surveiller son répondeur quand elle s'absente.

Dans ce métier, la règle numéro trois est de ne pas perdre une minute.

C'est le genre beau ténébreux.

En apparence du moins : je ne le connais que depuis une heure, et encore est-ce une façon de parler. Pourtant, il a l'air grave et pensif, comme s'il avait des soucis. Peut-être que la nouvelle machine à laver ne marche pas, ou que le carrelage ne lui plaît pas.

Non, je plaisante. Une telle gravité ne viendrait pas de problèmes aussi triviaux. Il se gratte le menton, se passe distraitement la main dans les cheveux. A ma surprise, ce geste me fait frissonner. Je recule d'un pas, de peur d'être découverte. Mais l'inconnu ne regarde pas dans ma direction.

J'avais vu juste, pour George McMillan. Il n'a aucune envie de traverser chaque jour le New Jersey pour aller travailler au siège de Bally à New Rochelle, dans l'Etat de New York.

– Pourquoi ne pas vous installer à Scarsdale ? A ce qu'on m'a dit, la vie y est très agréable.

– Je viens de refaire ma terrasse, gémit George.

Les gens sont inouïs ! Ils n'hésitent pas à s'attribuer la réalisation d'un projet alors qu'ils ont payé quelqu'un pour tout faire à leur place. Quand George dit qu'il a refait sa terrasse, il faut comprendre qu'il était allongé dans un hamac avec un magazine et un Martini pendant que Bob Vila et ses ouvriers se salissaient les mains. George mesure près d'un mètre quatre-vingts, pèse environ cent kilos, mais il n'a jamais dû toucher à un marteau de sa vie, sauf pour piler de la glace.

– Qui me remboursera ma terrasse ? demande-t-il.

Pas moi.

L'inconnu est mal rasé. Vous savez, comme ces Européens qui se promènent avec une barbe de deux jours soigneusement taillée, pour bien montrer que c'est un choix délibéré. Ça ne m'a jamais spécialement plu. Encore que sur lui, avec ses cheveux bruns et son col roulé noir, ça ait une certaine allure.

Ah, j'oubliais : il est vraiment grand. Sur ce point au moins, j'avais raison.

La neige a presque entièrement fondu.

Walter et moi allons nous promener après dîner. Quand il fait beau, ça nous arrive souvent. Walter laisse sa canne blanche à la maison et s'en remet à moi pour le guider. Au début, ça m'angoissait un peu. Cramponnée à son bras, je l'entraînais à droite, à gauche, slalomant entre passants et obstacles. Parfois, je le faisais littéralement monter ou descendre du trottoir en le tirant par le coude. Au milieu de la circulation, je l'empoignais si brutalement qu'il s'écriait : « Doucement, monsieur l'agent ! » Je rentrais de nos promenades épuisée par mes efforts et épouvantée par ma nouvelle responsabilité. Le lendemain matin, je remarquais parfois à l'intérieur du bras de Walter des marques bleuâtres faites par mes doigts.

Un jour, il m'a fait asseoir et m'a expliqué que je m'y prenais mal. J'avais tort de le diriger en lui tirant sur le coude au lieu de le laisser me suivre. Le lendemain, nous avons testé sa méthode, lui me tenant le bras au lieu de l'inverse. Et ça a marché ! Avec un peu de temps et d'entraînement, je me suis détendue. Nous avons même découvert qu'en nous tenant par la main, il me suffisait d'exercer une légère pression pour que Walter sache quand avancer, s'arrêter, tourner à droite ou à gauche. Lorsque le trottoir est dégagé, je lui lâche même la main, lui permettant de marcher à côté de moi sans assistance. Et bien sûr, nous avons mis au point notre petit code « Poubelle à deux heures et demie », afin que je puisse le prévenir du danger sans devoir à chaque fois lui attraper le bras pour l'aider à le contourner.

Nous avons si bien appris à nous promener ensemble que c'est devenu pour moi une seconde nature. Au lieu de me concentrer sur la manière de négocier les passages pour piétons et d'éviter les obstacles, je peux désormais indiquer certaines choses à Walter non pour leur danger, mais pour leur intérêt. « Des fleurs magnifiques ! », dis-je, ou « Quel adorable bébé labrador ! » Et il s'arrête pour laisser le chiot lui lécher le visage.

Une fois, j'ai vu approcher une Indienne ou une Pakistanaise en sari blanc à gros pois rouges, bleus et jaunes. « Attention, un sac de Smarties géant fonce sur nous ! » ai-je soufflé. J'ai dû manquer de discrétion car la dame s'est arrêtée pile devant moi et m'a demandé, doucement mais fermement : « Ça vous amuse ? » J'ai dû faire amende honorable pendant que Walter, qui avait tout entendu, continuait son chemin comme s'il ne me connaissait pas.

Ce soir, nous marchons tranquillement, côte à côte. Je n'ai ni fleurs, ni bébé labrador, ni dame vêtue d'un sac de Smarties sur lesquels attirer l'attention de Walter. Je me contente de lui décrire le coucher de soleil, les nuances de rose et de mauve au-dessus de l'Hudson.

— Tu te souviens encore des couchers de soleil ?

— Evidemment, répond-il en souriant. Ce n'est pas le plus difficile. Ce sont les visages qui s'effacent.

Un instant, je songe à lui décrire celui de notre nouveau voisin d'en face. Mais je me ravise.

Il fume.

Un mauvais point pour lui.

Ce matin, après le départ de Walter pour son cours de dix heures, j'ai jeté un coup d'œil dans l'appartement d'en face et surpris l'homme en train d'allumer une cigarette. Lui ne m'a pas vue ; à ma connaissance, il n'a toujours pas remarqué ma présence. Sans doute à cause des soucis qui paraissent le tourmenter.

En général, je ne passe pas inaperçue.

D'accord, je ne suis pas Claudia Schiffer. Mais je me défends plutôt bien. Je mesure un mètre soixante-dix pour soixante kilos – soixante-deux, en fait, mais répartis là où il faut. J'ai les cheveux noirs, mi-longs, et les yeux très bleus, une bouche dont je suis assez contente, des dents régulières (grâce au port d'un appareil durant mes années de lycée), un nez qui fait mentir mes origines (sans l'aide de la chirurgie esthétique, promis juré), une peau parfaite. De ma mère, j'ai hérité de jolies jambes. Quelques abdominaux m'aident à garder le ventre plat. Mes seins sont un peu menus, je suis la première à en convenir, mais présentent l'avantage de pouvoir se passer de soutien-gorge (audace que je me permets rarement). J'ai gardé le meilleur pour la fin : on m'a déclaré en toute solennité que j'avais un cul sublime. Par acquis de conscience, je précise que ce compliment vient d'un homme qui juge uniquement par le toucher. Personnellement, je classerais mon postérieur dans la catégorie allant de « pas mal » à « génial ». Parfois, après avoir perdu un peu de poids, je me contorsionne pour le regarder dans le miroir, et je suis tentée d'approuver l'appréciation de Walter. Mais revenez me voir une semaine plus tard, quand mes règles m'ont fait doubler de volume et qu'un énorme bouton mal placé me défigure, justement le jour où j'avais besoin de rentrer dans la jupe droite achetée une taille trop petite l'an passé. Dans ces moments-là, je maudis le ciel de m'avoir affligée de la plus grosse paire de fesses qu'on ait vue en Occident.

La vérité ? Quelque part entre ces deux extrêmes, j'imagine.

Alors pourquoi l'inconnu refuse-t-il de me voir ?

Une inspiration soudaine me fait appeler un de mes contacts chez Brooks Brothers, un informateur confidentiel que j'ai surnommé Gorge Profonde. Y aurait-il un poste de directeur exécutif en vue pour quelqu'un de plus gestionnaire que créatif ? Je pense à George McMillan, bien sûr, mais sans jamais mentionner son nom, ni même le fait que ce soit un homme. Dans ce métier, les noms sont l'unique monnaie d'échange : plutôt mourir que de les révéler trop tôt. Si une société apprend que tel ou tel individu est intéressé par un poste qu'elle cherche à pourvoir – ou l'inverse – ils se contacteront directement, en se passant de mes services.

Envolée, ma commission !

Gorge Profonde promet de se renseigner et de me rappeler.

Dans l'après-midi, Walter revient avec un bouquet de fleurs.

– Tu es un amour, dis-je. Qu'est-ce qui me vaut cette délicate attention ?

– Rien de spécial, si ce n'est que je t'aime.

Maris, offrez des fleurs à vos femmes. Libre à vous de renverser vos canettes de bière, de vider les tubes de dentifrice par le milieu, de retirer vos chaussettes à l'envers. De laisser des miettes sur le canapé, la vaisselle sale dans l'évier, vos rognures d'ongles sur la table de nuit. Et même d'oublier à l'occasion de rabattre le siège des WC, à condition de ne pas l'éclabousser. Il vous suffit de nous rapporter un simple bouquet de tulipes acheté trente francs à l'épicier du coin de la rue pour que nous vous offrions en retour un amour éternel. Même s'il n'y a pas d'occasion spéciale.

Surtout s'il n'y a pas d'occasion spéciale.

Après avoir dîné, nous passons la soirée blottis l'un contre l'autre sur le canapé, à écouter la musique du

Fantôme de l'Opéra. Quand on vit avec un aveugle, la télévision est une expérience qui sépare. Les rares fois où nous regardons une émission ensemble, j'ai envie d'aider Walter, de compléter la bande son en lui communiquant les informations données par les images. Celles dont je pense qu'elles peuvent lui être utiles, en tout cas.

La musique, en revanche, est là pour être partagée. Nul besoin d'aide. Nous sommes à égalité devant elle.

Ce matin, je me suis habillée pour le bel inconnu.

Non que j'en aie eu conscience sur le moment. Enfin, ce n'est pas tout à fait vrai : je savais ce que je faisais. Depuis quand est-ce que je me promène en T-shirt moulant, le nombril à l'air, au milieu du mois d'avril ? Sans parler de mon jean. Pas celui un peu ample que je porte d'habitude à la maison, mais un autre, tout délavé, que j'ai eu du mal à fermer. Ensuite, devant le miroir de ma chambre, j'ai tourné plusieurs fois sur moi-même en rentrant le ventre, très satisfaite du résultat.

Oui, je sais. Je devrais avoir honte.

D'ailleurs, j'ai honte, même si je ne peux m'empêcher de ressentir une certaine excitation. Comme une collégienne en train de contempler son reflet dans le miroir des vestiaires, et prête à tout pour attirer le regard du nouveau de la classe.

Gorge Profonde rappelle pour m'apprendre que dans l'immédiat, aucun poste de directeur exécutif ne se libère chez Brooks Brothers. Ce sont des choses qui arrivent, même en période de prospérité économique. La 7e Avenue a au moins un point commun avec Wall Street : dans les deux secteurs, on accorde primes et avantages en fonction des résultats annuels. Les bonnes années, chacun garde son poste pour recevoir sa part du pactole.

N'allez pas en déduire qu'en période de récession, mon métier est une partie de plaisir. Quand les sociétés redéploient et licencient, tout le monde a peur de bouger. Mieux vaut se cramponner à ce qu'on a – avec ou sans primes – que de se retrouver brusquement obligé de passer ses journées à éplucher les petites annonces. N'oubliez pas que la majorité de mes clients ont entre quarante et cinquante ans. Ils possèdent une résidence secondaire, une grosse voiture, et, s'ils sont hétéros (parfois même s'ils ne le sont pas), envoient leurs enfants dans des universités privées hors de prix. Pour eux, le chômage, même de courte durée, n'est pas seulement une épreuve, mais un désastre absolu.

J'ai eu pour client un type que j'appellerai T.H. Il était directeur général chez Paul Stuart. Une star. Il leur a donné sept ans de sa vie. Jusqu'au jour où leurs bénéfices ont chuté : le couperet est tombé et T.H. a fait partie de la première charrette.

Je me suis donné un mal de chien pour l'en sortir. Vraiment. Je lui ai obtenu une demi-douzaine d'entretiens. Trois sociétés l'ont rappelé. Deux fois, il a été retenu dans la dernière sélection. Mais la conjoncture était défavorable, et ses rivaux directs acceptaient de revoir leurs prétentions à la baisse. Il s'est retrouvé sans rien.

Un peu plus tard, j'ai appris que sa Lexus avait percuté la paroi en béton de la voie rapide de Long Island. Le compteur était bloqué à cent cinquante kilomètres heure. À en croire la police, T.H. avait de l'alcool dans le sang, ainsi que des traces d'antidépresseur : il avait dû s'endormir au volant, ignorant des risques qu'il courait en mélangeant les deux substances. Personnellement, cette hypothèse ne me satisfait pas. Pour moi, il a agi de manière délibérée jusqu'au moment de la collision. Il ne supportait pas de se sentir oublié, voilà tout. Une victime supplémentaire de la politique de « dégraissage ».

Contrairement à ce qu'on pourrait penser, la 7ᵉ Avenue aussi est un univers impitoyable...

Il m'a remarquée.
C'est du moins l'impression que j'ai.
Si je regarde dans sa direction, il détourne les yeux et semble s'absorber dans la première tâche venue. Mais si je l'ignore – si je fais la vaisselle, par exemple, ou la cuisine, si je passe d'une pièce à l'autre, l'air absorbé dans mes pensées – et que je jette un coup d'œil furtif vers son appartement, je suis presque sûre de le surprendre en train de m'observer. Il se garde pourtant de le faire ouvertement. Il s'enfonce dans les profondeurs de son appartement, loin de la fenêtre, pour m'épier dans l'ombre.

Plus étrange, j'ai à chaque fois le cœur battant, au point de devoir me réfugier dans ma chambre. Là, debout devant le miroir, je reprends mon souffle et ris de l'absurdité de la situation.

Une idée me vient. Même si George McMillan, mon homme de Neandertal, n'a pas sa place dans la branche recherche et développement de Coach Leatherware à New York, il y a leur centre opérationnel de Carlstadt, New Jersey, où se trouve leur usine. La production est bien le point fort de George, non ? Et ça lui ferait des trajets plus courts que jamais. Ne me demandez pas où est Carlstadt, mais quelle importance ? George resterait dans le New Jersey, et pourrait en prime dire adieu au Lincoln Tunnel. A lui seul, ce petit détail peut représenter cinq ans de vie supplémentaires grâce à la diminution du stress des embouteillages. Dix, peut-être, si on prend en compte la qualité de l'air.

Demain, je vérifierai s'il n'y a pas une occasion à saisir de ce côté-là.

Juste avant le retour de Walter, j'enlève mon T-shirt trop court et mon jean moulant et je me change.

Pour le dîner, je prépare une salade au poulet. A table, Walter et moi nous racontons notre journée. Il a d'excellents étudiants ce semestre, et ne cache pas le plaisir qu'il prend à leur enseigner la littérature anglo-saxonne. Après vingt ans de pratique, son enthousiasme reste intact. Rares sont les gens aussi passionnés par leur métier.

C'est d'ailleurs l'une des premières qualités qui m'ont attirée chez lui.

Après dîner, je fais la vaisselle. Non que Walter en soit incapable ; il se débrouille très bien et serait prêt à prendre le relais ce soir. Mais je lui dis que ce n'est pas la peine, qu'il peut s'étendre sur le canapé en me gardant une petite place. En guise de merci, il me dépose un baiser sur le bout du nez.

Dans la cuisine, je me laisse absorber par ma tâche. Du coin de l'œil, j'aperçois l'appartement d'en face entièrement sombre. Quand j'ai fini, j'éteins la pièce. Alors seulement, je m'autorise un regard prolongé.

Et là, dans l'obscurité, je distingue l'extrémité incandescente d'une cigarette allumée.

5

U N appel d'une cliente potentielle. Je préfère employer cet adjectif car un client ne le devient vraiment qu'à partir du moment où l'on fait quelque chose pour lui – pour elle, en l'occurrence. « Faire quelque chose » ne signifie pas nécessairement « placer » la personne en question. Il peut très bien s'agir de la mise à jour d'un vieux CV, de l'organisation d'un entretien préliminaire, ou même de deux heures passées ensemble, histoire de lier connaissance. Une étape préalable, pour instaurer un climat de confiance.

Beaucoup de gens hésitent à faire appel à moi. Pas à moi en tant que personne, à moi en tant que chasseuse de têtes. Ils trouvent répréhensible, et vaguement honteux, d'utiliser les services d'une agence comme la mienne. A cause d'un sentiment de culpabilité, de la crainte d'être découverts. Ils ont l'impression d'agir à la dérobée, et si par malheur un de leurs collègues apprend la vérité, ils sont sûrs d'avoir les pires ennuis. Est-ce par hasard qu'on nous appelle « chasseurs de têtes », de même qu'une vingtaine d'années plus tôt on traitait les psys de « réducteurs de têtes » ? Etrange coïncidence, en tout cas. Les deux images évoquent la jungle dans ce qu'elle a de plus primitif, d'inquiétant, de mortifère.

J'ai donc beaucoup de réticences à vaincre.

A commencer par celles de ma cliente potentielle, perceptibles dès qu'elle se présente au bout du fil :

– Bonjour. Je m'appelle Maryann Silverman. C'est Jodi Amado qui m'a suggéré de vous appeler.

Comme si elle s'excusait de me déranger... Alors que je suis dans l'annuaire, que je paie mes impôts, que je travaille dans la plus stricte légalité... On croirait que son amie Jodi a subitement décidé de la mettre en contact avec son dealer, son bookmaker, ou un tueur à gages prêt à liquider son mari contre dix mille dollars en petites coupures de séries différentes.

– Je vois très bien, dis-je. Jodi m'a prévenue qu'elle donnait mon nom à quelqu'un de formidable... (Vrai.) En revanche, elle ne m'a pas donné votre nom à vous... (Faux, mais mensonge nécessaire pour lui prouver que sa confiance n'a pas été trahie.) Etes-vous à New York pendant la journée ?

– En effet.

– Vous serait-il possible de déjeuner avec moi cette semaine ? Mon banquier m'incite à utiliser davantage mes cartes de crédit.

– Avec plaisir, répond Maryann Silverman.

Aucun signe de vie dans l'appartement d'en face. L'inconnu a-t-il un emploi ? Est-ce un acteur en tournage ? Un cascadeur escaladant des gratte-ciel pendant que la star qu'il double prend un café, confortablement installée dans son mobile home ? Un espion chargé d'une mission périlleuse ? A-t-il travaillé toute la nuit, comme la mystérieuse occupante de l'appartement 6-G ? Est-il encore endormi, hors de ma vue, un bras négligemment replié sur son visage mal rasé, l'autre caché sous un oreiller froissé ? A moins qu'il n'ait carrément quitté la ville pour affaires, pour un contrat délicat qu'il est seul à pouvoir négocier. Mais peut-être ai-je tout simplement imaginé l'extrémité incandescente d'une cigarette dans l'obscurité ?

Je n'y crois pas une seconde.

Rhonda Edelstein m'appelle pour m'annoncer qu'elle a décroché un entretien avec les gens de chez Calvin Klein, au sujet du lancement de leur ligne de bas et collants. Je lui conseille de ne pas signer pour moins de soixante mille dollars et lui souhaite bonne chance.

Il pleut.

C'est le printemps, après tout. Saison de la renaissance, du renouveau sous toutes ses formes...

Je sors me promener, confiant mon bureau aux bons soins de mon télécopieur et de mon répondeur. Je prends un chapeau plutôt qu'un parapluie. J'ai horreur des parapluies. D'abord, il faut les tenir. Ensuite, ils vous empêchent de voir ce qu'il y a au-dessus de votre tête, et l'essentiel de ce qui vient en face. Un chapeau vous simplifie la vie. On le pose sur sa tête et il s'occupe du reste. On voit où on va, et quantité d'autres choses. Le vent se lève ? On enfonce le chapeau, il ne s'en formalisera pas. Avez-vous déjà vu un couvre-chef dans une poubelle au coin de la rue, retourné et inutilisable ? Seul avantage des parapluies : avec eux, pas de cheveux plaqués sur le crâne, comme après s'être fait par erreur un shampoing avec son huile de bain.

Mais au fond, quelle importance lorsqu'on a un mari aveugle ?

La plupart des arbres de l'avenue ont déjà des feuilles. Pas celles de l'été ; des feuilles minuscules, vert tendre et encore enroulées sur elles-mêmes pour affronter une chute de neige tardive, ou les dernières gelées nocturnes. Je tourne vers l'ouest dans Riverside Park. Il n'y a pas foule – les amateurs de parapluie sont restés chez eux – mais les porteurs de chapeaux sont là.

Ainsi que les propriétaires de chiens.

Un chien, on doit le sortir par tous les temps. Détail qui a largement contribué, m'a dit Walter, à lui faire préférer une canne blanche il y a des années. La première fois qu'il m'a donné cette explication, j'ai eu l'impression d'entendre une de ces blagues commençant par : « Quelle est la différence entre une femme et une bière ? »

— Une canne ne vient pas mendier de la nourriture à table, m'a-t-il déclaré. Elle ne rechigne pas à se laisser tirer sur le trottoir, ni à rester seule à longueur de journée dans un coin de l'appartement. On n'a pas besoin de lui apprendre la propreté, ni à aller chercher le journal. Elle ne poursuit pas les chats, n'aboie pas à l'approche du facteur, ne mord pas les enfants qui l'attrapent par la queue. Surtout, une canne ne se soulage jamais sur ta jambe avant que tu aies eu le temps d'y voir clair.

Certes, avoir un chien aurait pu être une expérience amusante. Mais ç'aurait été le chien de Walter, et à sa façon de présenter les choses, je n'aurais jamais pu le promener, le nourrir, ni même jouer avec lui sans risquer de lui donner de mauvaises habitudes. Aussi ne sommes-nous que trois : Walter, la canne et moi.

Sur le chemin du retour, j'achète des pâtes et du basilic frais. Se procurer des tomates dignes de ce nom est une autre affaire. A croire que les consommateurs sont victimes, depuis cinq ou six ans, d'une conspiration internationale visant à leur offrir des tomates sans goût... Pendant que personne ne me voit, je presse, je palpe, je renifle. Et je capitule, me rabattant sur deux boîtes de tomates au naturel.

Il est de retour.

(Si tant est qu'il soit jamais parti...)

Je l'aperçois alors que je lave et hache le basilic devant mon évier. J'ai beau éviter de regarder dans sa direction, je sens qu'il m'observe. Je me félicite d'avoir relevé mes cheveux dès mon retour (aussitôt après avoir enlevé mon chapeau). J'ai l'air plus sexy avec mon petit chignon dont s'échappent une ou deux boucles.

Apparemment, il est d'accord.

40

Après le dîner, sur le canapé, Walter me prend la main et me demande :

– Tout va bien, Jilly ?

Pour une fois, je me réjouis qu'il ne puisse pas voir mon visage surpris.

– Bien sûr. Pourquoi cette question ?

– Pour rien, assure-t-il en me caressant la main.

Mais Walter, en bon professeur d'anglais, ne dit jamais rien sans raison.

Qui a parlé du sixième sens des aveugles ?

Ce soir, pourtant, alors que Walter, déjà couché, écoute les informations de vingt-deux heures, je vais jusqu'à la cuisine. Là, sans allumer, devant l'évier, je me remplis longuement un verre d'eau, ce que j'aurais aussi bien pu faire dans la salle de bains.

Aucune trace du bel inconnu...

6

Je retrouve Maryann Silverman pour déjeuner chez Periale, restaurant grec haut de gamme du quartier du Flatiron. J'ai réservé une table dans leur patio, et nous nous asseyons autour d'une nappe blanche amidonnée, parmi les plantes en fleurs.

Maryann, jolie femme menue mais bien proportionnée, ne fait pas les vingt-six ans annoncés par le CV que je lui avais demandé d'apporter. Un atout éventuel à mes yeux, mais pas à ceux de l'intéressée : elle considère son air juvénile comme un sérieux handicap dans le monde des affaires, m'avoue-t-elle d'emblée. Sans doute voit-elle de la même manière son physique avantageux. A mon grand soulagement, elle a l'intelligence de ne pas s'en plaindre ouvertement. Les femmes qui se lamentent sur l'air de : « Si vous saviez comme il est difficile d'être belle... » mettent ma patience à rude épreuve. A d'autres ! En avez-vous déjà entendu une demander à un chirurgien esthétique de lui ajouter une bosse sur le nez, ou de la cellulite en haut des cuisses ?

Moi, je me félicite d'être jolie. Et si j'étais objectivement belle, je m'en féliciterais plus encore, croyez-moi.

En outre, il apparaît que Maryann déborde d'énergie, qu'elle a le sens de l'humour et un sourire irrésistible (tous les deux mis à contribution quand, suivant mon exemple, elle commande un verre de vin et se voit réclamer une pièce d'identité par le garçon). Très vive, elle me donne aussi l'impression d'être compétente et adaptable.

Il ne lui manque qu'un peu de confiance en elle. Sur ce plan, comme sur bien d'autres, elle me rappelle ce que j'étais il y a huit ou neuf ans.

Je sens que nous allons bien nous entendre.

Avril fait place à mai, sans doute mon mois préféré. En mai, les matinées sont encore fraîches et toniques, les après-midi délicieusement estivaux, les soirées adoucies par une petite brise, les nuits propices au sommeil. Et au lieu de nous attendre au tournant, l'hiver appartient au passé, ce n'est déjà plus qu'un souvenir.

Difficile de faire mieux.

Un inconvénient, tout de même : c'est en mai que se termine le second semestre à l'Université. Et la fin des cours signifie que Walter sera plus souvent à la maison.

Dans l'ensemble, je suis plutôt quelqu'un de bien. Même si on ne m'a jamais confondue avec Mère Teresa (Dieu ait son âme), j'ai été élue « élève la plus dévouée » par mes camarades de classe. J'aurais préféré « la plus sexy », « la plus jolie », « la plus originale », ou même « la plus douée ». Mais dans un grand lycée où la concurrence était rude, je devais m'estimer heureuse.

J'aime mon mari. Je ferais n'importe quoi pour lui. J'accepte sa cécité, et le fait que nous ne pouvons avoir d'enfants. Vraiment. Je ne rechigne jamais à l'aider à traverser la rue, à lui servir de coursier ou de secrétaire. Je me lasse rarement de lui faire la lecture.

Et pourtant, je le confesse humblement, je suis heureuse d'avoir la maison un peu à moi.

Est-ce un crime ? Cet aveu me condamne-t-il aux flammes de l'enfer ? Non ? Facile à dire. Essayez un peu de mettre votre mari aveugle dehors alors qu'il pleut ou qu'il neige. Ou de l'envoyer chercher du lait à dix heures du soir sur des trottoirs verglacés...

Par ailleurs, Walter se montre on ne peut plus coopératif. Chaque après-midi, quand il fait beau, il va se promener, s'asseoir sur un banc dans le parc, ou prendre le soleil sur la terrasse de l'immeuble. En descendant pour sortir, je l'ai même trouvé dans le hall, dans un des fauteuils en cuir, en train de parler de tout et de rien avec le portier. Il n'a jamais voulu admettre que c'était pour me laisser un peu seule, mais je suis persuadée du contraire.

Nous le savons tous les deux : j'ai besoin de temps à moi. Force m'est cependant de reconnaître qu'il y a peut-être une autre raison. Si je tiens tant à mes moments de solitude, la cause n'en serait-elle pas le nouvel occupant de l'appartement d'en face ? La présence de mon mari, même aveugle, ne ferait-elle pas obstacle à mon petit flirt à distance ?

Car c'est bien de cela qu'il s'agit, non ? Pour une raison mystérieuse, j'essaie de me faire remarquer, d'attirer l'attention de l'inconnu. Je suis ravie quand c'est le cas, déçue s'il ne réagit pas. Quelle différence avec une adolescente faisant un clin d'œil au capitaine de l'équipe de foot ? Ou avec la dame qui croise les jambes dans le bus en sachant que sa jupe remontera un peu trop haut ?

Attendez, il y en a tout de même une. Je fais mon cinéma bien à l'abri dans mon immeuble, forteresse en brique et en béton où je me sens totalement protégée, isolée du reste de la ville par les murs inviolables, les douves infranchissables de l'anonymat. Rien ne peut m'arriver. Ce petit jeu restera sans lendemain. Il est absolument inoffensif, ce qui fait son charme. Et son attrait...

Je parcours le CV de Maryann. D'abord, je remarque qu'elle se présente comme *Adjointe de direction*. A changer : désormais, elle sera *Directrice adjointe*. Oui, c'est la même chose, mais curieusement, ça fait plus d'effet.

Ensuite, elle utilise trop la voix passive. *Ai été associée à la réorganisation d'une ligne de produits* deviendra : *Ai réorganisé une ligne de produits.* Et presque deux pages, c'est trop long pour un CV. Une seule suffit quand on a seulement six ans d'expérience, sinon on vous soupçonne d'avoir du mal à garder un emploi.

Je passe le CV au traitement de texte, utilisant des polices différentes, mettant çà et là quelques mots en gras, ajoutant quelques puces pour la clarté de l'ensemble. Dans mon métier, je vois défiler beaucoup de CV. Je sais que dans l'absolu, la mise en page ne devrait rien changer. Mais croyez-en mon expérience, tel n'est pas le cas.

Quand j'ai fini, Maryann a un magnifique CV, entièrement revu et corrigé. J'en mets un exemplaire sous enveloppe, accompagné d'un mot lui demandant ce qu'elle en pense, et j'envoie le tout à son domicile – la règle étant de ne jamais, au grand jamais, envoyer quoi que ce soit sur le lieu de travail. Mon enveloppe croise la lettre manuscrite où elle me remercie de mon invitation à déjeuner.

J'ai une nouvelle cliente.

Mais de moins en moins d'appétit.

Peut-être un symptôme du rhume des foins, encore qu'il ne fasse pas assez chaud. De toute façon, je mange moins dès le retour des beaux jours, préférant les boissons fraîches à une alimentation solide. De même que je consomme davantage de fruits, de légumes crus, de salades, au détriment des féculents.

J'ai aussi tendance à manger moins quand je suis heureuse et que tout va bien. Lorsque je suis tombée amoureuse de Walter, j'approchais les soixante-dix kilos. Trois semaines plus tard, j'en avais perdu au moins sept. Et sans me mettre au régime : après tout, Walter ne pouvait pas vraiment voir la différence. Non, ça s'était fait tout seul. A cause des endorphines, dit-on, et de l'adrénaline qui libère du sucre dans le sang, provoquant une sensation de satiété.

Pour moi, en tout cas, ça marche.

C'est quand je déprime que je deviens boulimique. J'ai même mes propres indicateurs permettant de mesurer ma santé mentale. Ils rappellent les tests d'auto-diagnostic des magazines distribués en grande surface :

LES SEPT SIGNES CLINIQUES DE LA DÉPRESSION

1. Continuez-vous à manger alors que vous n'avez plus faim ?
2. Dormez-vous davantage, même dans la journée ?
3. Avez-vous du mal à croiser le regard des autres ? Baissez-vous souvent les yeux ?
4. Sortez-vous moins souvent, et plus brièvement ?
5. Négligez-vous votre apparence ?
6. Avez-vous les cheveux ternes et mal coiffés ?
7. Votre peau est-elle en plus mauvais état que d'habitude ?

SI VOUS AVEZ RÉPONDU « OUI » PLUS DE TROIS FOIS, VOUS RISQUEZ DE GRAVES COMPLICATIONS !

DÉCOUVREZ LE MOIS PROCHAIN NOS HUIT CONSEILS POUR RETROUVER UN MORAL D'ACIER, PLUS UNE RECETTE DE BARRES AUX FIGUES SANS MATIERES GRASSES PROPOSEE PAR JANE FONDA, ET BIEN D'AUTRES SUGGESTIONS !

Enfin, il y a bien sûr une dernière possibilité : serais-je en train de maigrir pour l'inconnu ? Ou du moins à cause de lui ? Voilà qui mérite réflexion.

Mais je ne veux surtout pas réfléchir.

Le cas de George McMillan reste, hélas, problématique. Apparemment, il n'y a aucun poste vacant au centre opérationnel de Coach Leatherware dans le New Jersey, et personne chez eux n'est sur un siège éjectable, pour reprendre leur jargon. J'appelle George et, de ma voix la plus rassurante, je lui dis de ne pas se décourager, que je m'occupe de lui, qu'une occasion va forcément se présenter. Entre nous, je n'en suis pas si sûre.

George n'est pas mon client le plus facile.

Dans ce métier, cependant, on n'aime pas capituler. On finit toujours par dénicher à quelqu'un le poste qui lui convient. Un peu comme dans une histoire d'amour, quand on y pense. Observez vos amis mariés, ou ceux qui ont « quelqu'un dans leur vie » comme on dit maintenant. Vous n'avez jamais remarqué que les plus séduisants se retrouvaient systématiquement ensemble ? Le quarter-back de l'équipe universitaire de football américain et la reine de beauté locale, par exemple ? Même chose pour ceux qui sont un peu moins séduisants, catégorie dans laquelle je nous inclus, Walter et moi – bien qu'on ne l'ait jamais pris pour Richard Gere, mon mari est très bel homme avec son mètre quatre-vingts, ses traits bien dessinés, ses tempes grisonnantes. La liste ne s'arrête pas là : les gens assez quelconques, et même les moins gâtés par la nature, se marient eux aussi entre eux. On dirait que chacun met un point d'honneur à se chercher un partenaire au physique compatible avec le sien. On voit parfois une femme ravissante avec un type dont on se demande où elle est allée le chercher, et inversement, mais c'est l'exception qui confirme la règle.

Dans le monde des affaires, c'est pareil. Je vous l'ai dit, George McMillan a tout de l'homme de Neandertal. Pourtant, il existe quelque part un poste fait pour lui. Et je le trouverai, qu'il s'agisse de frotter des silex pour faire du feu, de tailler des branches, ou de balayer une grotte chaque matin.

En outre, George ne vit pas dans une bulle stérile. Il travaille dans le prêt-à-porter depuis vingt-cinq ans. Il connaît beaucoup de monde. Si je réussis à le placer, il m'en sera reconnaissant. Et il exprimera sa reconnaissance en donnant mon nom et mes coordonnées à une ou deux personnes de son entourage.

Le client d'aujourd'hui est un investissement pour l'avenir.

– Jilly, tu ne crois pas qu'on devrait s'intéresser aux marchés ?

– Marchés ? Comme dans supermarchés ?

– Non, comme dans marchés financiers. La Bourse.

– Tu ne voulais pas en entendre parler ! Tu prétendais que c'était pour les spéculateurs.

– Je sais. Mais tout le monde dit que nous sommes ridicules, que c'est le meilleur endroit où placer ses économies. Paul Bellows m'a déclaré aujourd'hui que n'importe quel idiot pouvait gagner de l'argent en Bourse.

– Comme s'il en savait quelque chose !

Paul Bellows enseigne avec Walter au département d'anglais. A entendre son accent, on le croirait descendu du dernier Concorde en provenance d'Heathrow. En fait, il est originaire de l'Iowa...

– Un peu d'indulgence, Jilly !

– Excuse-moi.

– Alors, que penses-tu de mon idée ?

– Achète quelques actions. Mais s'il faut vendre les meubles, préviens-moi à temps !

Walter n'a jamais été un grand gestionnaire.

Après le dîner, je remarque que l'inconnu me cherche des yeux. Il doit s'attendre à ce que je fasse la vaisselle ou que je range la cuisine. Il sait que je serai seule.

Ce soir, il s'arrange pour que je le voie. A aucun moment je ne tourne la tête dans sa direction, au contraire. Pourtant, je le sens qui m'observe.

Et j'aime cette sensation.

Quand j'ai fini, j'éteins le plafonnier. Sans le tube au néon de la hotte aspirante qui inonde les brûleurs de sa lumière blanche, la pièce serait entièrement sombre.

Je fais distraitement deux pas vers la gauche, déplacement à peine perceptible de l'appartement d'en face. Mes pieds et le bas de mes jambes sont invisibles, mais je me trouve à présent entre la fenêtre à ma gauche et le fourneau à ma droite, éclairée de profil.

Ma silhouette se détache en ombre chinoise. Pour lui seul.

Je reste là un long moment, à sentir son regard sur moi. Lentement, d'un air distrait, je lève les bras, croise les mains derrière ma nuque, renverse la tête en arrière jusqu'à ne plus voir que le plafond. Les yeux fermés, je me masse les cervicales.

Au bout d'une minute ou deux, je laisse retomber mes bras le long du corps et j'effectue quelques lentes rotations de la tête, comme pour effacer les dernières tensions. Puis je pivote sur moi-même, éteins la lumière de la hotte, me dirige vers la porte. Juste avant d'y arriver, je jette un coup d'œil furtif vers l'appartement d'en face.

Là aussi, tout est éteint, mais je vois quand même l'inconnu. Debout derrière sa fenêtre, face à moi. Vêtu d'un vieux jean et d'un sweat-shirt gris, une cigarette aux lèvres.

J'emporte cette image avec moi dans la salle de bains. Je la revois en me démaquillant, en me brossant les dents, en me dévêtant. Elle me suit dans la chambre, entre les draps du lit conjugal où je me glisse dans l'obscurité. Elle reste avec moi longtemps après que mon mari s'est endormi, trahi par sa respiration régulière. Pendant des heures elle m'accompagne, comme imprimée par accident sur ma rétine.

7

– Jilly, je peux te poser une question ?

Je lève les yeux de mon bagel. Regarder Walter quand il me parle est un réflexe dont je n'arrive pas à me débarrasser malgré des années de vie commune. Ridicule ? Pas autant qu'il y paraît. Peut-être suis-je trop sévère avec moi-même. Il peut tout simplement s'agir d'une forme de respect envers lui.

– Je t'écoute, dis-je.

– Chapman m'a demandé si ça ne m'ennuierait pas de dispenser un cours de littérature américaine du XIXe siècle cet été. Apparemment, Overstreet a besoin de temps libre pour terminer un livre que son éditeur lui réclame plus tôt que prévu. Ce serait à quatorze heures, quatre après-midi par semaine. Tu y vois un inconvénient ?

Je me force à compter intérieurement jusqu'à trois avant de répondre.

– Je m'en accommoderai. Par ailleurs, cette rentrée d'argent sera la bienvenue.

– Pourquoi ? On est ruinés ?

– Non, Walter. Mais quelques économies supplémentaires sont toujours bonnes à prendre. Et tu pourras t'offrir tes fameuses actions !

Il éclate de rire.

– Donc, pas d'objection ?

– Pas la moindre.

Les cours d'été dureront de début juin à début août. Je ne prends même pas la peine de demander quels jours de la semaine Walter travaillera : ça ne change pas grand-chose. L'essentiel, c'est la perspective d'avoir du temps à moi.

Finalement, Dieu existe !

Betsy Woodruff, une vieille amie de chez Bergdorf, m'appelle pour m'informer que son groupe cherche un directeur chargé de la collection homme. Quelqu'un au goût sûr, capable de renouveler leur image, de rajeunir aussi bien leur ligne sport que les costumes et vêtements plus habillés.

– Quel niveau de rémunération ?

– C'est un poste de directeur expérimenté. On m'a parlé d'un salaire à six chiffres.

Je pense à George McMillan, mais déjà mes doigts tournent les pages de mon carnet d'adresses.

– Tu restes à ton bureau quelque temps ? dis-je.

– Une heure environ.

– Je te rappelle.

Je passe les vingt minutes suivantes à éplucher la liste de mes clients, cherchant qui pourrait avoir le profil. J'élimine George McMillan, trop primaire pour coordonner une équipe, surtout de stylistes. Je passe en revue une douzaine de candidats potentiels, mais aucun ne fait l'affaire. Elaine Paulson a une expérience trop récente des collections homme. Peter Stadtmauer est trop excentrique pour se couler dans le moule Bergdorf. Neal Brady a déjà changé deux fois de poste en dix-huit mois. Frank Willoughby est trop âgé, Laura Mills trop « je ne sais quoi », et Maryann Silverman trop jeune.

Je finis par rappeler Betsy avec de mauvaises nouvelles :

– C'est non pour cette fois. Bien sûr, je peux toujours

t'envoyer deux ou trois candidats, mais ils ne correspondront pas vraiment à ce que tu cherches.

– Quelle poisse !

– A qui le dis-tu !

– Merci en tout cas de tes efforts, et de ne pas me faire perdre mon temps.

Ce qui a son importance.

Il m'aurait été facile de recommander quelqu'un à Betsy. Elaine sera exactement la personne qu'il lui faut dans deux ans, tout comme Frank Willoughby l'aurait été il y a cinq ans. Et s'il ne tenait qu'à moi, je lui enverrais Maryann Silverman, pour l'habituer à ce genre d'entretiens. Mais aucun des trois ne convient pour le poste proposé.

En affaires, le produit est le principal atout. Si les femmes restent fidèles aux sacs à main Coach Leatherware, c'est qu'ils sont indémodables, qu'ils vieillissent bien, et que la marque a toujours privilégié la qualité. Je ne connais pas grand-chose aux voitures – je n'en ai plus depuis une dizaine d'années – mais il en va sûrement de même pour Mercedes et BMW.

Quand j'ai ouvert mon agence, je considérais mes clients comme mon produit. Lorsqu'on me demandait de recommander quelqu'un, je jouais ma carte maîtresse. Je tirais de mon chapeau le nom de mon meilleur client du moment, quel qu'il soit, je le faisais passer pour le candidat idéal, le briefais sur les compétences requises, organisais l'entretien et attendais patiemment l'arrivée par courrier de ma commission.

Curieusement, je n'en voyais pas souvent la couleur.

Mon erreur, je m'en suis vite rendu compte, était de me reposer sur le talent de mes clients au lieu de faire sérieusement mon travail. Mon produit, en réalité, n'est jamais le candidat lui-même : c'est l'art de trouver la personne dont le profil correspond le mieux au poste proposé.

Seconde leçon : si on n'a aucun candidat possible, ne pas hésiter à le dire franchement. On y perd sur le moment, mais on en sort gagnant à long terme. C'est ce qui s'appelle « ménager sa crédibilité ». Et en affaires, la crédibilité est aussi importante que le produit.

Il m'a fallu un certain temps, mais j'ai fini par comprendre les règles du jeu. Betsy Woodruff aussi : elle me rappellera la prochaine fois qu'elle aura besoin de quelqu'un.

Comme il fait beau, je décide d'aller faire un tour. Je m'arrête à la carterie d'Amsterdam Avenue pour jeter un coup d'œil à leurs nouveautés. J'aime bien avoir quelques cartes d'avance. Si je me rappelle l'anniversaire de quelqu'un à la dernière minute, je n'ai pas à courir en acheter une. Inutile de préciser qu'avec Walter, je n'échange pas de cartes d'anniversaire. Pour moi, ce genre d'attention allait de soi et je m'en réjouissais à l'avance. Je me suis difficilement résignée à en être privée.

Je vais voir les soldes de Banana Republic sur Columbus Avenue. Rien d'extraordinaire. En revanche, ils ont reçu une nouvelle collection de lingerie sexy, mini-slips et soutiens-gorge assortis. En blanc et en noir, bien sûr, et aussi en rouge. Pas vraiment mon style.

Je regarde les chemisiers et les pantalons. Joli, mais cher. Je reviendrai dans une ou deux semaines, quand ils seront soldés à leur tour.

A dix mètres de la sortie, alors que je m'apprête à quitter les lieux, je m'arrête net, comme retenue par une main invisible. Avant que j'aie pu comprendre ce qui m'arrivait, elle me ramène vers le fond du magasin. Là, en proie à une forme de dénégation, je m'attarde devant les jupes, faisant semblant d'hésiter entre deux nuances de bleu. Il y a du monde, après tout, et je me sens assez mal à l'aise. Les hommes éprouvent-ils la même gêne en achetant des préservatifs ? « Jillian, me dis-je, tu as trente-quatre ans, tu es adulte pour l'amour du ciel ! »

Alors je me lance. Je choisis un slip et un soutien-gorge, taille 40, rouges tous les deux. En allant à la caisse, j'aperçois mon reflet dans un miroir. A voir mes joues écarlates, on croirait que j'achète un string en cuir, un bâillon et un fouet. Mais il est trop tard pour reculer.

– Avez-vous été servie par une vendeuse ? me demande la caissière.

– Non, pourquoi ?

Serait-ce une manière d'exprimer sa désapprobation ? Elle doit trouver ces dessous trop voyants pour quelqu'un de mon âge.

– Parce que si c'est le cas, je suis censée noter son numéro sur le ticket.

Après avoir enregistré mon achat, elle me rend la monnaie avec un petit sourire en me confiant :

– J'ai exactement les mêmes.

Formidable... Elle a l'air d'avoir quatorze ans, et de faire soixante centimètres de tour de hanches...

Sur le chemin du retour, je décide que je peux toujours raconter à Walter qu'ils sont noirs. Ce qui nous amène bien sûr à une autre question : si je ne les ai pas achetés pour mon mari, alors pour qui ?

Pour l'inconnu ?

J'ai lu quelque part que le jour où un homme marié s'offre de nouveaux sous-vêtements, c'est un signe infaillible qu'il trompe sa femme. Cela s'applique-t-il aussi aux femmes mariées ? Et à moi en particulier ?

Ridicule. Les femmes s'achètent sans arrêt de la lingerie. Tout le monde sait ça.

Rhonda Edelstein m'appelle et m'annonce que Calvin Klein vient de lui offrir le poste de consultante pour sa ligne de bas et collants. Elle a demandé soixante-quinze mille dollars, on lui en a proposé soixante-cinq mille, et tout le monde a fini par s'entendre sur soixante-dix mille. C'est un contrat de six mois, avec la perspective de voir le poste devenir définitif.

Ma commission se monte à trois mille cinq cents dollars, soit cinq pour cent de la somme finale. Pas mal, pour deux ou trois coups de fil, non ? Mais n'en tirez pas de conclusions hâtives : pour chaque rentrée d'argent inespérée, je peux vous raconter vingt autres histoires où j'ai remué ciel et terre en pure perte.

Walter rentre à la maison survolté, avec une liste de sociétés cotées en bourse parmi lesquelles choisir. Un collègue de l'université, fin connaisseur des marchés financiers à en croire Walter, lui a donné quelques conseils.

De mémoire, il m'énumère plusieurs noms : IBM, Harley-Davidson, Coca-Cola, Intel, Lucent, Compaq, OneCorp...

— Des valeurs à haut risque, de toute évidence... Paul Bellows frôle le délit d'initié, dis-je avec un sourire ironique.

— En fait, ce n'est pas Bellows, mais Cavanaugh de la faculté de sciences économiques. D'après lui, tous les placements individuels sont risqués sur un marché instable. Si on veut dormir tranquille, mieux vaut opter pour un fonds commun de placement.

— Pas très excitant.

— C'est bien mon avis. De toute façon, je suis assez tenté par Harley Davidson. J'ai toujours rêvé d'avoir une moto.

« Juste ce qu'il te faut », ai-je envie de répondre. Mais au fil des ans, j'ai appris à garder pour moi ce genre de réparties. Que Walter ironise sur son sort est une chose, que sa femme le fasse en est une autre.

Le lendemain matin, après le départ de Walter pour l'université, j'enfile les dessous achetés chez Banana

Republic et je contemple le résultat dans le miroir de la chambre. Ils ne cachent pas grand-chose, surtout le slip, mais ils me vont très bien. Et quel rouge ! Bien plus vif que je ne l'avais imaginé dans le magasin. Je me tourne et me retourne, me déhanchant comme un mannequin, adoptant même les poses provocantes des « danseuses » de certaines revues diffusées tard sur le câble. Ce que j'apprécie le plus, je l'avoue, c'est la façon dont le slip moule mon postérieur, dont je vous ai déjà vanté les mérites.

Il me faut dix bonnes minutes avant de trouver le courage d'aller vers la cuisine. Comme n'importe quelle femme ayant envie d'un verre de jus d'orange. A un détail près : la femme en question n'est vêtue que de quelques grammes de coton écarlate.

Il fait jour, je n'ai donc pas besoin d'allumer et de me donner en spectacle. Sans même un regard furtif vers l'immeuble voisin, je sors du réfrigérateur la bouteille de jus d'orange frais pressé. C'est seulement après m'en être versé un verre et en avoir bu la moitié que j'ose jeter un rapide coup d'œil.

Pas trace de l'inconnu.

Verre en main, je me réfugie dans la chambre, où je m'autorise un fou rire. A vrai dire, je ne sais pas si je dois être déçue ou soulagée. Je retire mes dessous, préférant les garder pour une autre occasion. Une fois rhabillée, alors que je m'apprête à les ranger dans ma commode, je m'aperçois que le slip est légèrement humide.

Vers midi, je m'absente environ une heure. A mon retour, j'ai cinq messages sur mon répondeur. George McMillan veut savoir si je lui ai trouvé quelque chose ; il aimerait m'inviter à déjeuner un de ces jours. Maryann Silverman, enchantée de la transformation subie par son CV, appelle uniquement pour me remercier. Steve Gunderson, de chez Nautica, cherche quelqu'un pour compléter l'équipe chargée de leur collection de sports-wear. Ellen DeSantis, de chez Tommy Hilfiger, voudrait me parler, mais rien d'urgent. Enfin, un certain Han-cock, ou Haddoch, me demande si j'ai réfléchi et si je suis prête à lui vendre mon numéro vert.

Je rappelle mes quatre premiers correspondants. J'ex-plique à George McMillan que je poursuis mes recher-ches, et qu'il faut être patient ; nous décidons de déjeuner ensemble vendredi prochain. Je promets à Maryann Silverman qu'elle ne devrait pas tarder à avoir une bonne surprise. Steve Gunderson est absent, mais je lui laisse un message lui demandant de me donner plus de détails sur le poste proposé par Nautica (maison qui marche très fort ces temps-ci). Ellen DeSantis répond, mais elle est débordée et préfère me rappeler (si Nautica marche très fort, Tommy Hilfiger fait carré-ment un malheur). Quant au dernier message, celui concernant mon numéro vert, je l'efface. Mon absence de réponse suffira : inutile de retourner le fer dans la plaie.

Alors que mon travail commence à m'absorber totale-ment, je commets l'erreur d'aller dans la cuisine cher-cher quelque chose à grignoter. Si je me souviens bien, il doit rester deux ou trois barres aux figues, ou au moins un paquet de raisins secs.

Il est là !

Même sweat-shirt, même jean. Mais cette fois, pas de cigarette.

L'appétit coupé, je retourne à mon ordinateur et j'af-fiche la liste de mes clients. J'essaie par tous les moyens de me remettre au travail. Rien à faire. Je clique sur INTERROMPRE et retourne dans la chambre. Là, je passe à l'acte : je ferme les volets, me déshabille et me glisse à nouveau dans mes dessous rouges. Mon cœur bat la chamade. Ce que je fais est insensé, je le sais, mais c'est plus fort que moi.

Petit problème : je ne peux pas me contenter de réap-paraître dans cette tenue. Sinon, il croira que je l'ai vu, et que je m'exhibe délibérément. Je me saisis donc du premier leurre venu : une petite serviette blanche du placard à linge, que je pose sur mes épaules comme si j'allais prendre une douche. Elle ne cachera pas grand-chose et fera ressortir le rouge.

Mon cœur bat de plus en plus fort. C'est absurde. Je me demande si quelqu'un a déjà fait un infarctus dans les mêmes circonstances. Et les strip-teaseuses, ont-elles le trac, elles aussi ?

Je décide d'attendre quelques minutes avant de retourner dans la cuisine, pour donner à l'inconnu une chance de disparaître. Mais au fond de moi, je ne veux surtout pas qu'il s'en aille.

Alors je fais mon entrée.

Et il est là.

En tout, je ne reste pas plus de trente secondes dans la cuisine : je vais du réfrigérateur à l'évier, je m'essuie les mains sans les avoir lavées. Même si je l'aperçois briè-vement du coin de l'œil, à aucun moment je n'ai le cou-rage de regarder dans sa direction.

En revanche, je peux affirmer que lui ne détourne pas les yeux un seul instant.

Moi qui n'ai jamais eu de crise d'asthme, je suffoque en arrivant dans ma chambre. Il n'y a pas assez d'air, ou trop. Mon cœur cogne dans ma poitrine, à m'en faire mal. Heureusement, les volets sont toujours fermés. Je retire précipitamment les dessous rouges. Je m'effondre sur le lit, où je décide de me pelotonner pour reprendre mon souffle, les mains entre les cuisses comme James Dean dans *La Fureur de vivre*. Mais elles ne restent pas immobiles. Sans comprendre quelle force irrésistible s'empare de moi, incapable de m'arrêter, je commence à me caresser, de plus en plus fort, de plus en plus vite. Jusqu'à crier de douleur et de plaisir à la fois. Ce qui ne m'arrive jamais, absolument jamais.

8

– J 'AI acheté soixante-quinze actions Harley Davidson
et cinquante Coca-Cola, annonce fièrement Walter
au dîner.

– Bravo ! Et ça nous a coûté combien ?

– Difficile à dire. Tout dépend des cours au moment
de la transaction. Il faut aussi ajouter la commission.

– Combien sont-elles cotées aujourd'hui ?

– Aucune idée, avoue-t-il. Si tu as une minute, tu
pourrais peut-être jeter un coup d'œil aux pages finan-
cières demain matin ?

Apparemment, c'est moi qui vais avoir un nouveau
hobby...

Je réussis enfin à joindre Steve Gunderson de chez
Nautica. Il cherche quelqu'un ayant l'expérience du
sportswear, le sens de la mode et de la couleur. Capable
de collaborer avec des gens très différents, des cadres
dirigeants aux acheteurs, en passant par les stylistes.
Jeune, si possible, et plein d'idées. En d'autres termes,
quelqu'un dont les exigences en matière de salaire ne
sont pas encore trop élevées.

Sans l'avoir jamais rencontrée, il vient de faire le por-
trait de Maryann Silverman.

– Steve, dis-je, j'ai exactement la personne qu'il te
faut.

Je retrouve George McMillan pour déjeuner au Royalton sur la 44e Rue Ouest, rendez-vous de la gent littéraire : agents, éditeurs et écrivains en vue viennent y discuter de leurs derniers best-sellers.

Moi j'y vais surtout pour les salades.

Nous prenons l'apéritif et bavardons un peu avant de commander. George est d'excellente humeur. Non content d'insister pour m'inviter, il semble détendu et philosophe au sujet de mes efforts en sa faveur.

— On dirait que je suis un cas difficile, hein, Jill ?

— Mais non ! On traverse juste une drôle de période. Les grandes maisons sont sur leurs gardes. Beaucoup de gens pensent que l'embellie actuelle sera de courte durée.

Des propos un peu hypocrites, bien sûr. George est bel et bien un cas difficile, un des plus difficiles que j'ai jamais eus. Mais je n'ai pas le courage de le lui dire. Pas le jour où il m'invite à déjeuner, en tout cas.

— Au fait, déclare George, je vous ai dit que je m'étais offert un nouveau téléphone portable ? Avec une portée de quatre cents kilomètres !

George adore les gadgets. Il s'en achète sans cesse de nouveaux. Ancien Marine, il a tout du chef scout, à plus d'un titre. Il insiste pour inscrire son numéro de portable à l'intérieur d'une pochette d'allumettes qu'il me tend :

— Au cas où vous auriez besoin de me joindre quand je suis en mission, explique-t-il.

Je la glisse dans mon sac à main. Il faut bien faire plaisir à George de temps en temps.

J'ai eu l'occasion de réfléchir à ma conduite de l'autre jour. « Ma conduite » !... On croirait entendre ma mère... Au secours !

Ce que j'ai fait ne me ressemble pas du tout, mais alors pas du tout. A commencer par cette idée d'acheter des dessous rouges : ce n'est vraiment pas mon genre. Jetez un coup d'œil dans les tiroirs de ma commode, vous verrez. Certaines femmes portent de la lingerie fine, comme celle des catalogues de *Victoria's Secrets*, présentée par des mannequins à peine sortis de l'adolescence. De la soie et de la dentelle, beaucoup de fanfreluches et de transparences. Des soutiens-gorge qui vous remontent les seins jusque dans la stratosphère, des slips qui ne cachent rien. Sans doute parfait pour Madonna.

Moi, je préfère le coton. Et pas seulement sur les conseils de mon gynécologue. C'est plus confortable, ça dure plus longtemps, et ça correspond à l'idée que je me fais des sous-vêtements. Les strings et les découpes audacieuses ne sont pas pour moi. Quant aux couleurs, voyez vous-mêmes. D'accord, il n'y a pas que du blanc : un peu de noir, de beige, de bleu, et même de vert. Mais du rouge vif ? Vous n'y pensez-pas !

Et dire qu'ensuite, j'ai exhibé mes charmes comme une reine du porno ! Je perds la tête, ou quoi ? Nous sommes à New York, ne l'oublions pas. Rien ne prouve que mon admirateur de l'immeuble d'en face ne soit pas un violeur ou un serial killer. Et moi, Jillian Gray, je ne trouve rien de mieux à faire que de le provoquer, de le mettre en appétit, comme si j'étais née de la dernière pluie.

Ne parlons même pas de ce qui s'est passé après, sur le lit de ma chambre. Mettons ça sur le compte d'un coup de folie passager, et restons-en là.

Avec l'accord de Maryann Silverman, je faxe son CV à Steve Gunderson chez Nautica. Au bas de la page, j'ajoute une recommandation manuscrite :

Steve,

Cette fille est une battante.
Tu vas l'adorer !

Jill

Après tout, pourquoi faire les choses à moitié ?

– Décroche, Jill. C'est moi, Ellen.

Je m'exécute aussitôt.

– Ils t'ont quand même laissé rentrer chez toi ? dis-je.

Chacun sait que dans le prêt-à-porter, on travaille très tard. Tommy Hilfiger ne fait sûrement pas exception. Je pose néanmoins la question, pour montrer à Ellen que je compatis. Les gens aiment se faire plaindre...

– Oui, il était temps. Au fait, quelle heure est-il ?

– Dix heures moins le quart.

– Pitié ! Presque l'heure de se relever et de repartir !

J'éclate de rire. Je m'apprête à lui demander ce qu'elle devient, mais je me souviens que c'est elle qui voulait me parler. Mieux vaut lui laisser l'initiative. Je n'attends pas longtemps.

– Jill, ça doit rester entre nous, mais nous allons devoir remplacer le numéro deux du département ressources humaines. Le directeur nous quitte fin juin et son adjoint doit lui succéder.

– Intéressant. J'ai deux ou trois personnes qui auraient le profil.

– Ce n'est pas « deux ou trois personnes » que je veux.

– D'accord. Voyons qui je peux éliminer.

– Jillian Gray, tu ne m'écoutes pas.

– Pardon ?

– « Ressources humaines. Numéro deux. Tommy Hilfiger. » Tu me suis ? Message reçu ?

– Pas vraiment. Il est tard, et la journée a été longue.

– Toi, Jill. C'est ton job. Tu serais parfaite.

– Pas question.

– Quatre-vingt-dix mille dollars pour commencer. Cent vingt-cinq mille au bout de deux ans. Des avantages en veux-tu, en voilà. Assurance maladie, congés payés... Un poste fait pour toi.

– Mais pour lequel je ne suis peut-être pas faite.

– Tu réfléchiras ?

– Entendu.

Je vais d'une pièce à l'autre, arrosant toutes les plantes les unes après les autres, comme chaque fois que j'ai besoin d'une activité qui me libère l'esprit. Résultat : nous avons les plantes les plus arrosées des Etats-Unis. Leur espérance de vie est d'un jour et demi environ. Elles pourrissent sur pied, même la tige est atteinte. D'après ma mère, je n'ai pas les doigts verts, mais noirs.

Je pense à ma conversation téléphonique avec Ellen DeSantis. Tommy Hilfiger est une maison réputée, le salaire paraît attractif, et j'aimerais beaucoup travailler avec Ellen. Mais aussi tentante que soit sa proposition, je n'hésite pas un instant. D'abord, je n'ai aucune intention de renoncer à mon indépendance, même pour un salaire à six chiffres assorti d'une batterie d'avantages.

Ma situation présente me convient parfaitement. Dieu sait pourtant que ça n'a pas toujours été facile. J'ai connu des années de vaches maigres, durant lesquelles je me demandais si je ferais un jour des bénéfices. Je me suis battue pour arriver où je suis, je n'ai pas ménagé mes efforts. Maintenant que j'ai atteint mon objectif, que j'ai transformé mon projet d'agence en une réalité dont je suis fière, je ne vais pas l'abandonner pour me mettre au service de quelqu'un d'autre.

Cela signifierait être « salariée », ce dont je ne voulais à aucun prix. Il y a toutefois une autre raison pour laquelle je refuserai l'offre d'Ellen : Walter. Si j'avais un emploi salarié, je devrais m'absenter toute la journée, et une partie de la soirée. Je ne serais plus là pour mon mari, pour l'aider en cas de besoin.

Ne vous méprenez pas : Walter n'est pas, tant s'en faut, un invalide. Il appelle rarement au secours et ne se plaint jamais. De mon côté, je n'ai rien d'un martyr : je ne vis pas pour le servir. Quand je fais quelque chose pour lui, il apprécie, car il sait que rien ne m'y oblige. Et sa reconnaissance me va droit au cœur. Nous nous complétons. Nous sommes devenus une équipe, lui et moi. Ça peut sembler mélo, mais j'y trouve une forme de satisfaction.

« Dépendance mutuelle » : ces deux mots seraient-ils soudain devenus tabou ? J'espère bien que non.

Maryann Silverman m'appelle pour m'annoncer qu'elle a un entretien demain chez Nautica, et pour me remercier de mon aide. Je lui donne quelques conseils de dernière minute, comme un entraîneur avant l'entrée de son équipe sur le terrain. N'oubliez pas de poser des questions, dis-je. Ni de croiser le regard de votre interlocuteur. Et il n'est pas interdit de parler argent, à condition de ne pas le faire trop tôt dans la conversation. Mais surtout, soyez vous-même. Je suis tombée sous le charme, pas de raison que ça ne marche pas avec eux.

L'enthousiasme dans la voix de Maryann est contagieux : quand je raccroche, je souhaite autant sa réussite que si c'était ma propre fille.

L'action Harley Davidson est stable à trente et un dollars cinquante. A soixante-huit dollars soixante-quinze, Coca Cola a perdu vingt-cinq cents. Walter parle de vendre.

– Déjà ?
– Je n'aurais jamais dû les acheter.
– Pourquoi ?
– J'ai toujours préféré Pepsi.

Dans l'immédiat, Walter et la Bourse n'ont pas l'air faits pour s'entendre.

J'attends vingt-quatre heures avant de rappeler Ellen DeSantis pour lui dire que je ne me vois pas directrice adjointe des ressources humaines chez Tommy Hilfiger. Je lui rappelle que je n'ai pas vraiment envie d'avoir un employeur et qu'en outre, ça poserait des problèmes à cause de Walter.

– Mon Dieu, je n'y avais même pas pensé ! Quelle idiote je fais ! Excuse-moi, Jill.

– Ne sois pas ridicule. Ça me fait tellement plaisir qu'on nous considère comme un couple normal !

Nous bavardons quelques minutes. Je promets d'essayer de lui trouver le candidat idéal, avec des priorités différentes des miennes. Plus tard, seulement, je pense à une autre raison pouvant expliquer mon refus, et pourquoi je préfère passer mes journées à travailler chez moi, dans mon appartement.

Une raison située juste en face de la fenêtre de ma cuisine.

Walter sort se promener, sûrement pour acheter six canettes de Coca Cola et faire remonter leurs actions. Heureusement qu'il n'a pas assez d'argent sur lui pour revenir avec une moto !

Dix minutes au plus se sont écoulées lorsque je me retrouve dans ma cuisine. Et bien sûr, l'inconnu est là. Pourquoi pas, après tout ? Il a dû apprécier le petit spectacle que je lui ai offert l'autre jour.

Au moins, je ne l'ai pas fait fuir.

Je m'autorise à le regarder quelques instants. (Beaucoup plus facile, en fait, quand je suis habillée.) Toujours le même jean – il ne doit jamais en changer – mais le sweat-shirt gris a fait place à une chemise en Oxford, blanche à fines rayures. Oui, je suis sensible à ce genre de détail. Je suis la princesse de MOD-BOSS, n'oubliez pas. La chemise en question ayant le col ouvert, je peux voir qu'il la porte à même la peau, sans T-shirt, ce qui n'est pas pour me déplaire...

Je me force à retourner dans le séjour. J'ouvre le *New York Times* et tente de m'intéresser à la rubrique Arts et spectacles. Mais je continue à penser à l'inconnu : il a quelque chose de différent aujourd'hui, que je n'arrive pas à identifier.

Il me faut une bonne heure pour trouver la réponse :

il s'est rasé, voilà l'explication. Il n'a plus sa barbe de deux jours.

Pour moi ?

Maryann Silverman me raconte par téléphone son entretien chez Nautica.

– Ça a duré cinq heures ! On m'a fait rencontrer quatre personnes différentes, l'une après l'autre.

– Parfait. Ça n'a rien d'inhabituel, mais ça veut dire que vous les intéressez. Qu'avez-vous pensé de Steve Gunderson ?

– Je ne l'ai pas vu. Il était en réunion toute la journée...

Un très mauvais point, en revanche.

– ... mais j'y retourne après-demain. Il veut déjeuner avec moi, pour discuter de mon salaire.

– Alors c'est gagné !

Nous sommes prises d'un fou rire, telles deux élèves de première invitées au bal de fin d'année par les deux plus beaux garçons de terminale. C'est l'aspect le plus gratifiant de mon travail, le moment où quelqu'un qui le mérite va décrocher un poste formidable. Et par-dessus le marché, je vais toucher une commission ! Voilà pourquoi je n'accepte pas le premier emploi venu. Pas seulement pour Walter. Ni même pour « qui vous savez ». Je voudrais immortaliser cet instant, l'enfermer dans une bouteille en prévision des mauvais jours qui reviendront bien assez tôt, ces jours où rien ne va, et où je suis sûre de présenter les sept symptômes de la dépression.

Walter est de retour. Sans Coca, ni moto. Rien à craindre pour le moment, donc. Sans lui laisser le temps de retirer sa veste, je lui saute au cou :

– Tu sais combien je t'aime ?

– Non, répond-il, imperturbable. Combien ?

– Comme ça.

Et je le serre de toutes mes forces dans mes bras.

– Bon, déclare-t-il quand je finis par relâcher mon étreinte. Si je comprends bien, je vais devoir sortir me promener plus souvent cet été.

C'est sa manière de conclure l'épisode, d'y mettre le point final, comme s'il disait : « Très agréable. Et maintenant, occupons-nous du dîner. » Cette fois, cependant, je fais la sourde oreille. Je le prends par la main, l'entraîne vers la chambre. Là, je fais semblant de l'aider à retirer sa veste, que je m'arrange pour descendre sur ses épaules en laissant ses bras prisonniers des manches : ma version personnelle de la camisole de force.

Ma victime ainsi immobilisée, je mets un genou au sol pour défaire son ceinturon. Nous nous retrouvons sur le lit, où Walter finit par avoir le dessus et se débarrasser de la veste qui l'entravait. Nous faisons l'amour lentement, avec les gestes sûrs et familiers de ceux qui, après des années de vie commune, connaissent parfaitement le corps de l'autre. Walter est un bon amant, presque trop généreux. Lorsque je lui en fais le reproche, il m'assure en souriant que c'est sa façon de « prendre du plaisir en en donnant ».

Mais ne vous y trompez pas : il y a beaucoup d'avantages à avoir pour amant un homme qui doit faire oublier qu'il ne vous voit pas. Prenez le temps d'y réfléchir, si vous ne me croyez pas.

Ce soir, pourtant, étendue les yeux grands ouverts dans la lumière déclinante, le bras de mon mari enserrant mes épaules et son souffle chaud me caressant le cou, je ne peux m'empêcher d'éprouver une pointe de regret : aussi merveilleux que soient ces instants, quel plaisir ce serait, rien qu'une fois, d'être *vue*...

9

Nous nous endormons dans les bras l'un de l'autre, Walter et moi, oubliant complètement le dîner. Quel besoin de manger des pâtes à la tomate, après tout, quand l'amour apporte autant de satisfactions, graisses saturées en moins ?

Vers vingt-deux heures, j'enfile un peignoir et vais dans la salle de bains pour me brosser les dents, me démaquiller, aller aux toilettes. (Je sais, vous pouvez vous passer de ce dernier détail, mais je ne veux pas être accusée de fausse pudeur.) Puis je me rends dans la cuisine, histoire de boire un verre de jus d'orange, de vérifier que le four est éteint... Peu importe que le prétexte soit convaincant ou non, c'est moi que j'essaie d'abuser...

Aucun signe de lui.

A-t-il senti que je venais de faire l'amour avec mon mari ? Serait-il jaloux ? Voudrait-il se venger par son absence, me punir de mes infidélités ?

Etranges pensées, venant de quelqu'un que vous considériez jusque-là comme à peu près normale, non ? Mais là encore, j'essaie d'être honnête, voilà tout.

Gene Wiley de chez Polo (Ralph Lauren) m'appelle en début de matinée. Ils cherchent un nouveau responsable commercial, et Gene veut savoir si j'ai quelqu'un en vue.

– Un « responsable commercial »..., pour un poste de directeur ?

– Je n'en sais encore rien. Tout dépend de l'évolution de la situation.

Gene reste délibérément dans le vague, pour me dissuader de le presser de questions. Ça arrive souvent, et voilà sans doute de quoi il retourne dans ce cas précis : pour une raison quelconque, leur actuel directeur commercial les quitte. Ils ont un successeur potentiel sous la main, quelqu'un de la maison, mais dont ils ne sont pas totalement satisfaits. Alors, avant de prendre une décision, ils prospectent à droite et à gauche, se renseignant sur d'éventuels candidats. En fonction des informations obtenues, ils nommeront le candidat extérieur au poste de directeur, ou seulement à celui d'adjoint.

– Message reçu, dis-je, pour assurer Gene de ma discrétion. Mais j'ai quand même besoin de savoir quel genre de personne tu cherches.

Il soupire.

– Oh, quelqu'un d'expérimenté. Plus comptable que visionnaire – Dieu sait que chez nous, cette dernière catégorie est sur-représentée...

Aussitôt, je pense à George McMillan.

– Et que penserais-tu d'un type ayant exactement ce profil, mais un peu... vieux jeu ?

– Comment ça, « vieux jeu » ? Il porte des cravates en soie indienne et des pantalons à pattes d'éléphant ?

Plutôt une tenue de camouflage, ai-je envie de répondre, bien que ça ne corresponde pas tout à fait à la réalité. Je choisis chaque mot avec soin :

– Non, c'est un homme intelligent, doublé d'un battant. Et à ce qu'on m'a dit, il fait des miracles avec les chiffres. Seul problème, ne compte pas sur lui pour être politiquement correct, ni pour adhérer au club des branchés New Age.

– Envoie-le-moi, déclare Gene Wiley.

J'appelle aussitôt George McMillan, sans oublier d'utiliser le nom de code qu'il m'a attribué. Il me fait raccrocher, et attendre le temps qu'il sorte pour rappeler d'une cabine considérée comme « sûre ». On croirait deux espions chargés de voler la formule de la bombe atomique.

Je lui explique comment se présente la situation chez Polo.

– Polo, c'est Ralph Lauren, non ? demande-t-il.

– Oui, mais ce sont deux marques distinctes.

– Je me suis souvent demandé si Ralphie n'était pas un peu..., enfin, vous voyez ce que je veux dire...

– Je vois très bien, George. Mais si vous le prenez sur ce ton, autant en rester là.

– Non, au contraire, je suis très intéressé.

Après quelques minutes de discussion, George promet de faxer son CV à Gene Wiley, et de surveiller ses propos.

Je passe le reste de la matinée à tenter de me reprendre en main. Je me plonge dans mon travail, mets à jour la liste de mes clients, lis mon courrier, paie mes factures, vide la corbeille de mon ordinateur. En vain.

Il est là. Je le sens.

Je résiste jusqu'à midi, aussi fière d'avoir tenu bon qu'un alcoolique après une demi-journée sans une goutte d'alcool.

Récompense : il est bel et bien là.

A m'attendre ?

Cette fois, il porte un T-shirt noir. Et toujours le même vieux jean. La cigarette est de retour, bien que d'ici, elle semble éteinte. A la façon dont il me suit des yeux, je sais qu'il m'a vu entrer dans la cuisine. L'air de rien, j'ouvre plusieurs placards comme pour y chercher quelque chose. Je m'efforce de l'ignorer. Mais nous ne sommes dupes ni l'un ni l'autre.

Je sors une grappe de raisins du réfrigérateur – je n'ai pas faim, seulement besoin de me donner une contenance. Armée de la grappe de raisins, je finis par jeter un coup d'œil à l'inconnu. Il soutient mon regard. Moi aussi, je peux jouer à ce petit jeu, me dis-je, à condition d'avoir quelque chose à faire. Je détache donc un grain de raisin, le porte lentement à mes lèvres, y dépose un baiser. Puis, la bouche entrouverte, je fais durer le plaisir. Je tiens le grain en suspens, tel un appât, guettant une réaction dans l'appartement d'en face.

A son tour, l'homme porte la main à ses lèvres, mais rabat au dernier moment le pouce d'un geste sec. Une flamme claire jaillit, minuscule feu qui ne brûle que pour moi. Elle diminue aussitôt, et j'aperçois une allumette en bois, à l'ancienne mode, de celles qu'on pouvait gratter sur n'importe quelle surface, à la manière de Clint Eastwood. L'inconnu la laisse se consumer devant sa bouche, sans me quitter des yeux. Soudain, alors que la flamme lui lèche les doigts, il allume sa cigarette et souffle un nuage de fumée dans ma direction. J'en profite pour tourner le dos à la fenêtre et quitter la pièce.

Une fois dans le séjour, ma première pensée est que je m'en suis tirée avec art. Mon numéro avec le grain de raisin était sublime, il faut le reconnaître. Encore que la scène de l'allumette ait elle aussi fait son petit effet. Et ma sortie, donc, la façon dont je me suis éclipsée dans un nuage de fumée ? Génial, non ? De quoi rendre Bergman songeur, et Fellini jaloux.

Plus j'y pense, cependant, plus l'épisode perd de son lustre. Embrasser un grain de raisin ! Ai-je vraiment fait ça ? Moi, Jillian Gray ? Affligeant ! En y repensant, je ne peux retenir un sourire gêné. Celui que mon frère Charlie appelait assez grossièrement mon « sourire péteux ».

Sourire qui se transforme progressivement en fou rire, bien que j'essaie de ne pas trop m'esclaffer, de ne pas sombrer dans l'hystérie totale.

Samedi après-midi, Walter et moi allons à un concert de musique de chambre au YMCA de la 92e Rue. Une forme de concession de ma part, mais qui ne me coûte pas trop. Je préfère un concert occasionnel à un opéra de cinq heures en italien ou en allemand.

Ensuite nous allons manger du crabe dans un de ces restaurants décorés de malles anciennes, aux tables recouvertes d'une feuille de papier journal en guise de nappe.

– Dieu que c'est bon ! s'exclame Walter. Jilly, on devrait monter dans le Maine, cet été, en pêcher nous-mêmes.

– Les crabes ne viennent pas plutôt du Maryland ?

– Le Maine, le Maryland, quelle différence ? Du moment qu'il y a l'océan, une plage, et des fruits de mer à volonté. Voilà des années que nous ne sommes pas allés au bord de la mer.

– N'oublie pas que tu donnes un cours, cet été.

– Je sais. Mais juste après ? Je serai en vacances à partir de la deuxième semaine d'août.

– D'accord, à condition que tu t'occupes de tout. Je passe mes journées, et la moitié de mes soirées, à discuter au téléphone avec mes clients. Pas besoin d'y ajouter les agents de voyage.

– Je suis trop timide, gémit Walter.

– Ça se soigne !

– Je ne sais pas lire les touches du téléphone...

– Foutaise !

– Et si on tirait à pile ou face ?

– Pas question.

A ce stade, nous sommes tous deux écroulés de rire. Sans s'occuper de moi, Walter sort une pièce de sa poche. Il la plaque sur le dos de sa main gauche et, de la droite, la dissimule à mes yeux.

– Pile, ou face ?

– Je te connais. Tu vas tricher.

– Je ne suis qu'un pauvre aveugle...

– Tu trouveras quand même un moyen ! dis-je, en pouffant de rire.

Sans cesser de parler pour donner le change, je prends appui sur les accoudoirs de mon fauteuil afin de jeter un coup d'œil par-dessus la main qui me cache la pièce :

– Pile !

Walter n'hésite qu'une fraction de seconde avant de me présenter la pièce, tournée comme par miracle du côté face.

– Alors ? demande-t-il d'un ton innocent.

– J'en étais sûre ! Tu n'es qu'un sale tricheur !

– Ha, ha, ha ! Tu as regardé !

– Tout va bien, Madame ?

Le serveur vient d'apparaître à notre table, l'air inquiet.

– Cette femme m'insulte, déclare Walter.

– Je vous assure, tout va bien, dis-je entre deux éclats de rire.

Et je ris de plus belle, déclenchant une crise de hoquet. Je sais, je ne suis pas la première à qui ça arrive. Mais chez la plupart des gens, ça dure quelques minutes, cinq au plus. Pas chez moi. Au fil des années, j'ai essayé de retenir mon souffle, de boire un verre d'eau, de boire un verre d'eau en retenant mon souffle, de manger des cerises, de me pincer le nez, de siffler des cantiques. J'ai tout essayé. En pure perte. Par ailleurs, je ne fais pas les choses à moitié. J'ai d'énormes hoquets. Des hoquets retentissants. Et douloureux.

Il ne me faut pas longtemps pour voir que cette crise n'aura rien à envier aux précédentes. Sans attendre le dessert ni le café, nous réglons l'addition et nous levons de table. En sortant, alors que je me dirige vers notre hôtesse pour la remercier, je la gratifie involontairement d'un dernier méga-hoquet, environ 6.5 sur l'échelle de Richter.

– Bon, dit Walter, assez fort pour être sûr d'être entendu, encore un endroit que nous pouvons rayer de la liste...

De retour chez nous, je trouve trois messages sur mon répondeur. La voix pétillante du premier est très reconnaissable.

– Bonjour, Jill. Ici Maryann Silverman. J'ai déjeuné avec monsieur Gunderson aujourd'hui, et je crois que tout s'est bien passé. J'en suis même sûre, car il m'a proposé le poste. Victoire ! Le salaire est correct, pas tout à fait ce que j'espérais, mais devant mon air déçu, il a ajouté que je serais augmentée au premier janvier. Le poste est à moi ! Je voulais vous annoncer la bonne nouvelle. Vous êtes une vraie pro, Jill, merci mille fois. Rappelez-moi quand vous pourrez.

Je suis « une vraie pro ». Le voilà, le meilleur remède contre le hoquet !

Le deuxième appel vient de Gene Wiley de chez Polo. Après avoir lu le CV de George McMillan, il a une question à me poser :

– Qu'est-ce qu'il a pu faire pendant deux ans dans un endroit appelé Quantico ? Ce ne serait pas le nom d'une compagnie aérienne ? Rappelle-moi.

Le troisième correspondant a raccroché. Mon répondeur ne garde une trace de l'appel que si la personne ne raccroche pas avant le bip. En écoutant le silence entre le bip et la fin de la communication, je sais que ce correspondant-là a attendu cinq bonnes secondes avant de capituler.

C'est lui.

Dès que j'entends Walter se faire couler un bain, je réécoute ce troisième message. La deuxième fois, je crois distinguer la respiration de mon correspondant. Je l'écoute une dernière fois avant de l'effacer.

Walter et moi faisons l'amour. Une manière de terminer agréablement la soirée, sans nous lancer dans des ébats prolongés. Après, ses lèvres contre mon oreille, Walter me déclare de sa voix la plus grave :

– J'ai quelque chose à te dire.

Aussitôt, mon pouls s'affole. Je n'aurais aucune chance au test du détecteur de mensonge.

– Quoi donc ?

La réponse arrive, dans une imitation caricaturale et suraiguë de la voix de Maryann Silverman sur le répondeur :

– « Tu es une vraie pro, Jill. »

Je réplique par un bon coup de coude dans les côtes de Walter.

C'est seulement vingt minutes plus tard, une fois étendue dans l'obscurité, qu'un détail me revient : si Walter a entendu le message de Maryann Silverman, il a également dû entendre le troisième.

Mais après tout, ce n'est jamais qu'un correspondant qui a raccroché. Rien d'inhabituel : ça nous arrive sans cesse sur nos deux lignes, ainsi que les faux numéros.

Il n'empêche que je n'arrive pas à m'endormir. Pas tant à cause de ce troisième message, que de la question qui s'ensuit logiquement (si, comme je le pense, mon correspondant était bien l'inconnu) : comment s'est-il procuré mon numéro ?

Comme pour chercher une réponse, je me glisse hors du lit et enfile mon peignoir. Direction : la cuisine. Invisible dans la pénombre, je regarde l'immeuble d'en face. Pas trace de l'inconnu : sa cuisine est aussi sombre que la mienne. J'ai dû me tromper sur l'auteur du troisième message : ce n'était sans doute pas lui. Je suis en partie rassurée, en partie déçue.

J'espérais que c'était lui.

J'ouvre le réfrigérateur pour en inventorier le contenu. Sa lumière blanche m'éblouit. Un carton de jus d'orange, du fromage à tartiner allégé, des restes de brocolis dans une boîte plastique, et la fameuse grappe de raisin... Sans oublier quelques condiments : moutarde, sauce au soja, parmesan, raifort, plus un demi-citron couvert d'une moisissure bleutée. Alors que je me

75

réjouis de ne pas avoir faim, la lumière s'allume en face, si soudainement que je sursaute presque.

Nous nous découvrons au même instant – moi, en peignoir dans la lumière du réfrigérateur ; lui dans son éternel jean, torse nu, les cheveux en bataille. Je repousse la porte du réfrigérateur, mais durant les quelques secondes avant qu'elle se referme, nos regards se croisent. Enfin, sauvée par la nuit, je bats en retraite.

Une fois recouchée, je dois faire un effort de volonté pour que mon pouls revienne à la normale. Je culpabilise autant que si je rentrais chez moi et me glissais sous les couvertures après une escapade amoureuse. Walter bouge légèrement de l'autre côté du lit, mais s'il ne dort pas, il ne dit rien. Je me félicite – bêtement – de ne pas avoir éveillé ses soupçons, quand le téléphone se met à sonner. Pétrifiée, je me demande si j'ai pensé à baisser le volume du répondeur, si je ne devrais pas me lever avant qu'il soit trop tard.

Heureusement, il n'y a pas de seconde sonnerie.

– Mmmmh ? grogne Walter.

Je lui donne une petite tape rassurante sur l'épaule. Durant l'heure suivante, je ne vois qu'une chose : un torse nu, barré d'une ligne verticale de poils noirs disparaissant dans un jean délavé. Il me faudra une heure de plus pour me calmer et tenter de m'endormir. Une heure à m'interroger sur le message contenu dans cette unique sonnerie. Il n'y a que deux interprétations possibles : soit l'inconnu tentait de me faire savoir qu'il m'attendait, que je devais retourner dans la cuisine ; soit il voulait simplement me souhaiter bonne nuit.

Je choisis la seconde interprétation, la plus inoffensive, la plus rassurante. La première est trop inquiétante pour y croire vraiment. Pas en tant que telle, mais parce que je me sais capable de répondre à cet appel, capable d'obéir toutes affaires cessantes.

10

S PLENDIDE journée ensoleillée, ciel bleu azur, une vingtaine de degrés dès le matin. Walter, qui donne aujourd'hui son premier cours de l'été, se prépare en début d'après-midi à rejoindre l'université. Comme j'ai travaillé toute la matinée, je m'apprête moi aussi à sortir. Je l'accompagne jusqu'à l'arrêt de bus et continue ensuite mon chemin. J'attendrais volontiers avec lui, mais il n'y tient pas. Ça l'infantiliserait, prétend-il, ce que je comprends.

Je m'arrête au supermarché pour acheter de quoi dîner. Un « supermarché » que les banlieusards, habitués aux grandes surfaces tentaculaires, considéreraient plutôt – en termes de taille, de choix et de prix – comme une grosse épicerie. De là, je vais à la boulangerie, payer une facture au pressing, et chez le fleuriste où, par ce temps ensoleillé, je m'offre deux bouquets de tulipes. Pas seulement à cause de la pancarte « 2 POUR 10 DOLLARS » mais parce que le rose du premier bouquet se marie si joliment au beige inhabituel du second.

Sur le chemin du retour, que j'ai pourtant déjà pris une dizaine de fois cette semaine, il m'arrive quelque chose d'étrange. Effet de la météo, ou de mon humeur joyeuse ? Toujours est-il que je regarde autour de moi, remarquant des détails que je vois à peine d'habitude, comme ce panneau publicitaire sur un abribus – pas à l'arrêt de Walter, à celui situé au coin de la 72e Rue. C'est une publicité en noir et blanc pour Calvin Klein, représentant un jeune homme torse nu, dans un jean à taille si basse qu'on voit le haut de son caleçon.

Aussitôt, la mémoire me revient : la nuit dernière, j'ai rêvé de l'inconnu. Je me souviens surtout de son torse, barré par une ligne verticale de poils noirs. Et aussi de son visage, mais pas très bien. Il marche vers moi d'un pas décidé, mains dans les poches. Malgré ses grandes enjambées, il ne se rapproche jamais de moi. Et pourtant, je me sens en danger, comme si, d'une seconde à l'autre, il allait bondir sur moi. J'éteins la pièce où je me trouve, mais une autre source de lumière est braquée sur moi, m'illuminant telle une cible. Alors que je voudrais tourner les talons et m'enfuir, je reste figée sur place, incapable de faire un mouvement. Et l'inconnu continue d'avancer en me regardant droit dans les yeux, comme un serpent fascine sa proie. Je prends une profonde inspiration et m'apprête à hurler le plus fort possible...

Jusqu'à cet instant où le mannequin de la publicité Calvin Klein l'a fait resurgir, ce rêve était enfoui dans ma mémoire.

Chez moi, je m'enferme à double tour, précaution que je ne prends jamais en plein jour. Mais dans le même temps, une partie de moi me regarde faire, avec un détachement amusé. Qu'est-ce que je m'imagine ? Qu'un dispositif en métal va éloigner mes cauchemars ? Qu'il suffit d'un verrou de sûreté à soixante-quinze dollars pour me protéger de mon inconscient ? Certains psychanalystes se font payer plus cher de l'heure, aujourd'hui...

Il n'empêche que l'inconnu a mon numéro, et qu'il envahit mes rêves. Enfin, pas exactement. Il a mon numéro, c'est vrai. Mais quant à envahir mes rêves, il n'y est pour rien : je ne peux m'en prendre qu'à moi.

Par une étrange association d'idées, je pense soudain au parfum de Calvin Klein, *Obsession*. Un terme de circonstance, non ? Je suis bel et bien obsédée. Par le nouvel occupant de l'appartement d'en face. Je ne l'ai jamais rencontré, ne lui ai jamais parlé, ne connais même pas son nom. Mais pour ses beaux yeux, voilà qu'à trente-quatre ans, mariée à un homme que j'aime, je me donne en spectacle dans des dessous affriolants. Et je rêve même de lui ! Que se passera-t-il la prochaine fois ?

Paradoxalement, au lieu de la crainte qu'elle devrait m'inspirer (si j'étais encore accessible à la raison), cette question excite ma curiosité. Que va-t-il réellement se passer ? Où tout cela va-t-il se terminer ?

Pour le moment, dans la salle de bains où je suis venue prendre une douche... froide (preuve que je n'ai pas totalement perdu la tête). Honnêtement, une fois séchée et en peignoir, je ne me sens pas beaucoup mieux. Je me demande pourquoi tout le monde vante les mérites des douches froides dans ce genre de circonstances. Peut-être sont-elles plus efficaces pour les hommes, dont elles douchent les ardeurs au sens propre ? N'y a-t-il pas eu un épisode de *Seinfeld* sur la question ?

J'aperçois les tulipes, abandonnées sur la table basse depuis mon retour. Je les emporte dans la cuisine, où je taille leur tige et les mets dans un vase avant qu'il soit trop tard. J'ajoute même une aspirine dans leur eau. Un remède souverain, d'après ma mère. Ensuite, je range mes achats. Vous noterez que pendant dix minutes, je n'ai pas eu un seul regard pour l'immeuble d'en face.

Obsédée, moi ?

On verra bien qui aura le dernier mot !

Je m'efforce de me concentrer sur mon travail. J'appelle Gene Wiley chez Polo pour lui donner les renseignements demandés sur George McMillan. Je l'informe que Quantico n'est pas une compagnie aérienne austra-lienne, mais une base d'entraînement des Marines.

– Parce que c'est un Marine que tu m'envoies ?

– Ça pose un problème ?

– Pas vraiment, non. Du moment qu'il se contrôle, qu'il ne se met pas à tirer sur tout ce qui bouge.

– Ce n'est pas le genre de George.

Gene Wiley accepte d'organiser un entretien, mais je détecte un certain scepticisme dans sa voix.

Je donne encore deux coups de fil, remplis quelques formulaires, range l'appartement, m'assois pour feuille-ter le *New York Times* – sauf le supplément Sports. Je ne fais que repousser une échéance inévitable, je le sais : tôt ou tard, je vais devoir me rendre dans la cuisine et préparer le dîner.

Bien sûr, je pourrais m'en tirer en suggérant à Walter d'aller au restaurant. Mais nous ne pouvons pas dîner dehors chaque soir. Je pourrais aussi sortir acheter un store ou des rideaux pour la fenêtre de la cuisine. Mais ne serait-ce pas admettre ma défaite ? Suis-je prête à me barricader dans mon appartement ? En désespoir de cause, j'essaie même de lire le supplément Sports. Sans succès.

A dix-huit heures trente, Walter rentre de l'université, l'air las. Je l'embrasse et le débarrasse de son attaché-case.

– Bonsoir, mon chéri. Ça s'est bien passé ?

– Pas mal. Les étudiants sont nombreux, mais ça devrait aller. Qu'est-ce qu'on mange ?

– En fait, je me demandais si on ne pourrait pas aller au restaurant...

11

M ARDI.
 Jour où j'atteins le point de non retour.

Tout commence pourtant de manière assez anodine.
Je passe la matinée devant mon ordinateur et au téléphone, j'aide Walter à préparer son cours. Il pleut,
temps idéal pour travailler.

A midi, j'ai rattrapé mon retard et le soleil revient.
J'enfile une tenue de jogging et j'accompagne Walter à
l'arrêt de bus. Là, je l'abandonne et pars en direction
de Riverside Park, profitant des feux verts pour faire un
peu de stretching.

Je cours de la 72e Rue à la 96e et je rentre par le même
chemin, soit un peu plus de trois kilomètres. Pas question pour moi de battre un record de vitesse : j'ai trop
peur de glisser sur le trottoir encore brillant de pluie.
Par ailleurs, faute d'entraînement régulier ces derniers
temps, je ne suis pas au mieux de ma forme. Grâce au
poids que j'ai perdu, je réussis malgré tout à sauver
l'honneur. A l'approche de la 72e rue, un point de côté
m'oblige à ralentir deux ou trois fois, puis à marcher
entre la 78e Rue et la 79e. Je parviens néanmoins à faire
les dernières centaines de mètres au pas de course, et je
me sens héroïque en arrivant devant mon immeuble.

Une fois dans l'appartement, en me déchaussant, je
me sens également très sale. La boue du trottoir m'a

éclaboussé les jambes, et mon short beige est constellé de taches grises. Je suis en sueur à cause du temps humide, et une douche n'aura qu'un effet de courte durée. D'abord me désaltérer. Je vais dans la cuisine, sors une bouteille d'eau du réfrigérateur, m'en verse un grand verre que je remplis de glaçons.

Et l'inconnu est là, à m'observer, moi qui n'ai pas pensé à lui un seul instant aujourd'hui. Honnêtement.

Je commence par me dire que je dois offrir un spectacle lamentable avec mon T-shirt trempé de sueur, mes cheveux plaqués sur mon crâne et mes joues en feu. J'attrape deux serviettes en papier que je roule en boule pour m'éponger le front, et surtout montrer que je viens de courir, ou au moins de prendre de l'exercice. Et que j'ai donc une bonne raison d'être aussi peu présentable.

A la façon dont il continue de me regarder, il est clair que ce détail ne le gêne pas.

C'est moi qui suis gênée. Comme je n'ai pas allumé, il ne doit pas voir grand-chose. Il fait cependant assez clair dans la cuisine pour me mettre mal à l'aise. En fait, je crois que je m'en veux de m'être laissé surprendre. Me donner en spectacle est une chose, me retrouver ainsi prise au piège en est une autre. Mon verre à la main, je décide d'aller prendre ma douche.

Je laisse longtemps l'eau ruisseler sur mon corps. Ensuite, je me frotte énergiquement avec une serviette et je branche mon sèche-cheveux. J'aperçois mon reflet dans le miroir de l'armoire de toilette. C'est comme ça que l'inconnu aurait dû me voir, propre et sèche, pas avec un T-shirt moite, un short taché et des cheveux sales. Dans l'intimité de ma salle de bains, je prends la pose, admirant mon corps – la moitié supérieure, en tout cas, seule visible dans le miroir.

Pas mal, Jillian.

A un petit détail près. La pointe de mes seins, bien visible au sortir de la douche, s'est rétractée, ce qui est nettement moins sexy. Comment se fait-il qu'aucun chirurgien plasticien n'ait encore trouvé de solution pour remédier définitivement à ce problème ? C'est alors que je retrouve mon verre d'eau, à moitié vide, près du lavabo. Les glaçons ont fondu, mais pas totalement.

Avez-vous remarqué qu'on fait les choses par étapes ? On a rarement l'intention de se soûler, par exemple. Simplement, le premier verre en appelle un deuxième, puis un troisième, et sans avoir eu le temps d'y voir clair... bref, pas besoin de vous faire un dessin.

C'est un peu ce qui m'arrive. A la vue des glaçons, je me rappelle avoir lu dans un magazine un article sur une actrice obligée de tourner nue. Juste avant la prise de vue, elle s'était passé des glaçons sur la pointe des seins.

Péché d'orgueil, avais-je pensé à l'époque.

Et me voilà aujourd'hui, enfermée dans ma salle de bains, seule dans l'appartement... Qui soupçonnera quoi que ce soit ? De toute façon, je ne fais de mal à personne. Tout bien réfléchi, ce serait même bizarre de ne pas essayer, maintenant que j'ai eu l'idée. Histoire de voir si ça marche, sans plus.

Je prends donc quelques glaçons et me livre à l'expérience devant le miroir, penchée au-dessus du lavabo pour ne pas mettre d'eau partout.

Mon Dieu, ça marche bel et bien !

Je me rends compte qu'en laissant le glaçon deux ou trois minutes, et en le déplaçant pour ne pas avoir mal, le résultat est durable. Et quel spectacle ! Je regrette même d'être seule à en profiter.

Vous voyez qu'on fait les choses par étapes...

Au cours des minutes suivantes, je me mets au défi de retourner dans la cuisine. Le problème, c'est qu'à peser le pour et le contre, les glaçons fondent et il ne me reste plus beaucoup de temps. Alors au diable les scrupules !

Je noue une serviette autour de ma taille. Le plus bas possible, juste au-dessus des hanches, mais en m'assurant qu'elle ne risque pas de se détacher. (N'allez pas croire que j'aie totalement perdu la raison !) Je glisse une autre serviette autour de mon cou, de façon à ce que les deux extrémités cachent mes seins... enfin, pas tout à fait. Puis, je mets la touche finale avec les derniers glaçons. A ce stade, à cause du froid et de l'excitation, j'ai les mamelons durs comme du granit.

Mon verre vide à la main, je pars vers la cuisine.

L'homme est encore là, il m'attend. Mais je n'ose pas tourner la tête dans sa direction. Je vais droit au réfrigérateur et j'ouvre la porte. Derrière elle, je suis à l'abri. Je prends la bouteille d'eau pour me verser un deuxième verre. L'homme doit mourir d'envie que je ferme ce réfrigérateur. Dans ma cachette, je prolonge l'attente quelques minutes de plus, je fais durer le plaisir. Enfin, je pousse la porte. Le dos tourné, je bois quelques gorgées d'eau. J'enlève la serviette que j'avais autour du cou et je m'essuie la bouche avec. Il ne voit que mon dos, dénudé jusqu'à la taille. Si son excitation atteint ne serait-ce qu'un dixième de la mienne, il doit être sur le point d'exploser.

Je regarde la pointe de mes seins. Toujours du granit.

Je pivote sur moi-même pour lui faire face, soulevant la serviette au dernier moment comme pour m'essuyer le front, alors que je m'en sers surtout pour éviter son regard.

Je m'offre à sa vue, essayant de tenir le plus longtemps possible. Peut-être cinq secondes, sept au plus. Chacune plus insupportable que la précédente. Il n'y a pas d'autre mot.

Dans ma chambre, je m'effondre sur le lit. En proie à une sensation d'épuisement total. Comme après avoir fait l'amour des heures durant, et joui une dizaine de fois. Ça ne m'est jamais arrivé, mon meilleur score est deux fois moindre, mais c'est sans doute ce que je ressentirais.

Il me faut de longues minutes pour reprendre mon

souffle, un peu plus longtemps pour que mon pouls revienne à la normale. Enveloppée dans les serviettes, je m'efforce de ne pas trop penser à ce que je viens de faire.

La nuit est presque tombée quand la clé de Walter dans la serrure me réveille.

12

C OUP de téléphone de ma mère :
 — Je serai dans ton quartier cet après-midi. Je peux passer te voir ?
 — Bien sûr. Où vas-tu ?
 — Chez Bloomingdales.
Ma mère n'est pas très bonne en géographie. Peu importe que Bloomingdales soit à l'autre bout de Manhattan, et que les jours d'embouteillages, il faille deux fois moins de temps pour aller dans l'Ohio. A ses yeux, tout Manhattan est mon quartier.

George McMillan m'appelle pour m'apprendre qu'il a décroché un entretien avec les gens de chez Polo.
 — Formidable !
Inutile de mentionner ma conversation téléphonique avec Gene Wiley ; autant que George croie avoir obtenu cet entretien sur la foi de son seul CV.
 — Des instructions de dernière minute avant la bataille ? demande-t-il.
 — Non. Sauf peut-être la suggestion de mettre une sourdine à votre passé de Marine.
 — John Wayne n'est pas le genre de la maison, c'est ce que vous essayez de me dire ?

– En quelque sorte, George.

– Je vois le tableau...

Je passe une vingtaine de minutes à ranger l'appartement, afin d'échapper aux critiques de ma mère. Lors de ses premières visites, elle voulait absolument déplacer les meubles. « Cette chaise est beaucoup mieux là, non ? Et cette plante aura plus de lumière près de la fenêtre. » J'ai dû lui expliquer plusieurs fois que pour la sécurité de Walter, les choses devaient rester à leur place. Il lui a fallu près de deux ans pour comprendre.

Je prépare du thé glacé. Ma mère est une grande buveuse de thé glacé devant l'Eternel. Mais seulement s'il est fait maison : pas question de lui offrir une canette, ni un breuvage à base de poudre soluble. Au fond, c'est l'un des rares points sur lesquels nous soyons d'accord.

Maryann Silverman appelle pour m'annoncer qu'après sa première journée chez Nautica, elle sent qu'elle va s'y plaire, et pour me répéter que je suis la meilleure chasseuse de têtes sur le marché.

N'en ferait-elle pas un peu trop ? Aussitôt, je chasse cette pensée de mon esprit. Je me fais des idées : la venue de ma mère doit me rendre nerveuse.

La sonnette retentit alors que je suis aux toilettes. Ma mère ne l'a sûrement pas fait exprès, mais avec elle, allez savoir. Ça n'arrive jamais que neuf fois sur dix...

– Mon Dieu, Jillian, regarde-toi ! Tu n'as que la peau sur les os !

– Trop aimable de me dire bonjour...

Après cet échange d'amabilités, nous rentrons nos griffes et passons un excellent moment ensemble. Je ne m'entends pas si mal avec ma mère, à condition que ses visites ne soient ni trop longues, ni trop fréquentes. Seul problème : plus je vieillis, plus j'ai l'impression de lui ressembler, ce qui me rend folle. Comme elle, j'ai tendance à employer un mot pour un autre, et il m'arrive de reconnaître une de ses expressions en me regardant dans un miroir. Mais je ne veux pas l'accabler. Elle a un bon fond, et les meilleures intentions du monde. Objectivement, j'aurais pu tomber pire. Et sous la torture, je suis sûre qu'elle parlerait de moi dans les mêmes termes.

Quoi qu'il en soit, mon thé glacé a beaucoup de succès.

— Tu n'aurais pas quelques feuilles de menthe fraîche ? demande-t-elle de la cuisine.

Un succès relatif, finalement.

— Il te faut des rideaux dans cette pièce, Jill. Il y a un homme à la fenêtre juste en face.

— Ah bon ?

Je retiens mon souffle, attendant la suite qui ne vient pas. Pourtant, on ne peut rien cacher à ma mère. Dans le silence qui se prolonge, je me surprends à l'imaginer en train de se dévêtir dans la cuisine à la manière d'une strip-teaseuse. Mais quand j'arrive à la porte, je la trouve tranquillement occupée à inspecter l'intérieur de mon réfrigérateur, reniflant le contenu d'un bol, d'une boîte plastique, d'une petite boule de papier aluminium oubliée dans un coin. Je bats en retraite sans un mot, soulagée de savoir que son prochain sermon portera sur les dangers du botulisme.

Elle reste un peu plus d'une heure. Avant de partir, elle insiste pour me faire monter sur la balance de la salle de bains. Tout habillée, je pèse à peine cinquante-six kilos, trois de moins que ces cinq dernières années. J'en suis la première surprise.

— Morty Zuckerman a perdu dix kilos en six semaines, annonce ma mère.

— Je m'en réjouis pour lui.

— Pas moi. Il avait un cancer du côlon.

– Désolée. Comment va-t-il ?

– Mal. Il est mort en novembre dernier.

– Moi, en tout cas, je n'ai pas de cancer.

– Alors pourquoi es-tu si décharnée ?

N'importe qui d'autre dirait « mince ». Ou « maigre », à la rigueur. Je ne parle pas de « svelte », adjectif qui n'appartient pas à son vocabulaire. Avec elle, soit on est « décharnée », soit on n'a « que la peau sur les os ».

– Je vais très bien, dis-je.

– C'est ce que disait Morty Zuckerman...

Après le départ de ma mère, je m'aperçois que j'ignore qui est Morty Zuckerman. Ou plutôt, qui il était.

Pourtant, je retourne dans la salle de bains et je remonte sur la balance. En me mettant bien au milieu, l'aiguille indique cinquante-six kilos et demi. Assez pour convaincre toute personne sensée que si j'ai perdu quelques kilos, il est un peu tôt pour diagnostiquer un cancer du côlon.

Mais ma mère sait toujours tout mieux que tout le monde.

A son retour, Walter m'apprend que l'action Harley Davidson est à trente-deux dollars vingt-cinq, soit soixante-quinze cents de plus que son prix d'achat.

– L'heure est peut-être venue d'empocher quelques bénéfices. Je m'inquiète seulement des conséquences fiscales, déclare-t-il.

– Vraiment ? Elles se monteraient à combien ?

– Je n'en sais trop rien...

Apparemment, en créant les professeurs de littérature anglo-saxonne, Dieu a oublié de leur donner un minimum de sens mathématique. Moi qui n'ai rien d'Einstein, sauf quand je suis mal coiffée, je dois jongler chaque jour avec les pourcentages et les fractions pour mon travail. Je prends ma calculatrice :

– Tes bénéfices se monteraient à cinquante-six dollars et quinze cents. Quel était le montant de la commission ?

– Je l'ignore. Alors c'est tout ? Cinquante-six...

– Moins dix-huit dollars de taxes. Sûrement de quoi nous faire sauter une tranche...

Walter, l'air perplexe, semble encore sous le choc.

– Tu es sûre que c'est tout ? Cinquante-six malheureux dollars ?

– Et quinze cents.

Il en reste sans voix.

J'adore mon mari.

Trish Cummings de chez Liz Clairborne m'appelle. Aurais-je quelqu'un pour le poste de directeur du marketing qu'ils viennent de créer ?

– Donne-moi une journée, dis-je.

Comment diable ont-ils pu fonctionner tant d'années sans directeur du marketing ? C'est sans doute plus une question de vocabulaire qu'autre chose. La personne qui dirigeait leur département marketing devait le faire sous un autre titre.

J'ouvre mon carnet d'adresses au hasard – enfin, pas tout à fait – et je tombe sur le nom de Paul Brill. Le problème, c'est que je l'ai placé chez Nicole Miller il y a un an et demi. Oserai-je le débaucher si vite, surtout maintenant qu'il a fait ses preuves ?

Comme dans n'importe quelle profession, je suis confrontée à des cas de conscience. Ici, la question est de savoir quels intérêts je défends en priorité. Qui est mon client ? Paul Brill ou Nicole Miller ? Tous les deux, d'une certaine façon. Je suis comme l'agent immobilier qui s'efforce de satisfaire le vendeur tout en obtenant un prix honnête pour l'acheteur, sans négliger sa propre commission. Vais-je faire du tort à Nicole Miller en appelant Paul Brill ? Peut-être. Mais je risque aussi d'en faire à Paul Brill en ne l'appelant pas... Telles sont les tribulations d'une chasseuse de têtes.

Je fais une longue promenade vers le sud de Manhattan. Quand j'atteins la 34e Rue, j'ai parcouru plus de trois kilomètres. J'entre chez Macy's voir les nouveautés au rayon chaussures. J'ai un faible pour les chaussures. Vous rappelez-vous, il y a quelques années, les sept cents paires de chaussures retrouvées chez Imelda Marcos ? Walter m'a appelée Imelda pendant près d'une semaine. En réalité, il n'a pas la moindre idée du nombre de paires de chaussures que je possède. Il est aveugle, après tout. Et si par hasard il découvrait la vérité – s'il lui prenait la fantaisie d'aller à quatre pattes dans la penderie et de se mettre à compter – il échangerait aussitôt ses actions Coca Cola et même Harley Davidson contre des actions Todd's ou Nine West.

Cela dit, ce n'est pas aujourd'hui que je ferai des folies. Bien sûr, il y a des escarpins ravissants et d'adorables sandales en nubuck vert. Mais qui valent respectivement cent quarante et quatre-vingt-dix dollars. Pour une fois, je résiste à la tentation. Donc je ne suis pas une fétichiste de la chaussure, me dis-je fièrement.

Pas plus difficile que ça !

Je rentre en métro, contrairement à certains de mes amis qui refusent d'y mettre les pieds, même en plein jour. Lorsque j'arrive à l'appartement, Walter est déjà là, occupé à préparer le dîner. Lorsque mon mari fait la cuisine, c'est toujours une aventure. Réfléchissez. Evidemment, il ne confondra pas une tomate avec un pied de chou brocoli, et il est tout à fait capable de vérifier le degré de cuisson d'une pomme de terre. Mais vous est-il déjà arrivé d'avoir à deviner le contenu d'une boîte de conserve les yeux fermés ?

Ainsi avons-nous pu déguster, entre autres, des spaghettis à la betterave et (mon dessert préféré) une génoise fourrée à la confiture d'oignons...

91

Ce soir, rien à craindre. Walter met au point sa recette personnelle de poivrons farcis : il les remplit d'un mélange de riz, de dinde hachée, de tomates, d'oignons et d'origan frais. Le résultat est délicieux, bien que Walter ait utilisé des poivrons verts au lieu des rouges, plus doux – peut-être par simple souci d'économie, les rouges étant plus chers.

Quoi qu'il en soit, je me répands en compliments parfaitement mérités. Le jour où vous voudrez faire un exploit, essayez donc de manger tout un repas les yeux fermés. Ensuite, imaginez que vous ayez dû le préparer dans les mêmes conditions.

J'oblige Walter à s'asseoir sur le canapé pendant que je débarrasse la table et que je fais la vaisselle. Il me faut un peu plus de temps que si j'avais fait moi-même la cuisine, car Walter a sali la moitié des casseroles et tous les accessoires. Défaut masculin, d'ailleurs, et je m'abstiens de tout commentaire.

Tiens, l'inconnu est là, fidèle au poste.

Il me fixe.

Il en redemande.

Aussitôt, je sens la pointe de mes seins se dresser comme par un réflexe pavlovien. Je me concentre sur ma vaisselle, sans regarder une seule fois vers l'appartement d'en face. Mais dans le même temps, je rentre le ventre et me tiens la plus droite possible, offrant à l'homme mon meilleur profil, le plus avantageux. Si seulement j'avais pensé à me recoiffer et à mettre un jean plus moulant...

Dans la pièce voisine, à moins de trois mètres de moi, m'attend mon mari aveugle qui vient de me faire à dîner. Et me voilà en train de prendre la pose pour un parfait inconnu ! J'ai beau avoir conscience de l'absurdité de la situation et de l'indécence de ma conduite, je continue. C'est plus fort que moi.

Moi qui, il y a seulement deux heures, me félicitais de ne pas être une fétichiste de la chaussure ! Qui me réjouissais, en sortant les mains vides de chez Macy's, d'avoir su vaincre la tentation !

Que dire alors de mon comportement présent ?

Je renonce à appeler Paul Brill au sujet du poste de directeur du marketing chez Liz Clairborne. Finalement, je vais le proposer à ma deuxième candidate possible, Debbie Lefton. Elle traverse une mauvaise passe chez Gap, où deux promotions viennent de lui échapper. Elle a le sens du marketing, ce qui est un atout. Elle a aussi un bon CV, et des exigences raisonnables en matière de salaire. Mes réticences viennent de son physique. Sans être d'une laideur rédhibitoire, elle manque de charme. Elle a quelques kilos en trop et s'obstine à porter des lunettes. Je lui ai déjà suggéré de les échanger contre des lentilles, mais elle prétend que ses verres sont trop forts. Dommage : j'aime bien Debbie, et je crois en elle. Si elle était un homme, son apparence ne jouerait sans doute pas contre elle. Malheureusement, c'est une femme. Et si vous pensez que dans le monde des affaires, on ne juge pas les femmes à leur physique, vous vous trompez.

Cependant, les dirigeants de Liz Clairborne sont assez ouverts et Debbie Lefton devrait trouver grâce à leurs yeux. Je l'appelle demain matin.

Au lit, blottie contre Walter, je me laisse bercer par le rythme régulier de sa respiration. Ses cheveux propres ont l'odeur familière de son shampoing. Les épices des poivrons farcis parfument encore ma bouche. Je suis une femme comblée. J'ai un toit, une agence qui marche, un compte en banque bien garni, un mari aimant endormi à côté de moi.

Mais je ne trouve pas le sommeil.

Ce ne sont pas les soucis professionnels qui me tiennent éveillée, ni la peur du lendemain. Rien de grave ne trouble mon bonheur.

Le coupable habite en face. A peine assoupie, je le

verrai en rêve, c'est sûr. Je le souhaite autant que je le redoute. J'ai l'impression d'avoir perdu le contrôle de mon existence, d'être projetée à toute vitesse dans les ténèbres où, impuissante, je fonce inévitablement, inexorablement, vers une merveilleuse et terrifiante collision.

13

J'ACCOMPAGNE Walter à l'arrêt de bus sous une petite bruine. Je n'ai pas fait grand-chose de la matinée, consacrant l'essentiel de mes efforts à me retenir d'aller dans la cuisine. Physiquement, je n'y étais pas, mais par la pensée... J'ai fini par déserter mon bureau et ouvrir le *New York Times* où j'ai lu un ou deux articles, vérifié le cours des actions de Walter, étudié la main proposée par le spécialiste du bridge, et même parcouru le supplément Sports. Eclectisme sans pareil !...

Malgré mon manque d'appétit, je sors faire quelques achats pour le dîner. Hier matin, je me suis pesée : cinquante-quatre kilos seulement. D'où ma décision de ne pas remonter sur la balance, sauf la nuit où je peux prendre de cinq cents grammes à un kilo. J'ai lu quelque part que les animaux jeûnaient spontanément. Ça ne peut donc pas être mauvais pour les humains. Après tout, nous appartenons nous aussi au règne animal.

Je choisis une botte de toutes petites asperges, mes préférées. Je les ajouterai à un risotto. Le problème, avec le risotto, c'est qu'il faut en surveiller attentivement la cuisson. Impossible, donc, de ne pas passer une bonne demi-heure dans la cuisine, perspective aussi attirante qu'angoissante. Les événements prennent un tour intéressant : alors que je n'ai rien d'un cordon-bleu, ma cuisine est soudain au centre de mon univers.

Comment tout cela va-t-il se terminer ? Cette question me hante de plus en plus. Seule certitude : mon incapacité à rayer l'inconnu de mon existence. Mais mieux vaut ne pas trop penser à l'avenir.

Dans le hall de l'immeuble, je récupère mon courrier, mêlé comme d'habitude à un éventail de publicités. Arrivée chez moi, je fais le tri, remettant à plus tard le rangement de mes achats pour ne pas avoir à aller dans la cuisine.

Le reste de l'après-midi, j'essaie d'avancer dans mon travail, non sans mal. Je renonce à appeler Debbie Lefton pour le poste proposé par Liz Clairborne : quelque chose me dit qu'elle n'a pas vraiment le profil. Je pense de nouveau à Paul Brill, mais décide de m'en tenir à mon premier mouvement et de chercher quelqu'un d'autre.

J'envoie des messages, écris quelques lettres, règle des factures.

La botte d'asperges gît dans son sac plastique sur la table du séjour, oubliée avec les autres achats. Je continue à éviter la cuisine. J'imagine l'inconnu derrière sa fenêtre, attendant que j'apparaisse. Pas question de lui donner la satisfaction de me voir, de savoir quelle place il a prise dans ma vie.

Lorsque Walter revient, je prétends que mon travail ne m'a pas laissé le temps de préparer le dîner. Pour me faire pardonner, je l'invite au restaurant.

Nous allons au coin de la rue, dans une brasserie du quartier, le All State Café. Je commande un verre de chardonnay dont, à peine servie, je bois deux grandes gorgées. Je lis à Walter le menu, qui s'ouvre sur des linguini aux asperges... Je trébuche sur ce dernier mot.

Walter prend du poulet, mais rien ne me fait envie. Je finis par choisir un pot-au-feu, plat réconfortant.

Au milieu du repas, Walter me regarde droit dans les yeux, si on peut dire...

– Jill, tout va bien ?

– Evidemment ! Pourquoi ça ?

– Oh, pour rien.

– Alors pourquoi cette question ?

– Tu es bien silencieuse, c'est tout. Comme si tu avais des soucis.

– Ton sixième sens fait des heures supplémentaires ?

Walter sourit.

– Sans doute. Mais tu m'inquiètes, Jill. Tu travailles trop dur.

– Tu es gentil. Je vais très bien. Un peu de fatigue, peut-être, rien de grave.

Il cherche ma main et la prend dans les siennes, qui me paraissent immenses et chaudes.

– Et elle a les mains gelées ! s'exclame-t-il, comme s'il avait lu dans mes pensées. Tu es sûre de manger suffisamment ? De ne pas manquer de sommeil ?

– Je t'assure que je vais bien. J'ai les mains froides à force de tenir mon verre de vin, voilà tout.

L'explication semble satisfaire Walter. Dès qu'il desserre son étreinte, je porte la main à mon visage. Si j'ai les mains gelées, le bout de mon nez, lui, est un vrai glaçon.

Nous ne finissons ni l'un ni l'autre notre assiette et le serveur enveloppe nos restes dans une feuille d'aluminium. De retour à l'appartement, je me précipite aux toilettes, laissant à Walter le soin de mettre les restes au réfrigérateur.

Ce n'est pas compliqué, me dis-je. Il suffit de ne plus remettre les pieds dans la cuisine !

Le lendemain, en début de matinée, j'appelle Trish Cummings chez Liz Clairborne :

– Cette fois, hélas, je ne peux rien pour toi. J'ai deux personnes qui pourraient éventuellement te convenir, mais pas dans l'immédiat.

– Tu as au moins le mérite d'être honnête, répond-elle. A la prochaine, alors ?

– A la prochaine.

Je détecte pourtant une certaine déception dans sa voix. Après avoir raccroché, je m'interroge : ai-je été entièrement honnête avec Trish, et avec moi-même ? Ai-je refusé son offre uniquement parce que je n'avais aucun candidat sur mesure pour le poste ? Debbie Lefton n'avait-elle vraiment aucune chance ? Et pourquoi n'ai-je pas laissé Paul Brill décider si c'était ou non le moment pour lui de quitter Nicole Miller ?

A moins qu'une tout autre raison n'explique mon refus... Une raison qui me détourne de mon travail, comme elle m'a déjà détournée de la nourriture ?

Walter part à l'université.

Je retourne à mon courrier et à ma comptabilité, je donne une série de coups de fil. Une fois que je suis à jour, je passe en revue mon carnet d'adresses en quête d'autres noms, d'autres correspondants éventuels. Telle une alcoolique à la recherche d'occupations dérisoires, de tâches insignifiantes, n'importe quoi pour lui occuper l'esprit et l'empêcher de se servir le verre fatidique.

A la lettre G, je tombe sur « George Goldman » – mon ancien psy, à l'époque où j'avais besoin de faire le point avant de prendre pour époux un aveugle de dix-neuf ans mon aîné. George (que j'appelais alors « Docteur Goldman », avant de me sentir suffisamment à l'aise avec lui pour le traiter en ami plus qu'en thérapeute) m'avait initiée à sa « méthode thérapeutique », comme il disait.

– A votre avis, que dois-je faire ? avais-je demandé, après lui avoir expliqué que je comptais passer le restant de mes jours avec un homme ayant l'âge d'être mon père.

Il m'avait souri par-dessus sa barbe et ses lunettes :

– La question à vous poser est la suivante : à votre

98

avis à vous, que devez-vous faire ? Ou, mieux, quelles réflexions tout cela vous inspire-t-il ?

Aucune, hormis le fait que je me sentais inquiète, désorientée, et bien jeune. Non seulement George avait pris le temps de m'écouter, mais il m'avait entendue. Et il m'avait donné sa bénédiction en ces termes :

– Allez-y !

Un mois plus tard, lui et sa femme prenaient place à la table numéro trois pour notre repas de mariage, se présentant comme « de vieux amis de la famille » et s'embarquant dans des explications incompréhensibles quand on leur demandait de quel côté.

N'en déduisez pas que je ressens le besoin d'entreprendre une thérapie à cause de la déplorable affaire qui occupe mes pensées. Pourtant, j'appellerais bien George, histoire de prendre de ses nouvelles. Nous avons toujours gardé le contact – nous nous sommes même croisés à des obsèques sur Amsterdam Avenue – mais il y a longtemps que nous ne nous sommes pas parlé. Son numéro de téléphone est-il seulement encore valable ?

Vérification faite, oui.

Il est absent, ou avec un patient. Même sur son répondeur, il a toujours sa belle voix grave, immédiatement rassurante : « Bonjour, vous êtes en contact avec le docteur George Goldman lui-même. Laissez-moi un message, sans oublier votre numéro, et je vous rappelle dès que possible. » Suivent un silence, et un bip prolongé.

La première fois, je raccroche, trop intimidée. Je me ressaisis suffisamment pour composer un message et rappeler quelques minutes plus tard. « Bonjour, George. Ici, Jillian Gray, une voix du passé. J'appelle juste pour prendre de tes nouvelles. On ne s'est pas parlé depuis une éternité. Rappelle-moi quand tu peux. Ce n'est pas urgent. » Et je n'oublie pas de donner mon numéro...

Dix minutes plus tard, le téléphone sonne
– Jill, tu vas bien ?

Malheureusement, ce n'est pas la voix grave et rassurante de George Goldman, mais celle, geignarde et inquiète, de ma mère.

– Evidemment que je vais bien ! Pourquoi ?
– Tu es sûre ?
– Absolument sûre. Pourquoi ?
– J'ai eu une prémonition...
– Quelle prémonition ?
– J'ai rêvé que tu te cassais la jambe. Une triple fracture. Il fallait te transporter à l'hôpital Mount Sinai.
– Ma jambe va très bien, merci.
– C'est vrai ?
– Si j'avais une fracture, je le saurais. Surtout une triple fracture.

Cet argument la calme, mais pas pour longtemps.

– Tu as peut-être une fêlure, alors. En tout état de cause, sois prudente. Tu devrais peut-être prendre un ou deux jours de repos, à tout hasard... Par ailleurs, Jillian...
– Oui, maman ?
– Essaie de manger davantage. Rien de tout cela n'arriverait si tu n'étais pas aussi maigre.
– Mais rien n'est arrivé, maman.
– Dieu merci...

Vingt minutes plus tard, le téléphone sonne de nouveau. Cette fois, c'est bien George Goldman, dont la voix semble un peu moins rassurante que sur son répondeur. Nous échangeons quelques politesses, après quoi il imite ma mère.

– Tu as des problèmes ? demande-t-il.
– Pourquoi cette question ?
– Déformation professionnelle.
– Rien de grave, en fait.

– Tu préfères en parler au téléphone, ou venir me voir ?

Je ne réponds pas, encore sous le choc qu'on puisse lire en moi comme dans un livre ouvert, qu'en trois minutes de conversation, je sois incapable de cacher mon désarroi.

– ...J'ai de la place aujourd'hui à seize heures, et aussi demain matin, à neuf heures, reprend-il.

– Tu réduis ton activité ?

A une époque, il fallait des jours, voire des semaines, pour obtenir un rendez-vous avec George.

– Pas moi, mes patients. Les temps sont durs pour les psychothérapeutes. Aujourd'hui, les gens préfèrent se faire prescrire des pilules magiques par un psychiatre ou un généraliste.

– Excuse-moi.

– Ce n'est pas ta faute. Toi, tu vas venir parler avec moi, pas me réclamer des médicaments. Cet après-midi, ou demain matin ?

– Demain matin, dis-je, pour ne pas avoir l'air d'être à la dernière extrémité.

– Neuf heures ?

– Neuf heures.

En raccrochant, je me trouve ridicule de m'être ainsi mise à nu, sans même résister pour la forme. Surtout ne me confiez jamais de secrets d'Etat. Si je tombe aux mains de l'ennemi, nul besoin de m'arracher un seul ongle ; il suffira de me demander : « Avez-vous quelque chose à nous dire, caporal Gray ? » pour que je livre toutes les informations en ma possession.

Cela dit, je ne me sens pas seulement ridicule d'avoir accepté de voir George demain matin.

Je me sens mieux.

Tellement mieux que dans l'après-midi, je réalise un exploit : je ferme les yeux, je prends trois profondes inspirations, je serre les dents... et voilà, je suis dans la cuisine !

C'est ma cuisine, après tout ! Il peut toujours m'observer, me dévisager, me déshabiller du regard. Je vais lui montrer que je contrôle la situation. Pas question de me laisser intimider !

A ceci près qu'évidemment, il n'est pas là...

Je pousse un long soupir, prenant alors conscience que je retenais mon souffle. Tout mon corps se détend, je ne serre plus les dents, ni les poings. J'ébauche un sourire, mon visage s'illumine.

J'ai reconquis ma cuisine.

Enhardie par cette victoire, je vais chercher les courses d'hier sur la table du séjour, où elles ont passé la nuit. Seul un carton de lait n'aura pas survécu. Les asperges sont quelque peu défraîchies, mais utilisables pour une soupe, ainsi que les trois poireaux et le bouquet de persil. L'oignon est intact, comme les courgettes, d'une résistance à toute épreuve...

Debout devant mon évier, je lave, j'épluche, je coupe, je hache. J'ajoute les restes rapportés hier soir du All State Café et dix minutes plus tard, le mélange mijote dans une casserole, répandant un fumet assez prometteur, je dois le dire. Je viens d'inventer une nouvelle recette. Ma mère serait fière de moi.

Je me sens libérée, en pleine possession de mes moyens. En une petite heure, j'ai complètement retourné la situation.

Alors comment se fait-il qu'au lieu de m'en réjouir, je me surprenne à jeter des regards furtifs vers l'appartement d'en face ? Et qu'en le voyant vide, j'éprouve une telle déception ?

Expliquez-moi ça, docteur Goldman.

– C'est ton ambivalence, me répond-il avec un haussement d'épaules.

– Ben voyons !

Jamais je ne me serais permis pareilles familiarités à l'époque où il n'était pour moi que le docteur Goldman. Mais depuis que je l'appelle George, je m'autorise quelques libertés.

Un sourire bienveillant, paternel, éclaire son visage. Il a vieilli, George. Sa barbe a blanchi. Je ne lui connaissais pas cette façon de plisser les yeux. Et sa voix, toujours grave et rassurante, trahit néanmoins une lassitude inattendue à neuf heures du matin.

– De quelle ambivalence parles-tu ? dis-je.

– A toi de répondre.

En d'autres termes, qu'est-ce que ça t'inspire ?

J'éclate de rire. Au moins, tout n'a pas changé. Je suis soudain heureuse de me retrouver là, pelotonnée contre le cuir souple et familier du vieux fauteuil où je tiens tout entière, face à un homme dont le seul défaut, de son propre aveu, est de se donner trop de mal pour aider ses patients. J'ai besoin de faire part à George de mon émotion :

– Ça me fait du bien d'être ici. Tu m'as manqué.

– Toi aussi tu m'as manqué, répond-il.

Un ange passe. Les silences n'ont jamais semblé gêner George.

– Tu attends ma réponse ?

– A ton avis ?

J'éclate de rire une nouvelle fois. Ma dernière visite remonte si loin que j'avais presque oublié les règles du jeu. Elles me reviennent, à présent. On paie cent dollars pour s'asseoir une heure dans un fauteuil. Très vite, on se rend compte que l'heure fait quarante-cinq minutes. On arrive bardé de questions, dont on apprend qu'on doit non seulement les poser, mais y répondre. Pourtant, malgré ces conventions ridicules, il arrive que ça marche, qu'à la fin d'une thérapie, on aille un peu mieux.

Je respire profondément avant de lancer, d'une voix d'écolière récitant une leçon apprise par cœur :

– Mon ambivalence, je la vois comme ça : d'une part, je sais que je fais quelque chose d'insensé et de dangereux, qui peut détruire mon mariage...

103

– Et d'autre part ?

J'hésite un instant, mais la réponse m'est dictée par mon cœur qui cogne si fort dans ma poitrine que George doit l'entendre :

– Je trouve ça très excitant.

George se réinstalle dans son fauteuil sans rien dire. Ce qui signifie que je dois continuer.

– J'aime me sentir regardée par cet inconnu. Pire, j'y prends du plaisir. C'est plus fort que moi. Tu sais, personne ne m'a jamais regardée ainsi. On dirait... des préliminaires incroyablement érotiques. C'est un jeu impudique, dangereux... et en même temps sans risque puisque nous ne sommes jamais ensemble, que chacun reste chez soi.

– Pour le moment...

– Oui. D'ailleurs je crois qu'il veut aller plus loin.

– Qu'est-ce qui te fait dire ça ?

– Juste une impression.

Je n'ose pas donner de détails, de peur de me retrouver avec une camisole de force.

– Si tu as raison, ça change tout, déclare George.

– En effet.

– Et tu préférais la situation antérieure.

– Evidemment. C'était moins risqué.

– Mais il a senti que tu te piquais au jeu, et maintenant tu penses qu'il veut augmenter la mise...

– En quelque sorte.

– Le poker, tu connais ?

– Les règles, oui, mais je n'y ai jamais joué.

– Donc, tu connais.

C'est mon tour de me taire, d'écouter. Je vais avoir droit à une métaphore à cent dollars.

– Que se passe-t-il quand on augmente la mise ? demande George.

– On remet de l'argent ou on abandonne la partie.

George approuve de la tête.

Mon silence répond au sien. Sa comparaison avec le poker ne m'a rien appris que je ne sache déjà. Je comprends parfaitement dans quel pétrin je me suis mise ; c'est pour ça que je suis ici. De là à trouver une solution...

George rompt le silence.

– Et souhaites-tu abandonner la partie ? me demande-t-il.

Je réfléchis une bonne minute avant de donner une réponse qui tient en un mot, murmuré d'une voix que je reconnais à peine, comme si elle venait de très, très loin.

– Non, dis-je.

Nous consacrons la fin de la séance (à cent dollars l'heure, sans remboursement possible, pas question de se lever et de partir à mi-parcours) à envisager toutes les raisons que j'ai d'abandonner la partie sur-le-champ, sous peine de provoquer des catastrophes, voire de mettre ma vie en danger : SIDA, syphilis, blennorragie, grossesse, chantage, viol, meurtre, divorce, ainsi qu'une dizaine de complications mineures.

Vous vous demandez si j'ai peur en remerciant George Goldman et en quittant son cabinet ?

La réponse est oui.

Peur au point de jurer que je suis définitivement guérie et que les choses n'iront pas plus loin ?

Vous savez bien que non.

A mon retour, je trouve Walter en train d'écouter la radio. Il baisse le son pour que nous puissions nous entendre sans crier.

– Ta réunion s'est bien passée ? demande-t-il.

– Très bien.

J'ai oublié que je lui avais menti, prétextant un petit déjeuner de travail avec un client potentiel à l'autre bout de la ville. J'ai honte : pendant toutes nos années de vie commune, je n'ai pratiquement jamais menti à

Walter, sauf sur des sujets sans importance. Mais cette fois, que pouvais-je lui dire ? « Walter, je vais voir mon ancien psy car je pense sans arrêt à ce type au physique de tombeur qui a emménagé en face ? »

Il devra donc se contenter de ma réponse laconique.

D'ailleurs, il ne pose pas de questions. Je devrais sans doute inventer quelques détails pour rendre mon histoire crédible, mais j'aurais l'impression de le tromper doublement.

Pour ne pas tenter le diable, je ne mets pas les pieds dans la cuisine de toute la matinée.

Mon travail me laissant un certain répit – comme souvent ces derniers jours – je me plonge une fois de plus dans la lecture du *New York Times*. Je deviens incollable sur l'actualité.

Le problème, c'est qu'aujourd'hui, je finis le journal à peu près au moment où Walter part travailler. Je me retrouve seule, sans rien d'autre à faire que de penser à l'inconnu.

L'après-midi traîne en longueur. Je voudrais que la journée soit déjà terminée, que Walter rentre. Je tourne en rond. Que se passe-t-il ? Mon travail tient-il tant de place dans ma vie qu'à la moindre baisse de régime (même si j'en suis en partie responsable), je perds pied ? Si oui, c'est inquiétant...

Ce qui se passe, c'est qu'il me manque quelque chose. Quelqu'un, plutôt. Je voudrais pouvoir retourner m'acheter des dessous rouges et les mettre rien que pour lui, faire mon cinéma et même me passer des glaçons sur la pointe des seins rien que pour ses beaux yeux. C'était ridicule, mais excitant. J'y ai pris énormément de plaisir.

Voilà, j'avoue : j'étais heureuse d'attirer l'attention et je me suis bien amusée. Est-ce si condamnable ?

Walter me téléphone, signe qu'il s'inquiète pour moi.

Peu importe, je suis soulagée d'entendre le son de sa voix.

– Je rapporte quelque chose pour le dîner ? propose-t-il.

Hier, il le sait, j'ai à peine touché à la soupe que j'avais préparée. Curieusement, il remarque ce genre de détails. Ne me demandez pas comment, je l'ignore, même après des années de vie commune.

– Bonne idée.

– Pizza ? Riz cantonais ? Sushis ?

A vrai dire, je n'ai envie de rien. Mais manger chinois ou japonais est au-dessus de mes forces.

– Pizza, dis-je, avec un semblant d'enthousiasme.

– Oignon ? Pepperoni ? Anchois ?

Les anchois me dégoûtent encore plus que les sushis, si tant est que ce soit possible.

– Tomate mozzarella, s'il te plaît.

Plus tard dans la soirée, après avoir chipoté avec mon unique part pendant que Walter engloutissait les trois quarts de la pizza, je vais faire la vaisselle. Cette fois, difficile d'y échapper. Walter s'est donné la peine de rapporter le dîner, après tout. Si ça ne vous impressionne pas, essayez de parcourir cinq cents mètres les yeux fermés avec une canne, un attaché-case dans une main et une pizza dans l'autre...

Par ailleurs, je ne veux pas qu'en vidant les assiettes, Walter découvre que je n'ai pratiquement rien mangé.

L'inconnu est là, toujours fidèle au poste.

Instantanément – c'en est presque comique – les battements de mon cœur s'accélèrent, au point que je dois faire un effort conscient pour respirer régulièrement. Je ne lève pas les yeux de ma vaisselle, afin de ne rien laisser paraître du trouble qui me saisit. Par une pudeur instinctive, je me détourne, n'offrant à sa vue que mon dos. Mais j'ai envie de lui, je le sais, tellement envie de lui que rien ni personne ne pourra me retenir. Toutes les bonnes raisons du monde, les risques encourus, le caractère totalement irrationnel de ma conduite n'y changeront rien : il est écrit quelque part que tôt ou tard, je me retrouverai là-bas.

En face.

Avec lui.

14

L<small>A</small> journée commence de manière assez anodine. Le matin, je réussis même à travailler un peu. J'appelle Gene Wiley chez Polo. Il m'apprend que George McMillan figure parmi les trois derniers candidats en lice pour le poste de directeur financier.

– C'était donc bien un poste de directeur ! dis-je.

– Oui, au terme d'une certaine évolution.

La question est maintenant de savoir si George a lui aussi évolué... question que je garde pour moi :

– George a beaucoup d'atouts dans son jeu. Si ça peut faciliter les choses, je suis prête à me montrer coopérative. (Traduction : « Je suis prête à réduire ma commission pour faire pencher la balance en sa faveur. A charge de revanche. »)

– Je ferai mon possible, Jill. Mais la décision finale ne m'appartient pas, tu le sais bien.

Je le sais. Mais je sais aussi que Ralph tient le plus grand compte de l'avis de Gene.

Ensuite, je contacte Steve Gunderson chez Nautica au sujet de Marian Silverman. Il m'assure qu'elle s'adapte bien.

– On a juste dû la mettre sous amphétamines. Elle était un peu apathique, les premiers temps.

Je n'en crois pas mes oreilles.

– Apathique ? Marianne Sil...

– Je plaisantais ! C'est un vrai derviche tourneur !

La conversation terminée, je me demande où est passé mon sens de l'humour. Quand ai-je ri, vraiment ri, pour la dernière fois ?

Je préfère me remettre au travail, heureuse de retrouver mes dossiers. Je fais un peu de comptabilité, écris deux ou trois lettres, donne une demi-douzaine de coups de fil.

– Tu m'accompagnes à l'arrêt de bus ?

Canne et attaché-case en main, Walter s'apprête à partir.

– Quelle heure est-il ? dis-je, surprise que la matinée ait passé si vite.

Walter porte la main à sa montre, un modèle à cadran en braille qu'on peut aussi régler pour qu'une petite voix métallique annonce l'heure – ce que Walter ne fait jamais.

– Le quart.

– J'aime mieux ne pas sortir, si ça ne t'ennuie pas. Je suis un peu débordée.

– Aucun problème.

Il se penche vers moi et effleure mon front de ses lèvres.

Je travaille une demi-heure de plus, sans grand résultat. Apparemment, le charme est rompu.

Je pourrais sortir prendre l'air, acheter de quoi manger. Un dîner fait maison serait le bienvenu. Un bouquet de fleurs égaierait l'appartement.

Mais je ne sors pas.

Je pourrais lire. Le *New York Times* d'aujourd'hui trône sur la table du séjour, intact. Je n'ai toujours pas ouvert les deux derniers numéros du *New Yorker*, ni commencé *Cold Mountain*, offert par Walter il y a plus d'un mois.

Mais je ne lis pas.

Je pourrais même aller faire une sieste dans la chambre. Dieu sait que j'en aurais besoin. Je ne me suis pas tellement reposée, ces derniers temps. Vite endormie, je me réveille souvent au milieu de la nuit sans pouvoir retrouver le sommeil. Une sieste me serait donc bénéfique.

Mais je ne vais pas dans la chambre.

Ce que je fais ? J'entre dans la cuisine, pièce de tous les dangers.

Il est là. Toujours en sweat-shirt et en jean. Un peu à l'écart de sa fenêtre, mais tourné dans ma direction. Je suis prise au piège. Impossible de m'échapper, de faire semblant de ne pas l'avoir vu. Seule solution : le regarder droit dans les yeux. Aussi naturellement et ouvertement que possible, pour bien lui montrer que ça ne me pose aucun problème. Il est sûrement loin de se douter que j'ai la respiration haletante, les jambes en coton, et le cœur qui cogne si fort dans ma poitrine qu'il m'assourdit.

D'ailleurs, pourquoi le saurait-il ?

Je remarque qu'il a un combiné à la main. Sans me quitter des yeux, il le porte à son oreille. Je soutiens son regard. Aux battements assourdissants de mon cœur, s'ajoute le bruit d'une sonnerie. Il me faut un certain temps pour reconnaître celle de mon propre téléphone.

Pourtant, je ne bouge pas d'un centimètre. Je n'ai pas de téléphone dans la cuisine, et aucune envie de baisser les yeux la première. Mon correspondant n'a qu'à utiliser le répondeur, voilà tout. L'inconnu me fait signe avec son combiné. Lentement, très lentement, une lueur de compréhension grandit dans mon esprit embrumé : c'est lui qui m'appelle. Je m'arrache à son regard, me précipite dans le séjour. Je décroche, faisant enfin taire la sonnerie. Le combiné à l'oreille, j'attends. C'est un téléphone sans fil, je pourrais retourner dans la cuisine. Mais non. J'écoute cette voix insistante :

– Dites quelque chose. N'importe quoi...

J'en suis bien incapable.

– ...que j'entende le son de votre voix...

Il paraît moins sûr de lui que je ne l'imaginais... en

admettant que j'aie pu imaginer pareil rebondissement. « Le son de ma voix » ? Il plaisante ! Pour le moment, je suis sans voix.

— Avez-vous aussi peur que moi ? demande-t-il.

Au cours des jours et des semaines qui suivront, je penserai souvent à cette question, arrivant à la conclusion qu'aucune autre phrase n'aurait produit le même effet sur moi, ne m'aurait sortie de cette sorte de transe dont j'étais prisonnière. S'il avait dit « envie » au lieu de « peur », je lui aurais sans doute raccroché au nez. A cause des connotations sexuelles, de la vulgarité implicite, du danger éventuel. C'est du moins ce que j'en viendrai à penser. Mais avec « peur », mot enfantin où perce une certaine vulnérabilité, rien de tel.

— Cent fois plus.

Je reconnais ma propre voix, lointaine, presque inaudible.

— C'est impossible.

— Je ne sais même pas comment vous vous appelez...

— Et moi, pas davantage, répond-il.

Il n'a rien laissé au hasard, me dirai-je plus tard, surtout pas le choix des mots, d'un raffinement quasi britannique. Aucune familiarité ne vient dissiper le mystère de ces instants, de ce courant qui passe entre nous comme par magie. Et quelque chose dans ce mélange de sincérité et de retenue suffit à me mettre en confiance.

— Et maintenant ? dis-je.

Sa réponse tient en quatre mots, prononcés d'une voix douce, presque un murmure. Quatre mots qui vont changer ma vie :

— Maintenant, venez me rejoindre.

Et j'obéis.

Sans me changer, me doucher, me recoiffer, ni me brosser les dents. Sans même me regarder dans le miroir ni me parfumer. En faisant une seule de ces choses, je me donnerais du temps. Pour réfléchir, et regarder en face les conséquences de mes actes.

Du temps pour changer d'avis.

Mais je ne suis plus capable de réfléchir, ni de regarder quoi que ce soit en face.

Je suis déjà passée à l'acte.

Je quitte mon immeuble. A ma grande surprise, il pleut. Un vrai déluge. Depuis quand ? Est-il possible que là-haut, à ma fenêtre, je ne m'en sois pas aperçue ? Je reste un long moment sous la pluie, sans chapeau ni parapluie, laissant l'eau ruisseler sur mes cheveux, sur ma peau, sur mes vêtements. Pourquoi ? Je n'en ai pas la moindre idée.

Puis je me dirige vers l'immeuble d'en face, sans hâte ni lenteur excessives, consciente de ne pouvoir fournir aucun nom, numéro d'appartement, ou explication valable à un éventuel portier. Ce n'est pas assez pour me décourager.

Je traverse la dalle menant à la porte d'entrée. Je reconnais la plaque en bronze au nom de GOODWIN PROPERTIES, INC., découverte il y a une semaine ou deux. Alors que je m'apprête à pousser la porte à tambour, elle se met à tourner toute seule, comme de son propre accord. Une fois à l'intérieur, je comprends qu'on l'a aidée. Un portier en uniforme me sourit, un Noir aux cheveux grisonnant sous sa casquette pareille à celle d'un chauffeur.

Je contemple à mes pieds la flaque de pluie qui s'élargit sur le sol impeccablement ciré. Je voudrais m'en excuser, mais le portier, plus prompt que moi, prend la parole :

– Appartement 6-B, crois-je entendre.

Devant mon absence de réaction, il ajoute, geste à l'appui :

– L'ascenseur est derrière vous.

Je dois avoir l'air perplexe, car il se croit obligé, toujours avec le sourire, de justifier son apparente omniscience :

– Votre ami vient d'appeler. Il vous attend.

J'acquiesce, pivote sur moi-même et m'éloigne dans la direction indiquée. L'ascenseur est bien là, vide. J'entre, appuie sur la touche 6. La porte se ferme, je me sens à peine monter.

Quand la porte se rouvre, je m'avance dans un couloir moquetté. Personne en vue. L'appartement doit être orienté au nord, puisqu'il est face au mien. Mais j'ai fait plusieurs tours sur moi-même au milieu du hall et, dans ce couloir aveugle, je suis complètement désorientée.

Pas comme Walter, me dis-je soudain. Où qu'il se trouve, jamais il ne perd le nord. Walter, mon mari... Je ferais mieux de rentrer chez moi...

J'entends un déclic derrière moi, un peu à gauche. Je me retourne, et voilà l'homme, à sa porte. Sweat-shirt gris, jean délavé, cheveux noirs en bataille. Il est grand, beaucoup plus grand que je ne croyais.

– Mais vous êtes trempée !

Dans sa voix, le rire le dispute à l'inquiétude.

Je suis sidérée par sa beauté.

– Venez, dit-il, en me tendant les bras.

Incapable de résister, je me précipite, aspirée par ce vide entre ses bras tendus, attirée comme un corps minuscule par une irrésistible force de gravité.

La porte claque, nous sommes dans l'appartement.

L'homme me lâche et disparaît, m'abandonnant quelques instants. Pour la première fois, je sens que je frissonne, que je claque des dents. Je referme mes bras sur ma poitrine, mains sous les aisselles pour tenter de les réchauffer. Mais ainsi plaqués contre ma peau, mes vêtements trempés me font grelotter de plus belle. J'ai l'impression que la climatisation est branchée.

L'homme revient avec un immense drap de bain, blanc et moelleux.

– Allez, enlevez-moi ces vêtements avant d'attraper la mort.

114

Toujours le même raffinement dans l'expression. Il tend le drap de bain entre nous, tel un écran.

Je me débarrasse d'une chaussure ; l'autre vient plus difficilement, avec un chuintement. Je réussis à descendre la fermeture Eclair de mon jean et à m'en extraire, le laissant en tas sur le sol. Mais quand je veux retirer mon chemisier, la partie se révèle trop inégale. Je me débats avec des boutons mouillés qui ne passent plus par les boutonnières. J'en ai défait un seul quand une crampe me paralyse les doigts.

L'homme n'en perd pas une miette. Comment pourrait-il faire autrement ? Pourtant, il n'a pas un geste pour m'aider, jusqu'au moment où je capitule et déclare :

– A vous.

Il prend tout de même le temps de me frotter avec le drap de bain avant d'achever de me déshabiller, défaisant un à un les boutons de mon chemisier et dégrafant mon soutien-gorge. Les mains sur mes hanches, il hésite à m'enlever mon slip. Sans doute par discrétion, à moins qu'il ne se demande s'il est aussi trempé que le reste.

Pour moi, la question ne se pose pas : je veux aller jusqu'au bout. Je place mes mains sur les siennes et, ensemble, nous baissons mon slip de manière à ce que je puisse le retirer. C'est un slip blanc tout simple. A l'heure de vérité, mes dessous rouge sexy sont bien rangés dans leur tiroir.

Et me voilà entièrement nue.

L'inconnu a repris le drap de bain et se remet à me frotter énergiquement de la tête aux pieds. Je suis de nouveau frappée par sa grande taille, qui m'oblige à lever la tête pour voir son visage.

Ses yeux sombres, presque noirs, soutiennent mon regard tandis qu'il me sèche consciencieusement le dos. Mais quand il a terminé, il ne peut s'empêcher de contempler mon corps. Je le regarde étudier mes seins qu'il frictionne avec le drap de bain, doucement, puis de plus en plus fort. Alors qu'ils sont secs depuis longtemps, il continue son mouvement de va-et-vient, toujours plus fort.

– Regardez, souffle-t-il.

Au prix d'un énorme effort de volonté, je détache les yeux de son visage pour les poser sur l'éponge blanche, roulée en boule dans ses mains immenses, qui passe et repasse sur ma peau. Alors que j'atteins le stade où le plaisir fait place à la douleur, je l'interroge du regard. Va-t-il s'arrêter ? Sinon, je ne suis pas sûre de trouver la force de le lui demander.

Heureusement, il s'interrompt sans un mot.

– Regardez encore, dit-il.

Une nouvelle fois, je baisse la tête. Il soulève le drap de bain, découvrant mes seins dont la pointe est plus rouge et dure que sous l'effet de n'importe quel glaçon. Je n'arrive pas à en détourner les yeux.

Il s'agenouille alors à mes pieds. A cause de sa grande taille, son visage arrive à la hauteur de ma poitrine, son menton effleure un mamelon. Et sa barbe de trois jours sur ma peau à vif me fait si mal que je ne peux retenir un cri.

Aussitôt, je me sens soulevée et emportée dans le drap de bain, hors de la pièce où il m'a déshabillée, séchée, et où restent en tas, à quelques centimètres de la porte d'entrée, mes vêtements trempés.

Nous nous retrouvons sur un gigantesque lit carré recouvert d'un tissu vert foncé, dans une chambre au mobilier en bois sombre. L'inconnu ouvre le drap de bain, me laissant complètement nue, étendue devant lui qui est tout habillé, baskets inclus. Je devrais m'inquiéter d'être ainsi à sa merci, je le sais. Pourtant, malgré ma gêne, je dois reconnaître que ça ne me déplaît pas. Ça me plaît même beaucoup : la situation a quelque chose de terriblement excitant.

Il se penche sur moi, s'arrêtant à quelques centimètres de mon visage. Je remarque qu'il a mis son sweat-shirt à l'envers, côté molletonné à l'extérieur. Je ne peux m'empêcher de sourire. L'a-t-il fait exprès, ou s'est-il trompé comme les enfants ?

Soudain il m'embrasse, sur la bouche. Délicatement, timidement, toujours sans peser sur moi. Je réponds à ses baisers. Il a les lèvres sèches, insistantes, sur la langue un goût d'orange ou d'abricot.

Il reste en équilibre au-dessus de moi, tel un athlète en train de faire des pompes. Je glisse les mains sous son sweat-shirt, découvrant la douceur de sa peau. A l'aveuglette, je promène mes doigts sur son estomac, son ventre, jusqu'à ce que je rencontre la ligne verticale de poils aperçue une fois. Je la caresse du bout des doigts, et il s'effondre sur moi secoué par un fou rire.

Je réussis à me libérer et à le faire rouler sur le dos pour m'installer sur lui, moi toujours nue, lui toujours habillé. Je lui retire son sweat-shirt que je fourre sous sa tête, en guise d'oreiller. Je veux qu'il puisse me voir autant que je le vois.

Son visage est doux et rêche à la fois. Son corps élancé semble tout en muscles, magnifique relief où court de sa gorge à son ventre une étroite et longue vallée. Ses mamelons minuscules sont aussi durs que les miens.

Quand je veux ouvrir son jean, il résiste. Il me saisit les poignets et me renverse, reprenant le dessus. A ceci près que cette fois, il me tourne le dos. Je commets l'erreur d'en effleurer la surface lisse et musclée, après quoi j'ai envie de le caresser sans fin.

Je ne vois plus son visage, mais je sais qu'il étudie mon corps. Dans un accès de pudeur subit, je tente de refermer les jambes. Il réagit en les écartant, doucement mais fermement. Et je me laisse faire, même si je frissonne quand ses mains insistent, troublée d'être ainsi ouverte à son regard. Les yeux mi-clos, je serre les dents et lui plante mes ongles dans le dos (j'en découvre les traces après coup). Nous restons un long moment dans cette étrange position. J'aurais pu y rester plus longtemps encore s'il n'avait alors légèrement remonté sa main et, par un instinct infaillible, appuyé là où il faut jusqu'à ce que, n'en pouvant plus, je m'abandonne à une formidable vague de plaisir.

Je sais ce que vous pensez : normalement, d'après les experts, ça ne peut pas se passer comme ça. Eh bien oubliez les experts, et essayez plutôt de me croire.

Nous faisons l'amour avec une certaine brusquerie. J'ai mal, mais il s'arrête sans avoir joui dès qu'il me voit grimacer de douleur. Je saigne un peu. A l'aide du drap de bain, il m'essuie avec précaution.

– Ce n'est rien, dis-je. Nous sommes quittes.

Devant son air perplexe, j'ajoute :

– Attendez de voir ce que j'ai fait à votre dos.

Il se lève, annonçant qu'il va mettre mes vêtements mouillés dans le sèche-linge. Une fois qu'il a quitté la pièce, ma nudité me gêne. Je prends son sweat-shirt. A l'endroit, il a le numéro quatorze sur le devant, au dos une licorne en train de faire une cabriole. Je l'enfile, à l'envers moi aussi. Je nage dedans. On dirait une robe, ce qui me va tout à fait.

A son retour, l'homme a une cigarette éteinte aux lèvres. Il cherche en vain un briquet. Il voit mon sac à main par terre, commence à fouiller à l'intérieur. Je m'apprête à lui dire que je ne fume pas lorsqu'il en sort une pochette d'allumettes dont j'avais oublié la présence. Il allume sa cigarette, tire une longue bouffée. Je tends la main pour qu'il me la donne. Je n'ai pas fumé depuis près de dix ans. Je ne me souvenais pas que c'était si bon.

Il me fait rouler sur moi-même, me met à plat ventre, remonte le sweat-shirt sur mes reins. De nouveau, un mélange de gêne et d'excitation me gagne. Je suis fière de mon cul, fière qu'il l'admire. Il le caresse, l'effleurant d'abord du bout des doigts, puis il s'enhardit. Agenouillé entre mes jambes, il les écarte le plus loin possible l'une de l'autre. Je sais qu'il étudie mon anatomie avec une attention soutenue. J'ai même l'impression que son regard pénètre au plus profond de moi. Et mon excitation, bien réelle, fait alors place à autre sensation que je n'identifie pas aussitôt. Plus vraiment de la gêne, pas encore de la crainte. Une chose est sûre : je n'ai pas voulu ça. Jamais de ma vie je ne me suis sentie aussi totalement nue, mon intimité ainsi exposée au regard d'autrui. Je tente de me remettre sur le dos, mais ses jambes m'en empêchent. « Stop ! » ai-je envie de crier, « Ce n'est pas du jeu, je ne suis pas venue pour ça ! »

Mais n'est-ce pas exactement ce pour quoi je suis venue, ce que j'attendais secrètement depuis le début ? N'est-ce pas au fond une forme extrême d'exhibitionnisme que de laisser ce parfait inconnu, ce voyeur anonyme, fouiller mon intimité comme il a fouillé mon sac à main ?

Il n'empêche que je me débats, essayant de refermer les jambes, de couvrir ma nudité, mais il m'attrape les mains, les coince sous mon ventre, et se laisse tomber sur moi. Le poids de son corps sur le mien m'immobilise définitivement. Nous restons longtemps ainsi. Je me raidis en le sentant bander. Seule la pensée que je lui ai fait confiance jusqu'ici m'aide à me détendre un peu. Il doit y voir un encouragement. Aussitôt, il me serre de plus près, cherchant avec insistance l'endroit qui l'intéresse, mais sans forcer, comme s'il espérait un signal supplémentaire de ma part.

« Non », ai-je envie de crier. « Pas ça ! » Pourquoi les mots ne veulent-ils pas sortir ? Est-ce la même impuissance qu'on ressent pendant un viol ? Cette peur paralysante qui empêche de dire non, parce que la lame du couteau est trop menaçante, ou que le corps qui pèse sur vous est trop lourd, trop fort, trop acharné ?

Je sais seulement qu'il continue et que je suis incapable de l'arrêter. Il parvient à me pénétrer, prenant son temps pour aller de plus en plus profond. Lorsqu'il est complètement en moi, il s'interrompt et attend, immobile. Je tente de me rassurer en me disant qu'il a eu ce qu'il voulait.

Bien sûr, je me trompe. Il en veut plus. Quand il bouge, c'est pour aller encore plus profond, encore plus fort, et plus je résiste, plus il insiste, jusqu'à ce que la douleur soit insoutenable. Quelque chose coule entre mes jambes, je me demande si c'est mon sang. J'ai peur qu'il me déchire complètement. Peur qu'il jouisse, peur aussi qu'il ne jouisse pas et que ça n'en finisse jamais. J'ai l'impression que ma tête va exploser, que je vais m'évanouir. Enfin, je réussis à me libérer de lui brutalement, dans un cri. Je suis inondée de sang. Effarée d'en avoir tant perdu, je déplie et replie le drap de bain, à la recherche d'une surface sèche à appliquer contre moi.

L'homme paraît mal à l'aise, au point de manifester une certaine sollicitude. Il doit être vraiment inquiet. Bien fait pour lui. Je voudrais que la peur le fige sur place. L'air hagard, il regarde autour de lui, demande ce qu'il peut faire pour m'aider.

— Rien, dis-je.

J'ai mal, sans trop savoir où. Je finis par lui demander un verre d'eau, pour qu'il quitte la pièce et me laisse seule, ne serait-ce qu'une minute. Quand il me le rapporte, je le prends à deux mains et le vide d'un trait, comme pour remplacer le sang que j'ai perdu. Ensuite, il me tend mes vêtements, secs et imprégnés du parfum de l'adoucissant textile. Je m'habille. Mon soutien-gorge a disparu, tant pis. L'homme veut m'embrasser. Je me détourne et ses lèvres atterrissent sur ma joue.

— Je suis navré, assure-t-il. Vraiment navré.

Il me regarde droit dans les yeux, afin que je ne doute pas de sa sincérité, que je lui en donne acte. Mais j'ai trop mal pour songer à lui pardonner.

Pourtant, lorsqu'il prend ma main dans les siennes, je me laisse faire : c'est plus simple que de résister. Il la caresse longuement. Puis, son bras sur mes épaules comme pour me protéger d'une averse invisible, il m'accompagne jusqu'à la porte de son appartement, mais pas plus loin.

Dans le hall, un nouveau portier a pris son service, blanc, cette fois, et plus jeune que le précédent. Occupé à trier des enveloppes, il ne lève pas les yeux quand je passe devant lui pour sortir de l'immeuble. Le trottoir est encore humide, mais il ne pleut plus.

J'arrive à l'appartement avant Walter. Je me déshabille et fourre mes vêtements dans le placard qui nous sert de panier à linge. Ils y seront en lieu sûr : Walter ne fait plus la lessive depuis le jour où je me suis aperçue qu'il lavait ensemble le blanc et la couleur. J'entre dans la douche et je règle le jet au maximum. Un filet de sang rougit le bac, quelques minutes seulement. Je reste un long moment sous l'eau, apaisée par son ruissellement sur ma peau.

Je me sèche ensuite avec soin, m'appliquant à éviter mon reflet dans le miroir. Je préfère ne pas savoir à quoi je ressemble.

J'ai honte de la pensée qui me vient alors, mais c'est plus fort que moi : « Heureusement que j'ai un mari aveugle ! », me dis-je.

15

JE crois que je vais mieux.

Plus de saignements, juste quelques bleus, un peu de mal à m'asseoir sur une surface dure et la pointe des seins douloureuse au toucher, ce qui ne surprendra personne.

Curieusement, plus aucune trace de l'inconnu.

Je le guette depuis avant-hier, et il ne donne pas signe de vie. A-t-il honte (ce qui serait dans l'ordre des choses) ? Est-il parti en voyage ?

Malgré les derniers événements, son absence me perturbe. Bien sûr, je ne m'attendais pas à recevoir des fleurs, ni une carte de remerciements. Mais d'une certaine façon, il a abusé de moi, non ? Même si je n'ai jamais vraiment dit « non », il a dû comprendre que je n'étais pas d'accord. Pourtant, il n'en a tenu aucun compte. Il pourrait au moins reconnaître qu'il est allé trop loin.

Je ne lui demande pas d'appeler ici, Dieu m'en préserve ! Mais je trouverais rassurant de le voir à sa fenêtre, de savoir qu'après notre rencontre, il ne s'est pas senti obligé de quitter le pays, ni de demander la protection de la police.

Je ne suis pas si dangereuse, après tout !

Walter a dû prendre froid, à moins que ce ne soit le rhume des foins. Quoi qu'il en soit, je m'en félicite : il s'occupe un peu plus de lui, et un peu moins de moi. Il ne manquerait plus qu'il se montre soudain très amoureux, et avide de nouvelles expériences au lit. Je l'ai craint hier soir, quand il a caressé ma hanche à l'endroit précis où j'avais aidé l'inconnu à baisser mon slip.

– Jilly...

Inquiète, j'ai retenu mon souffle.

– ...Je sens tes côtes. Il faut vraiment que tu manges davantage.

– Promis juré, me suis-je empressée de répondre.

J'essaie de travailler, mais ne réussis qu'à faire un peu de courrier. Je ne réponds même plus au téléphone. Je filtre les appels, montant le volume du répondeur quand je suis seule, de manière à connaître aussitôt l'identité de mon correspondant. Si Walter est là, je le mets au minimum. Sans grand résultat. A la moindre sonnerie, j'ai l'impression que mon cœur va s'arrêter, et plus rien n'existe pour moi.

Je voudrais que ce soit lui ; j'ai peur que ce soit lui.

« Tout vient de ton ambivalence. » J'entends de nouveau la voix réconfortante de George Goldman. Je devrais l'appeler, prendre rendez-vous pour lui confesser mes péchés.

Si seulement j'étais catholique !

Déterminée à reprendre du poids, je tape sur mon ordinateur la liste des aliments susceptibles de me faire grossir : beurre de cacahuètes, avocats, éclairs au chocolat, fritures diverses... Rien qui me rende l'appétit, pas même le beurre de cacahuètes, qu'en temps ordinaire je suis capable d'avaler à la cuiller. Par ailleurs, je n'ai aucune envie d'aller faire les courses. Il y a de quoi manger à la maison, et je peux commander ce qui manque.

En vérité, je ne suis pas sortie depuis avant-hier. J'accuse le mauvais temps. Ou la fatigue, conséquence naturelle du manque de sommeil de ces dernières semaines. Ou encore la nécessité de récupérer, de panser mes blessures. Ce qui est vrai, bien sûr.

Il y a pourtant une autre raison.

J'ai peur de sortir, d'affronter le regard des passants. Au premier coup d'œil, ils sauront, j'en suis persuadée. Ça peut paraître idiot, mais c'est plus fort que moi. Je me sens plus en sécurité dans l'appartement, seule avec Walter. Lui, au moins, ne me voit pas.

Nous commandons le dîner chez un traiteur chinois du quartier. Je suçote vaguement les travers de porc, promène d'un bout à l'autre de mon assiette les coquilles Saint-Jacques dans leur sauce au soja. Ensuite, Walter suggère d'aller se promener :

– Le temps s'améliore. C'est sûrement une très belle soirée.

Mon premier réflexe est de refuser, mais je trouve plus simple de l'accompagner.

– Laisse-moi prendre un pull.

– Tu n'en auras pas besoin, assure-t-il.

Pourtant, j'ai froid depuis deux jours. Je sors un sweat-shirt de la penderie. Il me rappelle l'inconnu et je dois lutter contre l'envie de le mettre à l'envers.

Nous marchons vers l'ouest jusqu'à Riverside Park, avant d'obliquer vers le nord. Il fait encore jour, les gens en profitent pour promener leur chien. Les arbres ont perdu leurs fleurs, remplacées par un feuillage vert tendre que la brise venue du fleuve fait frissonner. Tout semble neuf, propre, lumineux.

– Jilly, es-tu heureuse ?

Prise au dépourvu, j'éclate de rire pour cacher ma gêne.

– Evidemment, dis-je.

124

– Je me demandais si on ne devrait pas reparler d'adoption.

– D'adoption ?

– Oui, d'un bébé.

– J'avais compris, Walter. Mais pourquoi maintenant ?

– Comme ça.

– Tu ne dis jamais rien au hasard...

Il se tait quelques instants, sa façon à lui de concéder que j'ai raison.

– ... Alors ?

– Alors je suis peut-être à côté de la plaque, mais tu n'as pas l'air dans ton assiette, ces temps-ci. Je m'inquiète... à l'idée qu'il manque quelque chose dans ta vie...

– Rien ne me manque, Walter. Mon travail me donne des soucis, c'est tout.

– Tu veux en parler ?

Je le prends par la main pour l'aider à contourner un trou, diversion bienvenue qui me donne le temps de préparer un mensonge.

– Une amie de chez Tony Hilfiger a appelé, dis-je. Elle pense que je ferais un bon directeur adjoint des ressources humaines.

– Et alors ?

– J'ai refusé. Je ne veux pas d'un emploi salarié.

– Et maintenant tu regrettes ?

– Un peu.

– Je saurais me débrouiller, tu sais.

Je serre sa main dans les miennes.

– Je sais. Ce n'est pas toi le problème, c'est moi.

Là, au moins, je dis la vérité.

J'ai honte d'avoir menti à Walter. Mais notre promenade a au moins eu un effet positif : grâce à elle, j'ai surmonté ma peur de quitter l'appartement. Les deux jours suivants, je sors plusieurs fois. Je vais chez le fleuriste, au supermarché. Je fais la cuisine. Je réussis même à manger raisonnablement. Si je ne suis pas encore prête à remonter sur la balance, je ne me sens plus anorexique. Et je peux me regarder dans un miroir sans faire la grimace.

Voilà maintenant quatre jours que je n'ai pas vu l'inconnu. Je ne m'attends plus à ce qu'il appelle. Je ne sursaute plus chaque fois que le téléphone sonne. Il m'arrive même de décrocher.

En revanche, j'ai parfois l'étrange sensation que rien ne s'est vraiment passé, que tout est le produit de mon imagination. Mes bleus ont presque disparu, je peux m'asseoir sur une chaise en bois sans précautions particulières, et j'ai le plus grand mal à revoir le visage de l'inconnu. Seul son corps reste bien présent dans mes souvenirs, image qui ne tardera sans doute pas à s'estomper elle aussi.

Pourtant, à moins de remonter le temps et de changer le cours des choses, je peux difficilement nier la réalité. Cet homme est entré dans ma vie. J'ignorerai toujours son nom, d'où il venait, qui il était et comment il gagnait sa vie. Nous avons passé un après-midi ensemble. Nous avons fait – j'ai fait – des choses regrettables, dont je ne me serais jamais crue capable, même dans mes rêves les plus fous. Et bien que l'expérience n'ait pas été une partie de plaisir, je ne peux pas me considérer entièrement comme une victime. C'est moi qui ai commencé, moi qui suis allée le rejoindre et me suis laissée faire, sans jamais lui opposer un « non » catégorique.

Que dit-on déjà, à tort, de certaines femmes violées ? Qu'elles l'ont bien cherché, à cause de leur attitude ou de leurs vêtements. La formule, en revanche, pourrait s'appliquer à moi. J'ai bien cherché ce qui m'est arrivé.

Si tel est le cas, j'ai reçu une bonne leçon et ce déplorable chapitre de mon existence touche à sa fin. Fini, terminé. Je devrais m'en réjouir. J'ai joué avec le feu, je m'y suis un peu brûlée, mais j'ai survécu, ainsi que mon mariage. Je m'en tire à bon compte.

Alors pourquoi ces visites dans la cuisine toutes les vingt minutes, avec la régularité d'un métronome ? Pourquoi ces coups d'œil à l'immeuble d'en face, dans l'espoir d'apercevoir l'inconnu à sa fenêtre ?

Expliquez-moi, si vous le pouvez.

16

I L y a plusieurs hommes dans l'appartement d'en face. Je les prends d'abord pour des ouvriers du bâtiment venus changer le carrelage, ou faire des retouches de peinture. Ils inspectent la cuisine de l'inconnu. Ils portent un blouson, comme les chefs de chantier ou les maîtres d'œuvre. L'un d'eux, un Noir, époussette certaines surfaces à l'aide d'un pinceau. Un autre déroule du ruban adhésif jaune vif, sans doute pour les retouches de peinture.

Un troisième – un obèse dont les bras semblent trop courts pour son corps – disparaît quelques instants et revient sans son blouson. Auraient-ils l'intention de faire le travail eux-mêmes ? L'homme a un outil accroché à sa ceinture. J'essaie de distinguer lequel. Quand j'y parviens, j'ai un mouvement de recul.

En fait d'outil, c'est un revolver.

Ces types ne sont pas des ouvriers, mais des policiers.

Quelque chose d'horrible est arrivé. Aussitôt, j'ai conscience que cette phrase ne reflète qu'une partie de la vérité. Lentement, je m'efforce d'articuler les mots manquants, même si aucun son ne sort de ma bouche.

Quelque chose d'horrible est arrivé.

A lui.

Les policiers passent au moins une heure dans l'appartement. Je m'écarte le plus possible de ma fenêtre, de manière à ne pas être vue s'ils regardent dans ma direction. Mais je ne peux m'empêcher de les épier.

Ils ne s'attardent pas dans la cuisine. Les autres pièces doivent les intéresser davantage. En tout, ils sont sept, dont un en bleu de travail – probablement le gardien de l'immeuble, qui a fait entrer les six autres. Il y a une femme parmi eux ; à cause de ses cheveux courts, je ne l'avais pas remarquée.

Lorsque les allées et venues cessent dans la cuisine, j'en conclus qu'ils sont partis. Je vais à la fenêtre de ma chambre, dans l'espoir de les voir quitter l'immeuble. Sans succès. Ou j'arrive trop tard, ou ils sont sortis par-derrière.

J'en suis réduite à faire les pires suppositions sur ce qui a pu se passer, et ce qu'est devenu l'inconnu.

Pas pour longtemps...

LA POLICE ENQUÊTE SUR UNE DISPARITION
DANS LE WEST SIDE

Des inspecteurs du 20e District enquêtent sur la disparition d'un homme dans le West Side. Agé d'environ 35 ans, il a été vu dans le quartier pour la dernière fois il y a une semaine.

« Nous n'excluons aucune hypothèse », a déclaré un des inspecteurs, qui tient à garder l'anonymat.

L'identité du disparu, qui venait d'emménager dans un appartement de standing sur West End Avenue, n'a pas encore été révélée.

Toute personne ayant des informations peut appeler anonymement le commissariat du 20e District au 555-8787.

Deux jours plus tard, je tombe sur cet entrefilet à la fin de la rubrique « Faits Divers » du *New York Times*. Apparemment, personne n'a jugé utile de le mettre en meilleure place.

Je le lis et le relis, essayant de comprendre. Sans le

nom de l'homme recherché par la police, ni son adresse, comment savoir si on a des informations pertinentes ?

Pour moi, en tout cas, la question ne se pose pas : j'en ai.

Je sors acheter le *Daily News* et le *Post,* plus friands de ce genre de nouvelles. Sur le chemin du retour, j'imagine déjà les gros titres en page trois : DISPARITION DE L'AMANT FANTÔME, ou encore : LA POLICE SUR LES TRACES DU SODOMITE AU SWEAT-SHIRT, suivis de : *Voir photos en page centrale.* Photos sur lesquelles je me reconnaîtrai, totalement nue et sous six angles différents, offerte aux regards du monde entier. Les reporters et les cameramen des chaînes de télévision assiégeront l'entrée de mon immeuble. On me réclamera des interviews. George Goldman et ma mère appelleront.

Je m'enferme à double tour dans l'appartement pour parcourir les deux quotidiens. Rien. Peut-être ont-ils couvert l'information vingt-quatre heures avant le *New York Times.* Je vais sur le palier, dans la pièce du vide-ordures, espérant trouver quelques journaux de la veille. Sans succès. J'envisage même de tenter ma chance aux autres étages avant de me raviser, de peur d'éveiller les soupçons en cas de rencontre imprévue.

Je dois me contenter du maigre article du *Times,* que je découpe tout de même, cherchant un endroit sûr où le cacher. Walter ne risque pas de le trouver, mais on n'est jamais trop prudent. Au cinéma, après tout, combien de meurtriers ont été confondus pour avoir gardé les coupures de journaux décrivant leurs crimes ?

Dès que je me surprends à raisonner ainsi, je me ressaisis. Moi, je n'ai commis aucun crime. J'ai trompé mon mari une fois, soit, mais cet écart de conduite ne fait pas de moi une meurtrière. Je fourre l'article, plié en trois, au fond du premier tiroir de mon bureau, sous une boîte d'agrafes. Si ce n'est pas de la paranoïa...

Bien sûr, je ne dis rien à Walter. Après le dîner, nous « regardons » le journal télévisé. Pas un mot sur le disparu du West Side. Il n'est question que des mésaventures des époux Clinton et d'une catastrophe aérienne en Colombie. Pendant la publicité, le volume augmente brusquement, si bien que je n'entends pas la sonnette. Mais Walter veille :

– Il n'y aurait pas quelqu'un à la porte ? demande-t-il.

– Le portier ne nous a pas prévenus, dis-je, en guise de réponse.

Car dans un immeuble comme le nôtre, personne ne peut sonner à notre porte sans que le portier nous ait d'abord appelé par l'interphone pour nous informer de la présence d'un visiteur, et nous demander la permission de le laisser monter.

Quoi qu'il en soit, je coupe le son. Avec une parfaite synchronisation, la sonnette retentit de nouveau.

Je vais à la porte, sans ouvrir. L'auteur du coup de sonnette n'ayant pas été annoncé par le portier, il peut aussi bien s'agir d'un livreur qui se trompe d'étage que d'un serial killer.

– Qui est là ? dis-je, notre judas ayant depuis longtemps été neutralisé par un coup de peinture malheureux.

– Police !

Ce mot a pour effet de me figer sur place. Il s'en faut de peu que mes sphincters ne se relâchent. La panique d'Adolf Eichmann n'a pas dû être plus grande quand la police argentine est venue frapper à sa porte.

– Pardon ?

C'est tout ce que je trouve à répondre, d'une voix mal assurée par-dessus le marché.

– Nous voulons juste vous poser quelques questions, Madame. Il n'y en aura que pour une minute.

Quand j'entends cette voix grave et rauque, je revois le policier obèse aperçu dans l'appartement d'en face, un revolver à la ceinture.

– Ouvrez-nous, s'il vous plaît, insiste-t-il. Nous avons notre badge. Vous pouvez même appeler le commissariat pour vérifier.

Je m'exécute.

Ce n'est pas le policier obèse. Ils sont deux, grands et minces. Je n'en reconnais aucun. Tous les deux me présentent un portefeuille en cuir noir à l'intérieur duquel est fixé un badge doré.

– Avez-vous une pièce d'identité avec une photo ? dis-je.

J'ai lu quelque part qu'il fallait toujours demander à voir un document officiel avec une photo. N'importe qui peut se procurer un badge, après tout. A Times Square, on peut en acheter un pour trois dollars.

– Mais certainement, répond le policier à la voix rauque.

Encore un gros fumeur. Il sort une carte sous plastique de la poche intérieure de son blouson et me la montre. Sous la mention NEW YORK POLICE DEPARTMENT, je vois une photo de lui, beaucoup plus jeune. Les effets du tabac, sans doute...

Je les invite à entrer, à s'asseoir. Voix Rauque monopolise la parole. Il fait les présentations, mais je ne retiens pas les noms.

– Dans le cadre d'une enquête de police, nous interrogeons tous les occupants de cette partie de l'immeuble, explique-t-il.

– Ah bon ?

– Nous aimerions savoir si, par hasard, vous avez remarqué quelque chose d'anormal dans l'immeuble d'en face.

– Pas spécialement, intervient Walter.

Les deux inspecteurs se tournent vers lui, attendant des précisions supplémentaires.

– Mon mari est non-voyant, dis-je.

– Non-voyant ?

Voix Rauque a l'air perplexe.

– Aveugle, si vous préférez.

– Je suis navré.

Son regard va de Walter au téléviseur, où le présentateur du journal continue à donner les informations, sans que le moindre son sorte de sa bouche.

– Pas autant que moi, réplique Walter.

Je suis fière de son insolence.

– Et vous, Madame ?

– Moi ? Je ne suis pas aveugle.

– Non, je vous demandais si vous aviez vu quelque chose en face.

– Rien de particulier. Pourquoi ?

– Nous sommes obligés de vous poser la question, répond le second inspecteur, prenant pour la première fois la parole. C'est ce que nous appelons une enquête de voisinage.

Ils nous demandent d'épeler notre nom qu'ils notent pour leur rapport, et nous laissent leur carte en nous recommandant de les appeler si un détail nous revient après leur départ.

Depuis quand les flics ont-ils des cartes de visite ? Pourquoi ne pas leur attribuer un numéro vert, tant qu'on y est ?

– A ton avis, qu'est-ce qu'ils cherchaient ? demande Walter dès qu'ils sont partis.

– Aucune idée.

En l'espace d'une semaine, non contente d'avoir trompé mon mari, je lui aurai aussi dissimulé la vérité, ainsi qu'à la police... Mais que pouvais-je dire d'autre ? *Oui, inspecteur, j'ai remarqué que le voisin d'en face, celui qui m'a sodomisée, s'était évanoui dans la nature ...* Ou encore, à Walter : *Mon chéri, il s'est passé quelque chose en ton absence, l'autre jour, et j'ai complètement oublié de t'en parler...*

En tout cas, ils sont partis. Curieusement, leur petite visite a sur moi un effet apaisant. J'y vois une sorte de mise à l'épreuve. Ils sont venus, ont posé des questions. Auxquelles nous avons répondu, Walter et moi. Et ils sont repartis l'air satisfait. S'ils s'intéressaient à nous – à moi – c'est terminé. Je retrouve mon calme. Pour la première fois depuis des semaines, je me sens vraiment détendue, rassurée.

Comme si la page était tournée.

Je me suis réjouie trop tôt.

Trois jours plus tard, sur Broadway, alors que je me dirige vers Fairway & Citarella (le meilleur endroit pour acheter du poisson, à condition de ne pas voir trop grand, ou d'avoir gagné au loto), j'entends une voix derrière moi :

– Madame Sapperstein ?

Quand on s'appelle Smith ou Jones, on doit être immunisé et ne pas se retourner instantanément. Mais avec un nom comme Sapperstein – même si à l'origine, c'est celui de votre mari – il y a de fortes chances pour qu'il n'y ait pas erreur sur la personne. En principe, je m'appelle Gray. Et pour tout le monde, ou presque, je suis Jillian ou Jill, voire Jilly pour Walter. Jamais on ne m'appelle Madame Sapperstein.

Donc, je me retourne. J'ai l'impression d'avoir déjà vu la femme derrière moi, sans pouvoir mettre un nom sur son visage. Un phénomène courant dans ma vie professionnelle, où je passe beaucoup de temps au téléphone et où une année entière peut s'écouler avant que je rencontre tel ou tel client. Mon regard s'attarde sur les traits affirmés de la jeune femme, sur ses cheveux noirs coupés court. J'esquisse un sourire, comme si son nom me revenait soudain.

– Je suis l'inspecteur Fernandez, Donna Fernandez, déclare-t-elle.

La policière aux cheveux courts ! Vue de mon appartement, elle m'avait parue fort peu féminine. De près, je dois réviser mon jugement. En fait, elle est même très jolie.

– Oui ? dis-je, m'efforçant d'avoir l'air surpris.

134

Elle regarde le flot des passants autour de nous.

– Désolée de vous aborder dans la rue, mais nous avons quelques questions supplémentaires à vous poser, et je ne voulais pas vous mettre dans une situation gênante... vous comprenez...

En m'interrogeant chez moi, j'imagine, devant mon mari...

Je suis un instant pétrifiée à la pensée qu'ils ont tout découvert. Mais je me rassure aussitôt : si l'homme a réellement disparu, ils ne peuvent rien savoir. Rien sur moi, en tout cas.

Debout au milieu d'un trottoir très fréquenté, nous commençons à nous faire bousculer. Une vieille femme poussant un caddie jure et crache d'avoir à dévier de sa route pour nous éviter.

– Accepteriez-vous de faire un petit tour en voiture avec nous ? demande l'inspecteur Fernandez.

Je jette un coup d'œil à ma montre. Il est treize heures quinze.

– Nous ne vous retiendrons pas longtemps, ajoute-t-elle avec un sourire rassurant.

En réalité, la seule chose qui me rassure est la certitude que Walter ne rentrera pas de l'université avant trois bonnes heures. Même en tenant compte de cet intermède imprévu, je serai de retour avant lui.

– Me laissez-vous le choix ? dis-je.

J'ai appris en regardant *Homicide* ou *New York Police Blues* qu'il fallait toujours poser cette question avant de laisser la police vous interroger.

– Bien sûr, répond-elle.

Si vous préférez, nous reviendrons ce soir. Pour vous questionner devant votre mari, doit-elle penser.

A son tour, elle vérifie sa montre :

– Il est treize heures quinze. Nous vous ramènerons à quatorze heures trente, dernier délai.

Je me laisse convaincre, moins par l'horaire que par l'assurance qu'on me reconduira, que je ne passerai pas la nuit dans une salle d'interrogatoire éclairée par une ampoule au bout d'un fil. Je suis l'inspecteur Fernandez au bord du trottoir, où elle m'ouvre la portière arrière d'une voiture grise. Le skaï rouge du siège est d'un contact désagréable et une odeur de renfermé me lève le cœur. Un Noir est au volant.

– Je vous présente l'inspecteur Freddie Carrington, déclare Donna Fernandez.

Peut-être le policier qui époussetait l'appartement avec un pinceau, mais je ne l'affirmerais pas. Nous faisons demi-tour et remontons Broadway en silence. A un feu rouge, je prends conscience que ma rencontre avec l'inspecteur Fernandez n'a rien de fortuit. Elle et son collègue devaient surveiller l'entrée de mon immeuble. Ils ont dû voir Walter sortir, puis moi, et attendre pour m'aborder que je débouche sur Broadway, à une distance respectable de l'immeuble. Ils doivent aussi connaître mon emploi du temps. Ils savaient que j'aurais le temps de leur parler.

Je ne comprends pas pour autant ce que tout cela signifie.

Nous tournons à droite dans la 82ᵉ Rue. Quelques centaines de mètres plus loin, nous nous arrêtons devant un vieil immeuble grisâtre. Au-dessus de la porte, je lis : COMMISSARIAT DU 20ᵉ DISTRICT. J'aurai vécu des années dans le West Side sans savoir de quel commissariat je dépendais, ni où il était situé.

Nous passons devant la réception et montons au deuxième étage, meublé d'armoires métalliques, de tables et de chaises dépareillés. Les murs disparaissent sous une multitude d'affiches, de tracts, de circulaires. Un lino marron et vert recouvre le sol.

Je m'attends à être conduite dans un bureau à porte vitrée où serait écrit, en lettres dorées : SERVICE DES DISPARITIONS. Au lieu de quoi on m'emmène vers une des nombreuses tables métalliques de cette grande pièce. L'inspecteur Fernandez m'indique une chaise et je m'assieds.

– Café ?

Elle se dirige vers une armoire qui doit abriter une machine à café.

– Non merci.

On ne m'aura pas comme ça.

Elle se rapporte une tasse qu'elle pose à l'autre extrémité de la table. Carrington s'est éclipsé. Sans doute pour aller faire de la musculation, ou jouer avec sa matraque en attendant de m'interroger à son tour. Mais je suis prête pour leur duo bien rôdé du gentil flic et du méchant.

Donna Fernandez souffle sur son café avant d'en boire une gorgée.

– Vous savez pourquoi vous êtes ici, n'est-ce pas ?

– Il y a quelques jours, nous avons eu la visite de deux inspecteurs, dis-je. Ils nous ont demandé si nous n'avions rien vu d'anormal dans l'immeuble d'en face. Je suppose qu'il s'agit de la même affaire.

– Absolument.

Elle a un sourire sympathique et je suis tentée de me laisser aller. Mais je sais que nous avons dépassé le stade de la simple enquête de voisinage. Apparemment, ils n'ont « abordé » personne d'autre que moi sur Broadway.

– Nous enquêtons sur un appartement situé en face du vôtre, précise-t-elle.

– Sur West End Avenue ? dis-je innocemment.

– Non, côté sud, à la hauteur de votre cuisine.

Je fronce les sourcils, comme si j'avais du mal à me représenter l'appartement en question, en veillant toutefois à ne pas trop en faire.

– Vous voyez duquel je parle ?

– Ecoutez, inspect...

– Donna.

– Ecoutez, Donna. Il y a effectivement un immeuble en face de ma cuisine. Beaucoup de gens y vivent. Je les vois de temps en temps. Mais honnêtement, je suis quelqu'un de très occupé. Pourquoi ne pas me dire exactement à quel appartement vous pensez, et quel type d'information vous cherchez ? Si je peux vous aider, je serai ravie de le faire.

Elle boit une autre gorgée de café. Finalement, je regrette de ne pouvoir l'imiter. Tant pis pour moi.

– D'accord. Il s'agit de l'appartement juste en face de votre cuisine. Nous le savons, car par la fenêtre de la cuisine du disparu, on voit tout ce qui se passe dans la vôtre.

– Le disparu ?

– Un homme jeune.

– Terroriste ? Mafioso ? Dealer ? Serial killer ?

– Franchement, nous ignorons encore qui il est. Ou était.

– Il est mort ?

– Nous ne le savons pas davantage.

– A quoi ressemble-t-il ?

– Blanc, la trentaine. Grand. Brun. Très bel homme.

– Si vous le retrouvez, appelez-moi.

Aussitôt, je regrette ces paroles. Donna m'observe en silence.

– Je plaisantais, bien sûr.

– L'avez-vous aperçu ? insiste-t-elle.

– Je pense que oui, dis-je, sur la défensive. Un vieillard a habité là pendant trois ans. Il y a un mois environ, je ne l'ai plus vu. Du jour au lendemain, des ouvriers sont venus refaire l'appartement. J'ai pensé que le vieil homme était mort. Une semaine plus tard, il y avait un nouvel occupant, peut-être l'homme que vous décrivez. Mais je ne l'affirmerais pas. J'ai une agence à faire tourner, et un mari...

– ... aveugle.

– Parfaitement.

– Quand vous avez vu cet homme, que faisait-il ?

– Rien. Je veux dire, ce que tout le monde fait dans une cuisine. A manger, la vaisselle... Sinon, je m'en souviendrais.

– Y avait-il parfois quelqu'un d'autre avec lui ?

– Pas que je sache.

L'inspecteur Carrington réapparaît et je me prépare pour le deuxième round. Il n'a pas de matraque, mais une enveloppe en papier kraft dans une main. De l'autre, il attire à lui une chaise qu'il enfourche à l'envers.

– Cet homme vous a-t-il téléphoné ?

C'est Carrington qui pose désormais les questions, comme s'il participait à la conversation depuis le début.

– Non, dis-je, essayant de prendre l'air surpris.

– Et vous ne l'avez pas appelé non plus ?

– Non.

– Nous examinons actuellement le relevé de ses communications téléphoniques. Aucune chance, bien sûr, que votre numéro y figure ?

– J'ignore ce que vous allez trouver, mais je vous répète que je n'ai jamais parlé à l'occupant de cet appartement.

– Quel est votre numéro ?

J'explique que nous en avons deux, celui de notre domicile et mon numéro vert. Il les note sur une feuille qu'il glisse dans l'enveloppe.

– Et vous ne vous êtes jamais rendue dans son appartement ?

– Jamais.

– Bien.

Sur ces mots, il se lève et repart, l'enveloppe en papier kraft toujours à la main. Je me tourne vers l'inspecteur Fernandez :

– C'est tout ?

– C'est tout, répond-elle avec le sourire.

Elle me redonne sa carte. Un de leurs collègues doit connaître un imprimeur. Je promets de la rappeler si un détail me revient. Je décline sa proposition de me reconduire chez moi : l'attrait du skaï rouge et de l'odeur de renfermé n'est pas assez fort...

En descendant Broadway, je me félicite de m'être si bien tirée d'affaire. Seul point inquiétant, la mention par Carrington des relevés téléphoniques. Sans doute bluffait-il. En principe, les appels locaux n'apparaissent jamais. De toute évidence, Carrington prêchait le faux pour savoir le vrai. Et je n'ai pas mordu à l'hameçon.

Il n'empêche que je reste perplexe. Il suffit donc qu'un voisin disparaisse de la circulation pendant une semaine pour que sa disparition soit signalée dans le *New York Times,* que la police débarque dans son appartement, enquête dans le quartier et interroge les occupants de l'immeuble d'en face ? Bizarre, non ?

Et pourquoi Donna a-t-elle prétendu ignorer si l'homme était encore vivant ? Qui est vraiment ce type ? Ou qui était-il ? Dans quel pétrin me suis-je fourrée ?

Quoi qu'il en soit, l'essentiel est d'en être sortie, même si j'ai dû m'y reprendre à deux fois.

A condition, évidemment, que les relevés téléphoniques me donnent raison...

Pas de chance. J'apprends la triste vérité trois jours plus tard, quand le téléphone sonne dix minutes après le départ de Walter.

— Madame Sapperstein ? Ici, Donna Fernandez.

— ...

— L'inspecteur Fernandez.

— Oui ? dis-je dans un souffle.

— Malheureusement, nous avons oublié de vous poser une ou deux questions, l'autre jour. Et nous pensons avoir identifié l'homme. J'aimerais vous montrer une photo de lui, pour le cas où vous le reconnaîtriez.

— Je suis très occupée en ce moment.

— C'est l'affaire de quelques minutes. Je peux passer vous prendre...

— Inutile. Je dois sortir de toute façon. Dans une heure, ça ira ?

— Parfait. Demandez à la réception de me prévenir. Je descendrai vous chercher.

Une fois sur place, cependant, je dois patienter près d'une demi-heure. Et quand Donna Fernandez finit par apparaître, je la sens moins chaleureuse.

Carrington nous attend à la même table que l'autre jour, la même enveloppe en papier kraft à la main. Mon vieil ami Voix Rauque est là, lui aussi. Je m'assois sur la chaise qu'on m'indique, m'attendant à ce qu'on me présente une photo. Carrington ouvre l'enveloppe et vérifie quelque chose à l'intérieur.

– Votre numéro vert est bien le (800) 663-2677 ?

J'acquiesce, assourdie par les battements de mon cœur. Je m'efforce de me calmer, de me détendre, de me convaincre qu'une fois encore, il bluffe. C'est moi qui lui ai donné ce numéro, il y a trois jours. Croit-il que j'ai déjà oublié ? Que je suis si facile à manipuler ?

– Je vais poser ma question autrement, madame Sapperstein.

– Gray.

– Gray ?

– Je m'appelle Jillian Gray. Sapperstein est le nom de mon mari.

– Je vois...

Il semble un peu décontenancé. Freddie Carrington n'imagine sans doute pas qu'une femme puisse porter un autre nom que celui de son mari. Mais il se reprend et poursuit son interrogatoire :

– Avez-vous eu la moindre conversation téléphonique avec l'occupant de l'appartement en face de votre cuisine ?

– Non.

– Voilà l'homme dont nous parlons.

Il sort une photo de l'enveloppe et la fait glisser vers moi. Je l'examine : c'est une photo noir et blanc, assez petite pour venir d'un passeport. Et c'est bien lui.

– Il y a une certaine ressemblance, dis-je.

Carrington me reprend la photo et me tend trois feuilles de papier, trois relevés téléphoniques informatisés. A droite de chaque numéro, figure l'heure de la communication, suivie d'autres numéros.

— De quoi s'agit-il ?

— Des relevés détaillés de toutes les communications locales et longue distance de notre homme au cours du mois écoulé. Les appels qu'il a donnés comme ceux qu'il a reçus. Vous avez le numéro du correspondant, l'heure de début et de fin de communication, ainsi que la durée de l'appel.

— Et alors ?

Les battements de mon cœur s'accélèrent encore.

— Alors votre numéro vert apparaît trois fois. Les deux premiers appels sont très brefs, comme si vous aviez raccroché aussitôt, ou que votre correspondant ait fait un faux numéro. Mais le troisième est un peu plus long.

Je fais semblant d'étudier les trois relevés, sans rien comprendre à toutes ces colonnes de chiffres.

— L'appel en question date d'il y a treize jours, à treize heures sept. Il a duré exactement cinquante-quatre secondes. Vous voulez nous en parler ?

Les battements désordonnés de mon cœur m'empêchent de réfléchir. Je m'éclaircis la voix pour tenter de les faire taire. Donna Fernandez prend alors la parole :

— Nous avons vérifié l'emploi du temps de votre mari. Apparemment, il était alors à l'Université. Mais nous pouvons l'interroger pour nous en assurer.

Je m'entends dire que ce ne sera pas nécessaire. Aussitôt, les battements de mon cœur s'apaisent. Je me contrôle de nouveau. Je me tourne vers Donna.

— Je peux vous parler ? Seule à seule ?

Elle consulte du regard Carrington, puis Voix Rauque. Avec un hochement de tête approbateur, les deux hommes se lèvent et s'éloignent, nous laissant toutes les deux pour une petite discussion à cœur ouvert.

— Cette fois, je prendrais bien une tasse de café, dis-je.

Pendant que Donna Fernandez va me la chercher, j'envisage les différentes stratégies possibles. Je peux continuer à tout nier en bloc, le problème étant la présence de ces maudits relevés. A l'inverse, je peux faire mon mea-culpa et tout avouer à Donna, sans lui épargner le moindre détail. Je peux aussi couper la poire en deux et lui donner des informations qu'elle possède plus ou moins, en ajoutant quelques miettes pour la convaincre de ma bonne volonté. « Ni trop, ni trop peu » comme en disaient les Grecs.

Le café est assez insipide, mais bien chaud. Assises de part et d'autre de la table métallique, nous le buvons à petites gorgées. Donna garde quelques instants le silence. Avec moi, elle semble avoir choisi la patience. Mais si elle croit que je vais passer aux aveux de ma propre initiative, elle se trompe. Après tout, je n'ai aucune raison de me lancer dans une confession détaillée. En quoi tout cela regarde-t-il la police ? Je mets à profit ce silence prolongé pour me répéter que je n'ai rien à me reprocher – aucun meurtre, en tout cas, seule chose qui soit de leur compétence – et méditer les vertus du « ni trop, ni trop peu ».

– Alors, je croyais que vous aviez quelque chose à me dire ?

J'acquiesce et je prends une profonde inspiration. A défaut de faire un véritable mea-culpa, j'ai tout intérêt à parler sur le ton de la confession.

– En fait, il m'a appelé...

Donna attend la suite.

– J'avais remarqué sa présence. Difficile de faire autrement, avec sa fenêtre à moins de dix mètres de la mienne. Sans parler de son physique. Une ou deux fois, je l'ai surpris en train de me regarder.

– De vous regarder ou de vous épier ?

– Quelle différence ?

– Quand on regarde, c'est ouvertement. Quand on épie, on se cache.

– Je pense qu'il me regardait.

– Et alors ?

– Et alors...

Je baisse les yeux pour ménager un certain suspense.

– ... à ma grande surprise, ça ne m'a pas déplu.

– Et vous vous êtes prise au jeu ?

Je réprime un sourire. Tout cela a un air de déjà vu. Je me revois face à George Goldman, en train de lui exposer la situation. Cette fois, au moins, ça ne me coûtera pas cent dollars l'heure. Mais ici, en revanche, pas de fauteuil en cuir...

– En quelque sorte.

Je la regarde droit dans les yeux.

– Vous pourriez être un peu plus précise ? demande-t-elle.

– C'est assez gênant... Je l'ai un peu provoqué... Je suis apparue une fois en slip et en soutien-gorge, une autre fois une serviette éponge nouée à la taille.

– Autre chose ?

– Non, c'est tout.

– Que s'est-il passé ensuite ?

– Il m'a appelée. Auparavant, quelqu'un avait raccroché deux fois. Mais j'ignore si c'était lui.

– Vous avez donc bel et bien conversé avec le disparu ?

Il me faut quelques instants pour assimiler son jargon.

– En effet. Une seule fois.

– Que vous êtes-vous dit ? Aussi précisément que possible.

– Il m'a demandé de venir le rejoindre. En ces termes.

– De but en blanc ?

– Non. Il a d'abord dit qu'il avait peur. Il a voulu savoir si j'avais peur moi aussi. J'ai répondu que oui. L'un de nous, j'ai oublié lequel, a fait remarquer que nous ne nous étions même pas présentés. C'est alors qu'il m'a demandé de le rejoindre.

– Et alors ?

– J'ai répondu que c'était impossible.

144

Donna semble déçue. Elle ne dit rien, mais à la façon dont elle me dévisage, il est clair qu'elle en espérait davantage.

– Quoi d'autre ? insiste-t-elle.

– Rien. J'ai pris peur. Je me sentais dépassée par les événements. Je n'ai pas remis les pieds dans ma cuisine pendant deux jours. Mon mari et moi sommes allés au restaurant un soir. Nous avons commandé de la cuisine chinoise. Un autre soir, Walter a rapporté de la pizza.

– Donc vous en avez parlé à votre mari ?

– Pas du tout. Je lui ai juste demandé de rapporter une pizza. Je n'osais plus retourner dans ma cuisine. Je le jure devant Dieu.

Ça a l'air de l'impressionner. J'en prends bonne note pour l'avenir. A la rubrique *Invocation d'une divinité*.

– Il ne vous a jamais rappelée ?

– Jamais. Les relevés le prouvent.

– Et vous, l'avez-vous rappelé ?

– Non. Même si j'avais voulu, je n'aurais pas pu. Je ne connaissais ni son nom, ni son numéro. Je ne les connais toujours pas.

Pour l'essentiel, je dis la vérité, ce qui m'aide à être convaincante.

– Y êtes-vous allée ?

– Où ça ?

– En face, dans son appartement.

Sans ciller, je réponds que non. Donna me dévisage de nouveau, l'air non seulement déçu, mais à court de questions. En s'excusant, elle disparaît, sans doute pour aller chercher Carrington et Voix Rauque. Restée seule, je finis mon café et j'évalue ma prestation. Je me mettrais bien seize sur vingt. Me prétendre dépassée par les événements était une bonne idée, évoquer ma peur de retourner dans ma cuisine aussi. Et j'ai gagné des points en soutenant le regard de Donna. Mais comme je n'ai aucun moyen de découvrir ce qu'eux savent, mieux vaut me contenter de quatorze sur vingt.

Cinq minutes s'écoulent jusqu'au retour de Donna,

145

accompagnée de Carrington. Voix Rauque doit avoir affaire ailleurs.

Carrington me jette un regard ouvertement désapprobateur.

– L'inspecteur Fernandez m'apprend que vous avez retrouvé la mémoire...

Je ne réponds pas. Autant qu'il me croie revenue à plus d'humilité.

– ... Je vais vous dire quelque chose, madame Sapperstein...

Cette fois, je ne prends pas la peine de rectifier. Il se penche vers moi, son visage est à dix centimètres du mien. Son haleine sent le thon, à moins que ce ne soit la sardine.

– ... Vous me faites l'effet d'une femme intelligente. Mais les gens intelligents font parfois des bêtises. Alors ils paniquent, mentent pour s'en sortir... et s'enlisent définitivement.

– Je ne mens pas !

Je m'efforce de le regarder bien en face, malgré l'odeur de sardine.

– Je l'espère pour vous. Mais laissez-moi vous dire encore une chose : si vous mentez, nous le découvrirons, faites-moi confiance !

Donc, ils ne savent rien de plus et continuent à bluffer pour me faire parler. Des idiots de flics, comme je l'ai toujours pensé. Je me remets seize sur vingt. Je l'ai bien mérité.

Je prends mon temps pour rentrer chez moi. Cette fois, on ne m'a pas proposé de me raccompagner...

Une semaine se passe sans que personne ne sonne à ma porte, ne m'aborde dans la rue, ou ne m'appelle du commissariat. L'appartement d'en face reste désert. Si Walter se doute de quelque chose, il n'en parle pas. Un fois encore, j'ose croire que ma vie a repris son cours

normal, que cet épisode pénible appartient définitivement au passé.

Il est un peu plus de quatorze heures. J'arrose les
plantes du séjour, près de la fenêtre, quand je crois
entendre quelqu'un à la porte de l'appartement. Walter
est à l'Université et ne reviendra pas avant plusieurs heures : je suis seule et n'attends personne. Mon arrosoir à
la main, je retiens mon souffle, guettant un nouveau
bruit. Rien, sauf celui de la terre qui s'imprègne d'eau.
Le plus silencieusement possible, je me dirige vers la
porte sur la pointe des pieds. Et je la vois : encore une
carte de visite, à l'envers sur le sol, au ras de la porte. Je
me baisse pour la ramasser.

NEIL O'DONNELL, AGENT SPÉCIAL
FEDERAL BUREAU OF INVESTIGATION

26 Federal Plaza   (212) 384 - 1000
New York, NY 10007   Poste 5620

Neil O'Donnell : n'était-ce pas un joueur de football ?
Walter le saurait, mais je peux difficilement lui poser
la question. Je retourne la carte, remarquant pour la
première fois au dos quelques lignes manuscrites : « Appelez-moi s'il vous plaît. Très important. »

J'ai soudain la tête qui tourne et me félicite d'être si
près du sol. Je prends appui quelques instants sur un
genou, de peur de perdre l'équilibre si je me lève trop
vite. Je tourne et retourne la carte, mon regard revenant
sans cesse à « Federal Bureau of Investigation » et à
« Très important ». Et ce nom, Neil O'Donnell : je suis
sûre qu'il jouait pour les Jets. Peut-on mener une double carrière, au FBI ? En outre, pourquoi n'est-il pas
agent, tout simplement ? Qu'est-ce qu'il a de spécial ?

J'essaie de me rassurer. Peut-être est-il venu pour
autre chose. Peut-être ai-je mal rempli ma déclaration
de revenus. Je n'aurais pas dû faire passer une partie
du loyer de l'appartement dans mes frais professionnels.

147

Mais c'est le ministère de l'Economie qui se manifesterait, pas le FBI. Quels délits relèvent de la compétence du FBI ? Espionnage ? Braquages de banque ? Crimes mafieux ? Peu probable qu'ils veuillent me questionner sur ce genre d'affaires... Non, il doit s'agir de l'inconnu. Il a pu être kidnappé, et on a appelé le FBI à la rescousse.

Jillian, dans quel guêpier t'es-tu fourrée ?

17

Mon premier mouvement est d'attendre pour contacter l'agent spécial O'Donnell. Si j'appelle trop vite, il peut croire que je panique, que je n'ai pas la conscience tranquille. Mieux vaut laisser passer une journée, ou au moins quelques heures, comme si je n'étais pas spécialement pressée de savoir pourquoi il s'intéresse à moi. De toute façon, puisqu'il vient de glisser sa carte sous ma porte, il n'aura pas eu le temps de réintégrer sa mystérieuse adresse du 26, Federal Plaza.

Le problème est que je panique bel et bien. Je réussis à m'asseoir à mon bureau, mais je capitule vite. Même la lecture du journal se révèle une tâche impossible. Je suis incapable de me concentrer sur quoi que ce soit. J'arrive tout juste à respirer, et encore avec difficulté. Pour finir, l'alternative est la suivante : appeler ou ne rien faire de l'après-midi.

La secrétaire qui répond à mon appel me demande de patienter. Donc il est là. Aurait-il envoyé quelqu'un glisser la carte à sa place ? Un simple agent, peut-être ?

– O'Donnell.

Il donne son nom comme vous ou moi dirions bonjour, ce qui me désarçonne.

– Agent O'Donnell ?

J'en oublie l'adjectif « spécial ».

– Lui-même.

— Je m'appelle Jillian Gray, et...

— Vous avez trouvé ma carte.

— En effet.

— Parfait. Merci de me contacter aussi vite...

Je savais bien que j'avais tort de me précipiter.

— ... C'est au sujet de l'occupant de l'appartement en face du vôtre. J'aurais besoin que vous m'accordiez une vingtaine de minutes. Je peux faire un saut dans votre quartier, à moins que vous ne préfériez venir jusqu'ici. Ce qui vous convient le mieux.

Ce qui me conviendrait le mieux, ce serait de ne plus entendre parler de cette affaire. Je me contente de demander où je dois me rendre pour le voir.

— Au 26, Federal Plaza.

— J'ai votre adresse, dis-je en regardant sa carte. Mais dans quel quartier êtes-vous ?

— Près du palais de justice.

Voilà qui n'augure rien de bon...

— Pouvez-vous attendre jusqu'à demain ? Mon mari...

— Bien sûr. La situation est délicate. Je ne veux pas vous compliquer l'existence. Demain à quatorze heures, ça irait ?

— Je pense que oui.

Il m'explique comment me rendre à son bureau en métro. Il semble plutôt bienveillant : aucune agressivité dans la voix, contrairement à l'inspecteur Carrington. Cette fois, il est vrai, je n'ai pas affaire à un simple flic, mais à un agent du FBI. Un agent spécial, pour être précise.

Une fois encore, je ne dis rien à Walter. Je sens bien que cette affaire dresse un mur entre nous. A chaque mensonge — ou à chaque rencontre que je lui cache — j'ai l'impression de faire quelque chose d'horrible, à lui et à notre couple. Mais ai-je vraiment le choix ? Difficile de tout lui avouer, non ? Et révéler seulement une partie de la vérité n'est possible qu'avec la police. Je suis incapable d'agir ainsi avec mon mari. En outre, il est trop perspicace pour croire à mes mensonges. Rien à voir avec ces idiots de flics qu'on peut abuser en soutenant leur regard et qui se trompent encore sur mon nom de famille. Non, Walter lit en moi à livre ouvert : au premier lapsus, je serai percée à jour. Précisément la raison pour laquelle je ne peux rien lui dire.

Nous dînons de raviolis au basilic, comme si de rien n'était. Nous faisons la vaisselle ensemble : je lave, il essuie. Ensuite, installés sur le canapé, nous écoutons de la musique irlandaise. Et nous faisons l'amour. Au moment de jouir, l'agent spécial O'Donnell fait irruption dans mes pensées et je suis obligée de faire semblant. Ça ne m'était pas arrivé depuis une éternité.

Le lendemain, dès que Walter est parti à l'université, je me change. J'enfile un pantalon, un chemisier blanc, des chaussures à talon plat. Pour le commissariat local, un jean et des baskets faisaient l'affaire, mais le siège du FBI mérite quelques élégances.

Je prends le métro jusqu'à Chambers Street, puis je marche une dizaine de minutes pour rejoindre le 26, Federal Plaza, gigantesque immeuble en verre et en béton donnant sur une petite place ornée de sculptures contemporaines.

Dans le hall, on me fait signer un registre, inscrire mon nom et celui du service concerné, ainsi que le but de ma visite. Je laisse un blanc pour le service concerné, quant au but de la visite, j'écrirais bien « chasse aux sorcières », ou « persécution ». Je me contente d' « entretien », comme si je venais répondre à une offre d'emploi.

La porte de l'ascenseur s'ouvre au dix-huitième étage sur une salle d'attente moquettée. J'annonce à la secrétaire que j'ai rendez-vous avec l'agent spécial O'Donnell. Elle note mon nom et m'invite à m'asseoir. Les seules lectures à ma disposition sont le *National Geogra-*

phic, et le numéro de janvier du *FBI Bulletin* que j'ouvre, non sans un certain masochisme. Le premier article a un titre vraiment accrocheur : « Evolutions récentes de la dactyloscopie »... Une page et demie plus loin, je comprends enfin que la dactyloscopie a quelque chose à voir avec les empreintes digitales.

– Miss Gray ?

Levant les yeux du magazine, je découvre un homme assez quelconque au visage souriant. Il a une quarantaine d'années et une dizaine de kilos en trop. Rien à redire sur son costume bleu et sa cravate rouge. Sa chemise à carreaux, en revanche... C'est donc ça, un agent spécial... Je me lève pour couper court à mes réflexions.

– Neil O'Donnell.

Nous échangeons une poignée de main. La sienne est ferme, sans plus. Sûrement pas celle d'un footballeur. Je le suis dans le couloir jusqu'à un bureau avec son nom sur la porte. Moi qui m'attendais à un entretien en tête-à-tête, j'ai la surprise de voir Donna Fernandez se lever de sa chaise à notre arrivée.

– Je crois que vous vous connaissez, déclare O'Donnell. Je vous en prie, asseyez-vous.

O'Donnell prend place derrière un bureau en bois ; Donna et moi lui faisons face. Il explique qu'on a fait appel à son équipe pour enquêter sur une disparition. Il ouvre un grand dossier rouge sombre, en sort une photo, la fait glisser vers nous. Elle est plus grande que celle de Carrington, et beaucoup plus ressemblante. Je fais un signe de tête affirmatif.

– Nous pensons qu'il s'appelle Graham, dit-il. Encore que, pour être honnête, nous ignorons s'il s'agit d'un prénom ou d'un nom de famille. Pour le reste, nous ne savons pratiquement rien de lui. Mais ça viendra.

J'étudie la photo. A en juger par l'attitude du sujet et l'éclairage, c'est l'œuvre d'un photographe professionnel. Le sujet... Graham... Il a donc enfin un nom, ou un prénom, ce beau jeune homme qui a réussi à m'attirer

dans sa vie, et à m'avoir dans tous les sens du terme...
La voix d'O'Donnell me ramène à la réalité :

– Vous le connaissez ?

Je lance un coup d'œil à Donna. Elle n'a pas encore ouvert la bouche, mais a dû rapporter à O'Donnell ma confession de la semaine passée. Inutile d'y changer quoi que ce soit pour l'instant.

– Seulement de vue.

– Jouons cartes sur table...

Joignant le geste à la parole, O'Donnell pose les deux mains sur son bureau.

– ... Nous avons trouvé des preuves matérielles dans l'appartement. Elles sont au laboratoire. Si vous avez des aveux à faire, c'est le moment.

Mon soutien-gorge !... Mais je fais 85 de tour de poitrine, comme un demi-million de femmes dans cette ville. Et mes initiales n'y sont pas brodées. Il n'est pas marqué à mon nom. Ils auront du mal à prouver que c'est le mien.

– Quel genre de preuves matérielles ?

– Ça, je n'ai pas le droit de vous le dire.

Sans doute ce qu'il appelle jouer cartes sur table... En le regardant droit dans les yeux, je lui déclare :

– Je n'ai aucun aveu à faire.

– Vous n'avez jamais mis les pieds dans cet appartement ?

– Jamais.

– Comprenez bien qu'il s'agit d'une enquête officielle, et que votre présence ou votre absence dans l'appartement serait un élément déterminant.

– Absence « de ».

– Je vous demande pardon ?

– Absence « de ». Absence « dans » est grammaticalement incorrect.

– Merci de cette information.

Grammaire mise à part, ses propos ont quelque chose de menaçant : « enquête officielle »... « élément déterminant »...

– Qu'attendez-vous de moi, au juste, agent O'Donnell ?

– Que vous me disiez la vérité.

– Je viens de le faire.

– Très bien.

De nouveau, son intonation me déplaît. Je m'entends lui demander si j'ai besoin d'un avocat.

– Je n'en sais rien. Et vous ?

S'il croit m'impressionner, il se trompe lourdement. Au lieu de me faire peur, ses remarques m'enhardissent, m'insufflant une combativité que je n'imaginais pas posséder.

– En avons-nous terminé ?

– A vous de me le dire, répond-il.

J'y vois une invitation à prendre congé et je me lève.

– J'ignore ce qui est arrivé à votre Graham, en tout cas je peux vous assurer que je n'y suis pour rien. Et j'apprécierais que vous me laissiez tranquille désormais. Avant que je prenne un avocat pour de bon.

Donna se lève à son tour et me fait au revoir de la tête. Elle semble réprimer un sourire, peut-être tout droit sorti de mon imagination. Même si j'ai raison, dois-je y lire de l'admiration, ou une mise en garde ? O'Donnell m'accompagne jusqu'à l'ascenseur et me tend une nouvelle carte de visite.

– Inutile, dis-je. J'en ai déjà une dans ma collection.

Quand la porte s'ouvre, je monte dans l'ascenseur sans me retourner. Ah mais !

Une fois chez moi, la panique me gagne de nouveau. Pas tant à l'idée qu'ils puissent prouver ma présence dans l'appartement d'en face, d'ailleurs. Ça paraît tellement impossible. Et en admettant qu'ils y parviennent, quelle importance ? Ils sauront que je leur ai caché la vérité, et alors ? Je n'ai toujours rien à me reprocher, aucun acte criminel en tout cas. Comme je le leur ai dit, je ne suis pour rien dans la disparition de ce Graham.

154

Non, ce qui me terrifie, c'est qu'ils parlent à Walter. Imaginez que je les aie vraiment mis en colère. Et s'ils décidaient de se venger en allant répéter à mon mari tout ce que j'ai confié à Donna ? La manière dont je me suis exhibée en slip et en soutien-gorge, puis simplement un drap de bain noué à la taille. Rien de répréhensible en soi. Mais il y a aussi mes deux visites au commissariat, plus celle dans les bureaux du FBI, dont je n'ai pas soufflé mot à Walter. Comment lui expliquer ce mutisme ?

Que dois-je faire, à présent ? Lui parler sans plus attendre ? Mais pour dire quoi ? Si je me limite au récit fait à Donna, il ne sera pas dupe : il comprendra aussitôt qu'il y a autre chose. Et je ne peux pas non plus tout lui raconter par le menu. Ce serait d'une cruauté inqualifiable.

Il semble que je n'aie pas le choix : je dois tenir bon, et prier le ciel pour que policiers et agents spéciaux n'aient pas l'idée de me jouer un vilain tour. Leur *fair play* et leur respect des convenances l'emporteront sûrement sur leur soif de vengeance.

C'est du moins ce que j'espère.

Trois jours passent, puis quatre. Un fois encore, je me prends à rêver que tout est derrière moi : j'ai vécu une expérience abracadabrante qui aurait pu me coûter la vie, et je m'en suis sortie. Chaque soir, je me félicite un peu plus d'avoir pour une fois pris la bonne décision. J'aurais pu perdre les pédales et tout avouer – aux inspecteurs, au FBI, à Walter. Donner des détails qu'ils n'auraient jamais obtenus avec leurs enquêtes de voisinage et leurs techniques d'intimidation.

Donna, elle, en avait conscience. Elle était de mon côté. En partie, au moins. Evidemment, elle n'allait pas me donner raison devant Carrington et O'Donnell. Mais elle croyait ce que je lui disais. Et ce sourire qu'elle tentait de réprimer : je le trouvais ambigu, maintenant je sais que c'était de l'admiration.

Une fois encore, je recommence à manger, à dormir la nuit. Quand je me regarde dans un miroir, mes cernes sont moins prononcés que la veille ou l'avant-veille. Je réussis même à travailler. Je m'aventure dans la rue, sans craindre de me faire aborder. Chez moi, je ne sursaute plus au moindre bruit, je ne vais plus vérifier si on n'a pas encore glissé sous la porte une carte de visite de mauvais augure.

J'ai gagné.

18

E N pleine nuit, un épouvantable fracas. Je me dresse dans mon lit. Je ne comprends pas ce qui se passe. Des pas lourds se rapprochent. Des lumières m'éblouissent, des voix d'hommes résonnent autour de moi, criant « Debout ! Debout ! »

Je me lève d'un pas chancelant. Je suis toute nue. Le plafonnier s'allume. De l'autre côté du lit, Walter se lève aussi. Il est en caleçon. Un incendie ou une explosion de gaz, me dis-je. Ces hommes doivent être là pour nous porter secours, nous sauver...

Malheureusement pour moi, ce sont des policiers, venus perquisitionner l'appartement. Ils nous laissent nous habiller, l'un après l'autre, puis nous présentent un document, en fait une liasse de feuillets imprimés. J'ai à peine le temps de lire MANDAT DE PERQUISITION qu'on nous les retire déjà. Je ne les reverrai pas.

Les policiers nous font systématiquement sortir de la pièce où ils perquisitionnent et passer dans celle d'à côté, moi en peignoir, Walter en pantalon, torse nu sous son blouson. Je les entends ouvrir et fermer des portes, renverser des tiroirs, vider les étagères de leurs livres, sortir les casseroles des placards de la cuisine.

Au moins ai-je une petite idée de ce qu'ils cherchent. Walter, lui, est totalement pris au dépourvu. Il veut d'abord appeler la police, m'obligeant à lui expliquer que c'est elle qui est là. Sceptique, il parle d'imposteurs et insiste pour que je demande à voir leur badge, mais ça ne suffit pas à le rassurer. Il répète que c'est une erreur, qu'ils sont mal informés, qu'ils se trompent d'appartement. Il menace d'appeler un avocat, de les poursuivre en justice, de les faire radier. Et bien sûr, il ne comprend pas que je garde un calme olympien alors qu'il est au bord de la crise de nerfs.

La perquisition dure une heure, peut-être plus. Tandis qu'on nous promène de pièce en pièce, j'ai l'impression de traverser un champ de bataille ou une zone dévastée par un tremblement de terre. Notre matelas est par terre, retourné. Des vêtements sont entassés aux quatre coins de la chambre. Nos livres, documents et objets familiers jonchent le sol de l'appartement.

Les policiers doivent être une dizaine, certains en uniforme, d'autres en civil. Ils ont l'air d'aimer les blousons de cuir noir : à l'évidence, la mode n'est pas leur souci principal. Je cherche en vain les visages familiers de Carrington, O'Donnell ou Voix Rauque. Cette brigade infernale est composée d'inconnus.

Ils ont même enfoncé notre porte d'entrée. Sans doute l'explication du fracas terrifiant qui m'a réveillée. Pour quitter l'appartement, les bras chargés de sacs pleins à craquer, ils doivent enjamber les éclats de bois. Celui qui semble diriger les opérations – le plus âgé à en juger par ses cheveux grisonnants – se tourne vers moi :

– Ne vous inquiétez pas pour la porte. Le syndic enverra quelqu'un pour la remplacer. Quand vous recevrez la facture, adressez-la au commissariat. Avec un peu de chance, on vous remboursera.

Et ils s'en vont.

Walter et moi nous retrouvons seuls dans notre appartement dévasté. Réveillés par le bruit, les voisins ouvrent leur porte et passent la tête. Ils nous dévisagent en silence, moi toujours en peignoir, Walter toujours torse nu sous son blouson. Je vais chercher une couverture que je fixe à l'encadrement de la porte pour nous donner un semblant d'intimité. Les voisins sont toujours à leur porte. Ils doivent nous prendre pour des dealers, des espions, des vendeurs de cassettes pornos, ou pire... Il va falloir déménager, me dis-je. Impossible de rester ici. Pas après ce qui vient de se passer.

Dehors, le jour se lève. La circulation s'intensifie sur l'avenue. J'éprouve un peu la même joie que les survivants d'un raid aérien lorsqu'ils émergent des ruines sains et saufs. Aussi réconfortante soit-elle, ma satisfaction est de courte durée. J'aurais tort de me réjouir trop vite : le pire est à venir.

Il arrive moins de cinq minutes plus tard, alors qu'à genoux parmi les objets épars, Walter tente à sa manière d'évaluer l'étendue des dégâts, et de comprendre ce qui s'est passé.

— Jilly, aurais-tu une idée sur les causes de ce cataclysme ?

Je prends mon courage à deux mains :

— Oui... La cause, c'est moi.

Et je lui raconte tout. Absolument tout, assise par terre dans notre salle de séjour sinistrée, au milieu des piles de livres et de documents, des tiroirs retournés, des coussins du canapé sortis de leur housse.

Il y a beaucoup de larmes, et pas seulement les miennes. Les yeux de Walter ne voient plus, mais ils savent encore pleurer. Une des choses que j'apprécie le plus chez mon mari, c'est sa capacité à laisser parler ses émotions, positives ou négatives. Il pleure au cinéma, à la fin de certains romans (lus par moi ou écoutés sur cassette), parfois en écoutant de la musique. Et il pleure maintenant. Il y a beaucoup de regrets, d'excuses et de bonnes résolutions, de ma part uniquement, cette fois. Il y a aussi des étreintes, des baisers au goût salé.

— Je ne t'en voudrai pas si tu me quittes, dis-je enfin.

— Te quitter ? Qui d'autre que toi me supporterait ?

Le son que je laisse échapper ressemble plus à un sanglot qu'à un rire. Mais je souris à travers mes larmes et Walter, qui a laissé sa main sur ma joue durant toute la conversation, s'en aperçoit.

– Jilly, murmure-t-il. Tout le monde fait des erreurs. Personne n'est parfait.

– Si, toi.

– Je t'en prie. Nous savons tous les deux que tu n'as pas tiré le meilleur numéro en épousant un vieil aveugle.

– Tu n'es pas vieux !

– Mais je suis quand même aveugle.

– Si tu veux, je peux aller quelque temps chez ma mère...

– Et te priver du plaisir de remettre cet appartement en état ? Pas question, Grabinowitz.

– Ne recommence pas à te moquer de mon nom, Sapperstein.

Il laisse sa main glisser de ma joue à mon menton, puis à mon cou, lui aussi trempé de larmes, puis de plus en plus bas, découvrant alors que je suis nue sous mon peignoir. Lentement, je comprends qu'en dépit de tout ce qui vient de se passer, mon mari me désire encore. Il ne me rejette pas.

Surprise par le tour imprévu des événements, je le laisse me faire l'amour à même le parquet de notre séjour sens dessus dessous, où seule une malheureuse couverture nous protège de la curiosité des voisins. Je le laisse me prendre avec une brutalité que je ne lui connaissais pas. Faut-il y voir une sorte de rituel purificateur ? L'expression d'une indicible fureur, d'un désir animal attisé par mon infidélité ?

Quoi qu'il en soit, je m'y soumets comme à un châtiment mérité, une expiation de mes péchés. J'en redemanderais presque pour me délivrer de cet horrible sentiment de culpabilité.

Plus tard, tandis qu'allongé près de moi sur le sol, mon mari reprend son souffle, j'ose croire que le temps finira par arranger les choses, que notre couple survivra à la terrible blessure que je lui ai infligée.

— Qu'allons-nous faire ? dis-je à Walter.

Nous sommes en train de ranger, ce qui nous occupera trois jours, presque sans interruption. Le gardien nous a installé une porte provisoire en contreplaqué. Elle a même un verrou, bien que cela ne suffise plus à me rassurer.

— D'abord, appeler un avocat.

— Mais je n'ai rien à me reprocher. Sauf vis-à-vis de toi.

— Nous sommes en Amérique, et dans ce pays, tu as toujours besoin d'un avocat. Si tu veux acheter une maison, rédiger ton testament, divorcer. Si tu t'es fait insulter, ou que tes parents t'ont donné une fessée. Si tu as trop d'argent, ou pas assez. Si la police t'arrête, que tu sois coupable ou pas. Et à plus forte raison si une bande de flics enfonce ta porte à quatre heures du matin et emporte la moitié de tes biens.

La moitié, peut-être pas, mais presque. Après avoir remis l'appartement en état, nous avons essayé de faire une liste de ce qu'on nous a pris :

Mon ordinateur, ou du moins l'unité centrale
Toutes mes disquettes
Tous mes documents professionnels et privés
La cassette de mon répondeur
L'article du *N Y Times* que je croyais si bien caché dans un tiroir de mon bureau
Plusieurs photos de moi
Tous mes soutiens-gorge
Presque tous mes slips, dont celui porté la veille, resté dans le panier à linge
Tous mes tubes de rouge à lèvres...

— A quel genre d'avocat penses-tu ?

— Aucune idée. Je demanderai conseil à mes collègues de la faculté de droit dès demain.

Apparemment, les conseils varient selon les interlocuteurs. En milieu d'après-midi, Walter m'appelle pour me communiquer le résultat de ses recherches.

– Satterfield, qui enseigne le droit civil, pense qu'il nous faudrait un spécialiste du code de procédure pénale afin de poursuivre la police pour perquisition et saisie illégales. Paultz, lui, nous conseille plutôt de faire appel pour récupérer tes biens. Il y a aussi Leibowitz...

J'ignorais que Walter comptait interviewer tous les enseignants de la faculté de droit. A l'heure qu'il est, la moitié du campus doit savoir que j'ai trompé mon mari aveugle avec un inconnu.

– Qui est Leibowitz ? dis-je.

– Le professeur responsable de l'enseignement du droit criminel.

– Droit criminel ?

– Oui.

– Mais je n'ai rien fait ! Rien de criminel en tout cas.

– Je sais. Simplement, Leibowitz n'aime pas trop la façon dont les choses se présentent. Il a peur qu'en fait, tu sois impliquée dans une affaire d'homicide.

Je suis totalement interloquée. Pourquoi serais-je accusée d'un crime ? Comment est-ce possible ?

– Tu es encore là ? demande Walter.

– Oui, dis-je d'une voix blanche.

En fait, je me sens très, très loin d'ici. Comme si toute cette affaire arrivait à quelqu'un d'autre, à une autre Jillian Gray.

Walter revient avec une liste d'avocats fournie par le professeur Leibowitz. Chaque nom est suivi des qualités et des défauts de l'avocat concerné. Nous éliminons d'emblée ceux qui paraissent trop chers. Nous hésitons longuement entre une femme et un Noir.

Dès le lendemain matin, nous rencontrons maître Sherry Lewis. Son bureau se trouve sur Broadway, à proximité du palais de justice. Nous ne lui avons encore parlé ni l'un ni l'autre. J'ai pris rendez-vous par l'intermédiaire de sa secrétaire.

Quand Sherry Lewis passe la tête par la porte de la salle d'attente, nous sommes frappés par sa taille imposante. Robuste sans être obèse, elle doit mesurer près d'un mètre quatre-vingts. Avec le temps, je découvrirai qu'elle a le sens de l'humour, mais ce matin, elle nous écoute avec le plus grand sérieux. Je lui donne une cinquantaine d'années. Elle porte un tailleur bleu marine, avec une jupe dont l'ourlet se défait.

Et à notre surprise, elle est noire. Contrairement à l'un de ses collègues, elle n'apparaissait pas comme telle sur la liste du professeur Leibowitz.

Nous suivons Miss Lewis (elle préfère qu'on l'appelle ainsi) dans son bureau, petite pièce aveugle au confort minimal. Elle passe le premier quart d'heure à essayer de savoir qui nous sommes, apparemment soulagée d'apprendre que j'ai monté ma propre agence, et n'ai encore jamais été impliquée dans une affaire criminelle – formulation qui me fait frémir. Elle se tourne alors vers Walter :

– Professeur Sapperstein, je vais vous demander de retourner vous asseoir dans la salle d'attente. Votre épouse et moi allons avoir une petite conversation entre femmes.

– Mon mari connaît tous les détails. Je préfère qu'il reste, dis-je.

– Je comprends, mais j'aimerais mieux que nous soyons quelques instants seules. D'une part, le secret professionnel auquel je suis astreinte n'a plus cours si votre mari est présent. D'autre part, si vous souhaitez me confier votre défense, nous avons besoin de faire connaissance rapidement. Votre mari pourra nous rejoindre ensuite.

Elle se lève pour accompagner Walter jusqu'à la salle

d'attente, mais il refuse poliment son aide. Contre toute attente, il retrouve plus facilement son chemin que vous ou moi.

– Donc, si j'ai bien compris le professeur Leibowitz, les gros bras de la police vous ont fait une petite visite. Racontez-moi un peu ce qui s'est passé, déclare Miss Lewis une fois que nous sommes seules.

– Par où dois-je commencer ?

– Par le début.

Je crois que je vais bien m'entendre avec cette femme.

En tout, le rendez-vous dure près de deux heures. Walter est invité à nous rejoindre pour la dernière vingtaine de minutes, et s'il est offensé par sa mise à l'écart, il ne le montre pas. Je quitte le bureau de Sherry Lewis la gorge sèche d'avoir tant parlé, et délestée de deux mille cinq cents dollars.

Mais j'ai une avocate.

J'ai également eu droit à un bref cours sur la procédure des perquisitions et saisies. Je comprends mieux pourquoi une douzaine de policiers new-yorkais ont pu entrer par effraction dans notre appartement avant le lever du jour, passer une heure à mettre les lieux à sac, et repartir sans un mot d'excuse en emportant tout ce qui les intéressait.

D'après Miss Lewis, le mandat de perquisition (que nous avons à peine eu le temps de voir) devait autoriser les agents à opérer de nuit, sans même frapper à la porte. Les juges ont tendance à signer ce genre de mandat après lecture d'un rapport de police démontrant que les preuves recherchées peuvent être rapidement et facilement détruites. Qui sait ? J'aurais pu jeter mon ordinateur dans les toilettes, ou avaler tous mes soutiens-gorge...

Cependant, le juge a d'abord dû s'assurer que la police avait de bonnes raisons de croire qu'un délit avait été commis, et qu'une perquisition de notre apparte-

164

ment en apporterait la preuve. Quant à savoir de quel genre de délit on me soupçonne, ou quel type de preuves on recherche, Miss Lewis devra consulter le dossier – mandat et rapports de police inclus – pour répondre avec certitude. Cette tâche va l'occuper pendant les prochaines quarante-huit heures.

Dans l'intervalle, elle me donne des consignes précises. D'abord, ne pas remettre les pieds dans l'immeuble d'en face. Comme si j'en avais envie... Ensuite, noter tout détail inhabituel, ou que j'aurais pu oublier au cours de notre entretien. Enfin, ne parler à personne, absolument personne, même si je suis arrêtée. Surtout si je suis arrêtée.

Arrêtée ? A aucun moment, cette hypothèse ne m'avait effleurée. Arrêtée pourquoi ? Pour tromperie caractérisée ? Adultère aggravé ? Est-ce un délit ?

– Non, a aussitôt reconnu Miss Lewis. Mais l'outrage public à la pudeur en est un.

– Je n'ai outragé personne ! Et je ne me suis pas exhibée sur la voie publique !

– Au sens strict, si. Il est répréhensible de s'exhiber, même partiellement, même chez soi, dès lors qu'on veut ou qu'on peut être vu. Cela dit, ça ne suffit pas à expliquer ce qui vous arrive. Mais tant que nous y sommes, mentir à un agent du FBI est également un délit... même si je suis prête à parier qu'ils ont fait intervenir O'Donnell uniquement pour que vous lui répétiez le mensonge en question.

Si je comprends bien, on a parfaitement le droit de mentir à un fonctionnaire de police, fût-il inspecteur ou commissaire. Mais induire en erreur un agent du FBI sur un élément déterminant d'une enquête officielle est un délit. Exactement les termes dans lesquels l'agent O'Donnell m'a mise en garde, et qu'il n'a pas dû choisir par hasard.

Conclusion : je peux être arrêtée d'un instant à l'autre. C'est ce que m'a dit Sherry Lewis, et je lui fais confiance. Elle a tout de même ajouté qu'en principe, on n'arrêtait pas quelqu'un uniquement pour avoir menti à un agent fédéral. La police recourt surtout à cette disposition légale pour faire parler un témoin, ou comme motif supplémentaire de mise en examen. Encore un de ces textes jamais appliqués, telle l'interdiction de cracher dans les lieux publics ou de traverser en dehors des clous, m'a-t-elle expliqué.

Walter s'arrange pour se libérer et passer le reste de la journée avec moi. Vers quatre heures de l'après-midi, je m'étends sur le canapé et je ferme les yeux. Quand je me réveille, il fait nuit.

Pendant que je dormais, Walter est sorti acheter du poisson qu'il a préparé pour le dîner. « Cabillaud à l'aveugle », comme il dit, et c'est loin d'être mauvais. Ensuite nous écoutons la radio, assis main dans la main sur le canapé. Pour la centième fois en quatre jours, je lui répète que j'ai honte de moi et que je l'aime. Il ne répond même plus que je n'ai pas à m'excuser ainsi, semblant comprendre que c'est pour moi une étape nécessaire.

Le journal de vingt-deux heures est consacré à l'interminable combat du maire Giuliani pour la répression de la délinquance et l'amélioration de la sécurité à New York. Dernière cible en date : les piétons qui traversent en dehors des clous...

Sherry Lewis reprend contact avec nous après vingt-quatre heures seulement. Si elle n'a pas encore la photocopie du mandat de perquisition, au moins a-t-elle appris le nom du procureur chargé de l'enquête, qu'elle doit voir demain après-midi.

– Il s'appelle Harvey Rothstein, dit-elle.
– Vous le connaissez ?
– Très bien.
– Alors ?

166

– D'abord une bonne nouvelle : c'est un grand professionnel, un adversaire loyal.

– Et la mauvaise ?

Elle hésite une fraction de seconde avant de répondre.

– Il ne traite que les affaires d'homicide.

19

L'ANNONCE, même officieuse, que je suis soupçonnée de meurtre, devrait me remplir d'effroi. Je devrais céder à la panique, perdre la tête, avoir des envies de suicide. Curieusement, c'est l'inverse qui se produit. Car je sais que je n'ai pas tué cet homme, voyez-vous. Si on me disait qu'un objet de valeur a disparu de son appartement ou que des dégradations ont été commises le jour de ma visite, ce serait différent. Sans douter de mon innocence pour autant, je pourrais comprendre que les soupçons se portent sur moi, à cause de ma présence sur les lieux. Mais un meurtre ! Allons donc. Aucune personne sensée ne croira que j'ai assassiné un homme uniquement pour avoir fait l'erreur de coucher avec lui. Moi, une sorte de veuve noire ? Ça ne tient pas debout.

Bref, c'est l'absurdité de ma situation qui me rassure. Je tente d'expliquer à Walter ce raisonnement dont la logique lui échappe. Il se garde toutefois d'insister, ne voulant pas me priver d'une source de réconfort, aussi douteuse qu'elle lui paraisse.

Sherry Lewis m'appelle au sujet de son entretien avec Harvey Rothstein, le procureur chargé de l'affaire.

— Ça s'est bien passé ?
— Disons que c'était intéressant...

Intéressant ?

– Qu'a-t-il dit ?

– Je préfère vous en parler à mon bureau. Je ne veux pas donner trop de détails au téléphone.

Nous décidons de nous voir dans l'après-midi. J'aurais souhaité y aller plus tôt, pour que Walter puisse m'accompagner, mais Miss Lewis a plusieurs affaires à plaider ce matin.

Je raccroche agacée, ce qui augure mal de la fameuse relation privilégiée entre cliente et avocate. D'abord, je la soupçonne d'exclure délibérément Walter de nos entretiens, malgré ma volonté affirmée qu'il soit tenu au courant de tout. Il y a aussi sa réticence à discuter au téléphone, que je mets sur le compte d'une certaine paranoïa. Enfin, j'ai l'impression qu'elle me ménage, comme une enfant trop jeune pour entendre la vérité. Conclusion : si elle tient à ce point à me les communiquer en personne, ces nouvelles si « intéressantes » n'ont sans doute rien de réjouissant.

Walter a l'air encore plus inquiet que moi. Je lui assure qu'il n'y a pas de quoi s'affoler, que tout finira par s'arranger. Je me demande si je ne répète pas ces mots pour m'en convaincre autant que pour rassurer Walter. Il prétend que les forces de l'ordre (comme il les appelle) peuvent se montrer implacables avec ceux qu'elles soupçonnent de leur avoir menti, surtout si la réalité leur donne raison. Je ne suis pas loin de voir dans ces prophéties apocalyptiques un moyen pour Walter d'extérioriser sa colère contre moi. Du style : « Maintenant que tu as cassé ce vase, tu n'as pas fini de recoller les morceaux. »

Coup de téléphone de ma mère, dernière personne au monde à qui je souhaite parler. Il faut toujours qu'elle appelle dans ce genre de circonstances... Tel un prédateur au flair infaillible pour détecter les catastrophes.

– Tout va bien, Jillian ?

– Oui, maman, tout va très bien.

– On ne le dirait pas.

– Je vais faire un effort.

– Tu ne crois pas que je devrais venir ? Juste pour te tenir compagnie.

Etrange sixième sens...

J'ai envie de téléphoner à George Goldman. Pour entendre sa voix rassurante. Il n'oserait sans doute même pas me rappeler qu'il m'avait prévenue que je jouais avec le feu. Au nom du célèbre credo des psys : « Tes patients, tu ne jugeras point. » Je l'entends d'ici : « Donc, ils ont perquisitionné chez toi en pleine nuit, à cause d'eux tu as dû avouer à ton mari que tu l'avais trompé et engager à prix d'or une avocate qui te déçoit, et maintenant tu as peur d'être arrêtée pour meurtre ? Mmmh... Quel effet ça te fait ? »

Je compose son numéro, mais après deux sonneries, c'est son répondeur qui se déclenche. Je raccroche sans laisser de message. Il serait dix fois trop long pour la cassette.

– Prête pour les mauvaises nouvelles, dis-je à Sherry Lewis.

– Il y en a aussi quelques bonnes.

– Vraiment ?

– D'abord, ils n'ont pas de cadavre.

– Ce qui signifie ?...

– Ils auront du mal à prouver qu'il y a eu meurtre. Ils peuvent vous inculper. C'est relativement facile. En revanche, il leur sera plus difficile de convaincre un jury que si quelqu'un a disparu, il a forcément été tué.

Je ne suis pas sûre de saisir la distinction.

– Pourquoi peuvent-ils m'inculper ?

– De même qu'ils ont convaincu un juge du bien-fondé de la perquisition de votre appartement, ils peuvent convaincre un jury du bien-fondé de votre inculpation.

– Et si je suis inculpée ?

– Vous serez arrêtée.

– Arrêtée ? Pour quel motif ?

– A cause des preuves retenues contre vous.

– Par exemple ?

Miss Lewis se renverse dans son fauteuil d'une manière assez masculine. Et si elle était lesbienne, et que je sois victime d'un préjugé défavorable ? Qu'elle me prenne pour une allumeuse prête à me déshabiller devant le premier homme venu et à sauter dans son lit ? Dans ce cas, elle doit penser que je n'ai pas volé ce qui m'arrive...

– Voyons un peu ce dont nous disposons pour l'instant, déclare-t-elle, me tirant de mon délire paranoïaque. D'abord, ils peuvent prouver qu'il vous a téléphoné trois fois, et que vous avez parlé à cet homme au moins une fois. Vous l'avez reconnu vous-même. Tout comme vous avez reconnu vous être exhibée devant lui, plus ou moins dévêtue. Ensuite, ils pensent avoir trouvé un de vos soutiens-gorge dans son appartement. Il ressemble à ceux saisis chez vous. Lors de la perquisition, ils ont également mis la main sur une coupure de journal mentionnant la disparition de l'homme qu'ils recherchent. Apparemment, vous l'aviez cachée quelque part ?

J'acquiesce.

– Il y a aussi un portier qui pense pouvoir affirmer que vous êtes la dernière personne à être montée dans l'appartement du disparu. Ajoutez à cela des relevés d'empreintes digitales, des analyses de cheveux et de fibres dont on attend les résultats.

– Je vous l'ai dit, que j'étais allée dans cet appartement.

– Mais à eux, vous avez dit le contraire. C'est un faux

témoignage, considéré comme une preuve indirecte de culpabilité.

– Une preuve de ma présence dans l'appartement, d'accord. Mais de ma participation à un meurtre... Qui leur a donné cette idée ?

– Les taches de sang trouvées dans l'appartement...

Je revois la serviette ensanglantée et le moment où l'homme m'a déchirée, au point que je n'ai pu m'asseoir sur une chaise pendant des jours. Je revois les griffures laissées par mes ongles sur son dos.

– ... dont les premiers tests semblent indiquer qu'elles sont issues de deux groupes sanguins différents : O positif, et AB négatif. Connaissez-vous le vôtre ?

Je secoue la tête. Miss Lewis me fixe d'un air lourd de sous-entendus.

– Des tests ADN sont en cours, reprend-elle. Les résultats ne seront connus que dans deux ou trois semaines. A propos, on va vous demander de vous soumettre à une prise de sang.

– Dans quel but ?

– Pour comparer avec les échantillons prélevés...

– Pas question. Pourquoi aurais-je tué cet homme ? Quel serait mon mobile ?

Miss Lewis fronce les sourcils.

– La cassette vidéo, murmure-t-elle.

– Une cassette vidéo ?

– Oui. D'après la police, il comptait s'en servir pour vous faire chanter. Vous l'auriez tué pour l'en empêcher.

– De quelle cassette parlez-vous ?

– Il vous a filmée.

– Lui et moi ? Ensemble ?

– Non. Enfin, pas à ma connaissance. Il vous a filmée de sa fenêtre de cuisine. Il avait installé une caméra cachée. Il vous a prise pendant vos petites exhibitions. De vrais numéros de strip-tease, à ce que m'a dit Harvey Rothstein. Apparemment, ils se sont bien amusés, dans le bureau du procureur, en visionnant cette cassette...

Je baisse les yeux. Je me sens blêmir. J'ai l'impression qu'on a abusé de moi une seconde fois.

Notre entretien se prolonge encore un quart d'heure. Il ne se passera rien de plus dans l'immédiat, a-t-on assuré à Miss Lewis. Elle va recevoir une copie de la cassette, et du mandat de perquisition. Je devrai me soumettre à une prise de sang, donner quelques cheveux, accepter qu'on prenne mes empreintes. Et peut-être participer à une séance d'identification, pour voir si le portier me reconnaît.

J'écoute distraitement, comme si ce que Miss Lewis me décrit concernait quelqu'un d'autre. Pour moi, l'entretien est déjà terminé. Je voudrais avoir quitté le bureau de cette femme qui me juge si sévèrement. J'aimerais être chez moi, seule, couchée dans l'obscurité, la tête sous les couvertures.

Peu de temps après ma première rencontre avec Walter, un énorme bouton de fièvre était apparu sur mon front. Provisoirement défigurée, je m'étais dit : « Dieu merci, il est aveugle ! » Cette pensée me revient aujourd'hui. Dieu merci, Walter ne verra jamais cette cassette où j'ai l'air de concourir pour le titre de Reine des Allumeuses.

Peut-être se sont-ils partagé du pop corn, dans le bureau du procureur, en se rinçant l'œil avec de gros rires. « Vous avez vu ces nibards ? Ouais, repassez-nous ça ! »

Franchement, Jillian, comment as-tu pu en arriver là ?

Quand Walter rentre, je lui raconte en détail l'entretien, y compris mes réticences envers Sherry Lewis. J'avoue même mon soulagement qu'il ne puisse voir la fameuse cassette.

– Dommage ! Tu dois être absolument craquante !

Je ne peux m'empêcher de rire. Il a réussi à trouver le ton juste, mi-sérieux, mi-ironique. Ça me fait du bien, comme la chaleur réconfortante de sa main au creux de mes reins. La dernière chose que je mérite.

– Quant à Sherry Lewis, à ta place, je lui ferais confiance, ajoute-t-il. J'ai interrogé Leibowitz. Il dit que c'est une battante, que nous sommes en de bonnes mains.

En ce qui me concerne, j'attends encore de la voir faire preuve de combativité. Mais j'apprécie le « nous » employé par Walter.

Le lendemain, George McMillan m'appelle. Ces derniers temps, totalement absorbée par mes problèmes, j'en ai presque oublié ceux de mes clients. Mon agence bat de l'aile et je me sens incapable de redresser la situation.

– Il faut que je vous parle, déclare George.

– Je vous écoute.

– Non, pas au téléphone.

Encore un parano...

– Je suis assez occupée. Ça ne peut pas attendre ?

– Négatif.

Nous nous retrouvons pour déjeuner dans un restaurant grec au coin de la 72e Rue : j'aurais été incapable d'aller plus loin. Avec son chapeau et ses lunettes noires, George est méconnaissable. Nous nous installons.

– Que vous arrive-t-il ? Ne me dites pas que Polo ne veut pas de vous !

– Peu importe Polo, c'est de vous qu'il est question, répond George.

– Moi ?

Il inspecte furtivement la pièce du regard, comme si des agents ennemis se cachaient parmi les clients du restaurant.

– J'ai eu droit à une petite visite de la police, Jillian.

Vous ne me croirez jamais, mais ils voulaient savoir si je vous avais aidée à vous débarrasser du cadavre.

– C'est une blague ?

– Non, sans déconner.

George a toujours eu un vocabulaire choisi.

– Ils vous ont vraiment dit ça ? Ils vous soupçonnent de m'avoir aidée à faire disparaître un cadavre ?

Il acquiesce.

– Ils ont ajouté qu'ils avaient vérifié auprès de vos autres clients, mais selon eux, ce sont tous des femmes ou des pédés. Je serais le seul assez costaud pour avoir transporté ce cadavre. Et ils ont apparemment tous vos relevés de téléphone. Ils savaient que nous avions échangé plusieurs appels. Que se passe-t-il, Jill ? Dans quel merdier vous êtes-vous fourrée ?

Je ne peux m'empêcher de sourire, mais avant que j'aie le temps de répondre, le serveur arrive et George me fait signe de me taire. Il commande une tourte aux épinards et une salade grecque, moi un thé glacé.

– Le minimum pour une commande est de cinq dollars, déclare le serveur.

– Combien coûte mon thé glacé ?

– Un dollar vingt-cinq.

– Alors apportez-m'en quatre.

– Qui avez-vous buté ? demande George, dès que le serveur s'est éloigné.

– Je n'ai « buté » personne, George.

– Les poulets sont persuadés du contraire.

Les poulets ? Qui parle encore comme ça, à part George McMillan ? De nouveau, je souris. Cette histoire ferait un film formidable. Avec Sandra Bullock comme vedette féminine. Et George dans son propre rôle, j'en ai peur...

George engloutit sa tourte aux épinards et sa salade grecque, plus un grand bol de salade de fruits en dessert.

– Je suis au régime, m'explique-t-il.

Je réussis à boire un thé glacé et demi. Avant que

nous sortions – séparément, insiste George – je lui fais promettre d'appeler Sherry Lewis pour lui raconter ce qu'a dit la police. Mais seulement après lui avoir juré sur l'honneur que je n'ai tué personne.

– Vrai de vrai ?

– Croix de bois, croix de fer...

J'ai oublié la fin.

– Et sur la bible ?

– Aussi.

Quand je rentre chez moi, le téléphone sonne. Je n'ose pas décrocher. Peut-être est-ce un client voulant savoir qui j'ai tué. Quelqu'un qu'il connaît ? Du coup, y a-t-il un poste intéressant qui se libère ?

Et pourquoi la police s'en tiendrait-elle à mes clients ? Tant qu'on y est, pourquoi ne pas contacter ma famille, mes amis et relations pour leur demander, à eux aussi, s'ils ne m'auraient pas aidée à jeter un cadavre dans l'Hudson ? Il serait dommage de s'arrêter en si bon chemin. Dans la foulée, autant interroger mes flirts, mes moniteurs de camps de vacances, mes professeurs et camarades de lycée...

Trop stressée pour travailler ou lire, ou faire quoi que ce soit de constructif, je m'étends sur le canapé et ferme les yeux. Malgré la fatigue, le sommeil ne vient pas. Les criminels endurcis doivent s'habituer à vivre dans la crainte d'être arrêtés, de même que les employés des pompes funèbres s'habituent à la mort. Mais pour moi, c'est tellement nouveau, tellement bizarre. Comment peut-on m'accuser, à tort, d'avoir tué un homme qui n'est peut-être même pas mort ?

La sonnerie du téléphone me fait sursauter. Je décide de ne pas répondre, mais je décroche quand même en entendant la voix de Sherry Lewis.

– Oui ?

Je retiens mon souffle, attendant les nouvelles catastrophiques qu'elle m'apporte sûrement, du style : « Ils ont retrouvé le cadavre dans votre cave. Ils viennent vous arrêter. Vous risquez la peine de mort. »

– J'ai bien réfléchi...

Pour l'instant, ça va.

– ... et je crois qu'un détective privé nous serait utile.

C'est tout ? Pas de cadavre, ni d'arrestation imminente ? Elle appelle uniquement pour me suggérer d'engager un détective privé ? Je me sens soudain euphorique, ridiculement soulagée. Aussi heureuse que si je venais d'être graciée par le gouverneur.

– Bonne idée, dis-je.

– Evidemment, ce n'est pas donné. Celui auquel je pense prend cinquante dollars de l'heure, sans les frais annexes. Mais c'est un ancien inspecteur de police, il a très bonne réputation.

– Alors engagez-le.

– Parfait.

Je raccroche, toujours dans le même état d'euphorie. Cinquante dollars de l'heure, ce n'est pas la mort, même en ajoutant des notes de frais. Et un détective privé nous sera sûrement utile, bien que j'aie oublié de demander pourquoi à Miss Lewis. Sur quoi, et sur qui, va-t-il pouvoir enquêter ?

Dans un premier temps, peut-être réussira-t-il à découvrir où se cache ce mystérieux individu qui semble avoir disparu dans la nature. Je ne l'ai pas tué. Si personne d'autre ne l'a assassiné, il est forcément quelque part. Le localiser ne devrait pas être plus difficile que... je ne sais pas, moi... de retrouver une aiguille dans une meule de foin, par exemple.

Tiens, elle me revient, la fin de la comptine que je voulais réciter à George pendant le déjeuner :

Croix de bois, croix de fer
Si je meurs, je vais en enfer

177

Sûrement un bon présage. Peut-être n'ai-je pas totalement perdu la tête, après tout. Peut-être ce détective est-il exactement ce qu'il nous faut. Peut-être tout va-t-il bien se terminer.

Je revois Sherry Lewis le vendredi suivant. A son bureau une fois de plus, et une fois de plus sans Walter, qui n'a pu m'accompagner à cause de son emploi du temps. Casey Burroughs, notre détective privé, est là. Il a entre quarante et cinquante ans, et une toux grasse de fumeur. Quand il n'est pas occupé à tousser ou à prendre des notes, il me fixe. J'ai l'impression d'être déshabillée du regard. En d'autres circonstances, je m'en offenserais au point de faire une remarque. Mais, après tout, c'est moi qui me suis mise dans cette situation. Moi qui ai joué à la Reine des Allumeuses pour séduire l'inconnu de l'immeuble d'en face, en conséquence de quoi je suis maintenant soupçonnée de l'avoir assassiné. Pour quel motif, au fait ? Ah oui, la cassette vidéo. Dont je voulais sans doute empêcher la diffusion au journal télévisé. Alors que j'en ignorais l'existence...

— L'accusation confirme que nous devons fournir un échantillon de sang..., annonce Miss Lewis.

Comment ça, « nous », Visage Pâle ? ai-je envie de lui dire. Je me rattrape de justesse, au cas où elle y verrait une injure raciste.

— ... ainsi qu'une photo, quelques cheveux, et vos empreintes digitales.

— Ai-je le droit de refuser ?

— Nous pouvons faire appel, mais c'est une bataille perdue d'avance. Il leur suffira d'obtenir un mandat du juge sur la base des preuves dont ils disposent, comme ils l'ont déjà fait.

La fameuse perquisition...

— Mieux vaut donner l'impression de coopérer, continue Miss Lewis.

178

— Ça ne coûte pas cher, approuve Casey Burroughs.

— D'autant plus qu'ils ont retrouvé l'arme du crime..., ajoute Miss Lewis.

— Ah bon ?

— Ou du moins ce qu'ils croient être l'arme du crime. Un couteau couvert de sang. Ils l'ont envoyé au laboratoire.

— Où était-il ?

Ça me paraît la question la plus naturelle du monde. Mais je sens soudain sur moi le regard insistant de mon avocate et de Casey Burroughs. Pour la première fois, j'ai le sentiment qu'ils ne me croient pas. Qu'ils me soupçonnent eux aussi d'avoir tué cet homme.

— Caché derrière la tête du lit, répond Miss Lewis.

— Il a dû leur échapper la première fois qu'ils ont fouillé l'appartement, suggère Burroughs.

Je me tais. Une fois encore, j'ai l'impression qu'ils m'observent tous les deux, à l'affût d'un lapsus ou d'une expression trahissant ma culpabilité. Qu'attendent-ils ? Que j'éclate en sanglots et avoue avoir transpercé l'homme de mille coups de couteau ? Il m'a raccompagnée à la porte, nom d'un chien !

J'accepte néanmoins de fournir les empreintes digitales et les échantillons demandés. D'après Miss Lewis, tout doit se faire au commissariat. Je frissonne à l'idée d'y retourner. Pour la photo, je donne également mon accord. Burroughs a un Polaroid dans son sac et propose de régler le problème sans attendre. Je décline son offre, assurant que je trouverai bien une photo chez moi. Pas question qu'il me photographie maintenant, avec ma tête de cauchemar.

Le lendemain après-midi, Burroughs passe me chercher pour me conduire au commissariat du 20e District, sur la 82e Rue. Sa présence se révèle étrangement réconfortante. Carrington est absent, contrairement à Donna Fernandez qui relève elle-même mes empreintes. Je dois noircir mes dix doigts avec une horrible encre grasse, et les appliquer l'un après l'autre, puis tous ensemble, sur quatre cartes différentes. Il me faudra vingt bonnes minutes pour me laver les mains. Ensuite, un technicien en blouse blanche d'une propreté douteuse vient me faire une prise de sang. Il s'y reprend à trois fois, me laissant en souvenir un magnifique hématome, après quoi il m'arrache une douzaine de cheveux, un à un.

— Vous ne pourriez pas vous contenter de les couper ? dis-je.

— Non, sans la racine, ça ne sert à rien.

Essayez pour voir, un de ces jours. En comparaison, l'épilation des sourcils est une partie de plaisir.

J'ai apporté trois photos de moi, les plus flatteuses que j'ai trouvées. Donna les examine et, apparemment incapable de se décider, me demande si elle peut les garder toutes les trois.

Je pense à la consigne de Sherry Lewis : « Mieux vaut donner l'impression de coopérer. » A l'autre bout de la pièce, Burroughs m'encourage d'un clin d'œil. « Ça ne coûte pas cher », semble-t-il me rappeler.

— Bien sûr. Je vous les laisse, dis-je.

20

– S ERIEZ-VOUS libre demain, à l'heure du déjeuner ?
C'est la voix de Sherry Lewis, désormais familière.

– Je crois que oui. Pourquoi ?

– Séance d'identification.

– Ce qui veut dire ?

– Que vous devrez prendre place dans une rangée de...

– Je sais ce qu'est une séance d'identification. Mais pas ce qu'elle signifie pour moi, pour nous.

– A mon avis, c'est le portier. On a dû lui soumettre votre photo, soit seule, soit parmi d'autres, et il vous a reconnue. Maintenant, ils veulent vérifier s'il peut vous identifier en personne.

– Et si tel est le cas ? Après tout, il m'a bel et bien vue. Pourquoi ne pas tout leur avouer ?

– Règle numéro un : nous n'avons rien à avouer. Ils peuvent vous obliger à participer à une séance d'identification, de même qu'ils peuvent prendre vos empreintes ou prélever différents échantillons – pour réunir ce qu'on appelle des preuves matérielles. Mais ils ne peuvent vous obliger à avouer quoi que ce soit.

181

C'est encore Casey Burroughs qui passe me chercher. Cette fois, Walter insiste pour m'accompagner.

– Au moins, j'y verrai plus clair, déclare-t-il.

Il a toujours aimé ces sous-entendus ironiques...

De nouveau, nous prenons la direction du commissariat du 20e District. Carrington est là, Donna Fernandez aussi. Même Voix Rauque fait une apparition. Nous patientons deux heures sur des chaises bancales. On dirait qu'ils ont attendu notre arrivée pour se mettre au travail, faire venir le témoin et chercher des suspects de rechange, ces personnes du même sexe et de la même origine ethnique que le véritable suspect, d'un âge et d'une apparence physique en rapport avec le sien. A en croire Casey Burroughs, la police a des classeurs entiers de photos d'individus prêts à venir gagner dix dollars chaque fois qu'elle a besoin, disons, d'un Noir d'une trentaine d'années. Le problème, c'est la faible demande pour les femmes blanches d'une trentaine d'années, la plupart des prévenus étant apparemment noirs ou hispaniques, même dans ce quartier. Et ceux qui ne le sont pas sont en majorité des hommes. Les inspecteurs sont donc obligés de parcourir le quartier à la recherche de candidates éventuelles.

Et pendant ce temps, nous attendons...

Enfin, on nous annonce que tout est prêt. On me conduit dans une pièce avec six chaises pour seul mobilier. Cinq autres femmes sont là. Blanches, certes, mais aucune ne me ressemble de près ou de loin. L'une d'elles fait une tête de plus que moi, une autre m'arrive à peine à l'épaule. Deux d'entre elles ont l'âge d'être ma mère ; une autre, légèrement maquillée, celui d'être ma fille. Une est obèse, une autre sans doute anorexique ; une autre encore a un énorme grain de beauté sur le front, de la taille d'une pièce de cinq centimes.

Même Walter me reconnaîtrait !

Un jeune policier entre avec six pancartes en carton blanc, numérotées de un à six. On me demande d'en choisir un. Je prends le quatre, un peu au hasard. Celui-là ou un autre... Puis on me demande de choisir un siège. Je désigne la chaise au bout de la rangée et on me fait asseoir. Les autres femmes se partagent les pancartes et les chaises restantes. Il n'y a aucune cohérence entre les numéros et l'ordre dans lequel nous sommes assises : Grain de Beauté, qui a le numéro un, se retrouve à côté de moi. Ce système – cette absence de système, plutôt – est dans mon intérêt, m'assure le policier.

Nous sommes face à un miroir d'environ un mètre sur soixante centimètres. On nous demande de regarder dans sa direction. C'est de toute évidence un miroir sans tain, permettant aux personnes dans la pièce voisine de nous voir sans que nous les voyions.

La séance dure quelques minutes. Puis Donna entre dans la pièce, donne un billet de dix dollars à chaque femme, et les autorise à partir. L'une après l'autre, elles sortent en silence. J'ai l'impression d'avoir assisté à la dernière d'un spectacle, à la fin d'une époque.

– Moi aussi, je peux y aller ? dis-je à Donna.

– Malheureusement non.

Son sourire a disparu. Elle porte la main à sa taille. J'entends un cliquetis et soudain elle me présente une paire de menottes chromées. Je tends bêtement les mains. D'un air navré, elle referme les menottes sur mes poignets. La scène a quelque chose de surréaliste. Tout semble arriver au ralenti, et à quelqu'un d'autre. Est-ce vraiment moi qu'on arrête ? Où est Walter ? Comment va-t-il rentrer sans moi ? Qui va s'occuper de lui ?

– Vous avez le droit de garder le silence, déclare Donna Fernandez. Vous comprenez ?

Non, je n'y comprends rien. Absolument rien.

On me permet de voir Walter quelques instants, en présence de Donna. J'insiste pour qu'il se fasse reconduire par Casey Burroughs, qu'il pense à dîner et à régler le réveil, qu'il prenne soin de lui.

Bien qu'on ait déjà relevé mes empreintes digitales, j'apprends qu'il faut recommencer l'opération. Au titre des formalités obligatoires après une arrestation, m'explique Donna. Je suis également photographiée, interrogée pour établir une fiche d'identité, et fouillée. Donna ne fait pas de zèle pour cette dernière étape – elle promet de m'épargner la fouille à corps. Ce qu'elle a vu sur la cassette vidéo doit lui suffire... Elle me demande néanmoins de me déshabiller et de me tenir jambes écartées. Apparemment satisfaite de ne voir tomber ni mitraillette, ni missile nucléaire, elle me dit de me rhabiller.

Puisque j'ai une avocate, les inspecteurs n'ont le droit de me poser aucune question en rapport avec « mon » affaire, consigne qu'ils appliquent à la règle.

– De quoi suis-je accusée ?

– D'homicide, répond Donna.

– Mais...

– Je vous en prie, ne dites rien. Ça ne peut que vous nuire, et m'obliger à faire un rapport de plus.

Devant le commissariat, on me fait monter dans un autobus, menottée et les chevilles entravées. En descendant vers le sud de Manhattan, le bus s'arrête devant trois autres commissariats. Chaque fois, il prend de nouvelles passagères, par groupes de deux ou trois. Toutes sont noires ou hispaniques. Une ou deux doivent être des prostituées. Sans doute en manque, une autre a des haut-le-cœur à intervalles réguliers. Je prie le ciel que si elle vomit, ce ne soit pas sur moi. Mes prières sont exaucées, mais la femme assise à côté de moi a moins de chance. Elle crie son mécontentement :

– Sale pute blackos !

Le bus s'arrête au 100, Centre Street, derrière le palais de justice. Nous restons deux heures garés en double file, attendant qu'on veuille bien nous faire descendre. Une des femmes urine bruyamment sur le sol du bus. La junkie vomisseuse a perdu connaissance.

Il fait presque noir lorsqu'on nous conduit à l'intérieur du bâtiment. Il ne doit pas être loin de vingt et une heures. A cause de mes chevilles entravées, j'ai du mal à marcher. Par deux fois, j'évite de justesse de tomber. Quand on me retire mes chaînes, la peau de mes chevilles, à vif, saigne en deux endroits.

On me fait entrer dans une sorte de cellule avec une vingtaine d'autres femmes. Au fond il y a un banc, prévu pour dix personnes environ. Je n'essaie même pas de m'y asseoir, préférant trouver une place par terre, dos appuyé au mur. Des disputes éclatent pour savoir qui peut s'installer où, qui va utiliser les toilettes en premier (elles sont dans un coin de la pièce, à la vue de tout le monde), à combien de feuilles de papier hygiénique chacune a droit... Il règne une odeur pestilentielle, mélange de sueur, d'urine et autres substances que je préfère ne pas identifier. J'essaie de respirer par la bouche.

Après quelques minutes, une femme à la peau sombre s'assoit par terre près de moi – une des plus querelleuses. Une longue cicatrice boursouflée lui barre le front. Elle fixe mes chaussures, les comparant ostensiblement à ses baskets percées, l'air de vérifier si je fais la même pointure qu'elle.

– T'es là pourquoi, la belle ?

Je baisse les yeux pour ne pas avoir à croiser son regard. J'espère qu'en l'ignorant, elle se désintéressera de moi et se tournera vers quelqu'un d'autre. Mon cœur bat à tout rompre.

– Tu me réponds, ou faut que je demande à la matonne ?

Elle parle de la gardienne qui distribue le papier hygiénique et nous demande à intervalles réguliers de faire moins de bruit.

– C'est pour une histoire de drogue ?
– Non.

185

– Un vol ?

– Non.

– C'est quoi, alors ? Tu peux me le dire.

Je la regarde droit dans les yeux.

– Pour meurtre.

Elle sourit à ce qu'elle prend pour une plaisanterie. Je continue à soutenir son regard.

– Sans blague ?

– Sans blague.

Avec un large sourire, elle se tape sur la cuisse, puis se lève et va s'installer à l'autre bout du banc. Du coin de l'œil, je la vois murmurer à l'oreille de deux autres femmes. Elles me dévisagent toutes les trois avec méfiance.

Je crois que je commence à me faire à mon nouvel environnement...

Vers minuit, on m'appelle dans un petit box, pour y être interrogée par un jeune homme qui se dit envoyé par le Criminal Justice Institute, quelque chose comme ça. Je le vois mal car une sorte de grillage nous sépare. Il m'explique qu'il lui faut quelques éléments pour aider le juge à fixer le montant de la caution. Il me demande mon adresse, mon numéro de téléphone, mon niveau d'études, ma profession, le nom de mon mari... Il a presque terminé quand il jette un coup d'œil à son dossier.

– Ah, mais vous êtes accusée de meurtre ! De toute façon, vous n'aurez pas droit à une libération sous caution.

La plupart des femmes présentes semblent déjà avoir eu affaire à la justice. L'une d'elles, une Hispanique à la peau claire – qui prétend avoir vingt ans mais en paraît le double – m'annonce que si personne n'a encore vu son avocat, cela signifie que nous ne comparaîtrons pas cette nuit.

– Ils arrêtent tout à une heure du matin.

186

– Et nous ?

– On attend.

– Longtemps ?

– Ils reprennent vers neuf heures. Nouveau juge, nouveaux avocats, mais leur numéro, lui, ne change pas.

Je lui demande s'il est vrai que pour un meurtre, on n'a pas droit à une libération sous caution.

– Possible, mais j'en sais trop rien. Moi j'ai pas de sang sur les mains.

Parce que moi j'en ai ?

Lorsque les femmes qui restent comprennent qu'elles ne comparaîtront pas cette nuit, le calme revient dans la cellule. Vers deux heures du matin, les lumières s'éteignent. « Dieu merci ! », dit une voix. Je me pelotonne contre le mur, m'efforçant de trouver une position relativement confortable. Malgré l'épuisement, je n'ose pas fermer les yeux, de peur de me réveiller sans chaussures, voire mutilée.

Quand j'ai la certitude que tout le monde dort, je trouve enfin le courage d'utiliser les toilettes, enjambant pour les atteindre les corps endormis. Je m'accroupis au-dessus du siège, essayant d'éviter tout contact avec la cuvette où doivent grouiller les germes d'innombrables maladies. Je fais le moins de bruit possible, mais je vois soudain une paire d'yeux briller à un mètre de moi dans l'obscurité. Je ne distingue pas le visage, seulement ces deux yeux très blancs qui me fixent. Ma vessie se referme si brutalement que je me demande si je réussirai à uriner de nouveau.

Et je suis censée être exhibitionniste...

Je finis pourtant par m'endormir moi aussi. Je m'en rends compte en me réveillant à cause de la lumière et d'une certaine agitation autour de moi. Plusieurs femmes sont debout, mais l'agressivité de la veille a disparu.

Leur nuit en cellule semble leur avoir ôté toute envie de se quereller. Vérification faite, j'ai toujours mes chaussures aux pieds. Et tous mes orteils.

A huit heures, une nouvelle gardienne prend son service. Elle cogne les barreaux avec son trousseau de clés plus énormes les unes que les autres :

– A la soupe !

Celles d'entre nous qui ont faim font la queue pour recevoir leur petit déjeuner : un gobelet de café noir et un sac en papier contenant soit une viennoiserie particulièrement spongieuse, soit une tranche de pain perdu particulièrement desséchée. Une première bouchée ne m'apprend rien, mais me fait regretter ma curiosité. Pour m'occuper, je me force à boire le café à peine tiède, insipide et non sucré. Un peu comme avec les repas servis dans les avions.

Peu après neuf heures, on appelle mon nom. Je me laisse guider par la voix jusqu'à l'un des boxes réservés aux interrogatoires. Il faut à mes yeux un certain temps pour s'habituer au rideau grillagé, mais je finis par reconnaître Sherry Lewis, dans un élégant tailleur marron. Elle, au moins, a l'air d'avoir fait une nuit complète. J'ai soudain conscience du spectacle que je dois offrir. Voilà dix-sept heures que je suis en détention. J'ai dormi tout habillée à même un sol crasseux. Je n'ai pas pu faire ma toilette, ni même me peigner ou me brosser les dents.

– Comment ça va ? demande Miss Lewis.

A cette simple question, j'éclate en sanglots. Moi qui ai tenu bon toute la nuit. Et qui ai du sang sur les mains...

Je me calme et nous pouvons parler. Miss Lewis m'apprend que je passe devant le juge dans quelques minutes. Il ne me posera aucune question. Comme je suis simplement déférée, il y a peu de chances qu'il fixe une caution ; pour ça, il faudra attendre de comparaître à l'étage au-dessus.

– L'étage au-dessus ?

– La cour d'assises.

– Ça prendra longtemps ?

– Deux ou trois semaines.

– Deux ou trois... semaines ?

Je fonds de nouveau en larmes.

– Par ailleurs, autant vous prévenir : il y a une meute de reporters dans la salle. Chroniqueurs judiciaires. dessinateurs...

Trois quarts d'heure plus tard, mon nom est appelé avec celui de cinq autres femmes, et une gardienne nous conduit de la cellule jusqu'à la salle d'audience. On nous fait asseoir un peu à l'écart, sur deux longs bancs de bois. Il y a des hommes avec nous. Noirs ou hispaniques pour la plupart. Quelques détenus, hommes ou femmes, semblent se connaître et se saluent jusqu'à ce qu'un des officiers de police judiciaire les fasse taire. Ces derniers ressemblent aux gardiens, qu'ils remplacent dans la salle d'audience. Seule différence visible : l'uniforme, à chemise bleue pour les gardiens, blanche pour les officiers de police judiciaire.

Puisque nos bancs font face au mur, je dois me tordre le cou pour apercevoir ceux du public et tenter de repérer Walter. Impossible d'affirmer s'il est là ou non. En revanche, je vois une armée de dessinateurs assis au premier rang et occupés à crayonner sur d'immenses blocs. Ils ne lèvent le nez de leur bloc que pour me regarder.

Je vais être dans les journaux, me dis-je soudain. Et à la télévision. Dans cet état ! Me vient alors une pensée autrement plus effrayante, et qui ne m'avait pas effleurée jusque-là : ma mère va voir sa fille sur le banc des accusés !

Après quelques minutes, on appelle encore mon nom et je suis conduite à une longue table derrière laquelle je reste debout, face au juge. Sherry Lewis est à ma droite ; un peu plus loin, se tiennent deux jeunes gens, un homme et une femme. Les adjoints du procureur, j'imagine. Deux officiers de police judiciaire à la carrure impressionnante sont postés juste derrière moi, au cas où je voudrais m'échapper.

Devant moi, un troisième prend la parole, si vite et dans un jargon si abscons que je n'en saisis pas un traître mot. Puis un adjoint du procureur, la jeune femme, lit un document. C'est ensuite au tour de Miss Lewis d'intervenir. Enfin, j'entends le juge, un Noir, prononcer les mots « détention préventive » et me convoquer dans quatre jours. En tout, ma comparution aura duré moins de trois minutes.

On me reconduit à mon banc. Sherry Lewis s'assied près de moi en jetant un coup d'œil à sa montre. D'autres affaires à plaider, explique-t-elle.

— Je peux poser une seule question ? dis-je.

— Allez-y.

— « Détention préventive », ça signifie quoi, pratiquement ?

— Pas de libération sous caution.

Je passe les trois heures suivantes dans une nouvelle cellule, avec d'autres détenues ayant comparu ce matin. Le déjeuner est un grand moment : deux tranches de pain de mie, une de salami au milieu, un sachet de moutarde, et un gobelet à moitié rempli d'un liquide rougeâtre au goût indéfinissable...

Je ne suis pas la seule à m'interroger sur le contenu du gobelet. Une autre femme interpelle une gardienne à travers les barreaux :

— Quel parfum, cette saleté ?

— Rouge.

Vers treize heures, j'entends de nouveau mon nom et on me fait sortir de la cellule avec huit ou neuf femmes.

– Tout arrive ! On va même avoir le premier bus de l'après-midi ! dit l'une d'elles.

Une gardienne apparaît et nous menotte par deux. Je me retrouve avec une vieille Hispanique édentée et parlant à peine anglais. Deux par deux, on nous fait monter dans un ascenseur, dont nous sortons un ou deux étages plus bas pour grimper dans un bus presque identique à celui qui m'a amenée ici, il y a... une éternité. Là, on nous enlève les menottes et on nous fait asseoir. J'interroge une Noire devant moi sur notre destination.

– Le Rocher, ma belle. On va sur le Rocher, me répond-elle avec un large sourire, comme si nous partions pour des vacances bien méritées.

21

Anna M. Thompson Memorial Pavillion : des mots qui, pour moi, évoquent davantage un hôpital de luxe qu'un pénitencier. Ce n'est ni l'un ni l'autre, mais la maison d'arrêt pour femmes de Rikers Island. Malgré leurs noms dignes d'un country club – Bedford Hills ou Taconic pour les femmes, Green Heaven, Sing Sing, Attica ou Great Meadow pour les hommes – les pénitenciers sont des institutions d'Etat où les condamnés purgent des peines supérieures à un an. Quant aux simples prévenus – qui attendent leur procès devant une cour new-yorkaise sans avoir les moyens de payer leur caution ou qui, comme moi, ne sont pas libérables sous caution – ils sont détenus à Rikers Island, avec les condamnés purgeant des peines égales ou inférieures à un an. Les femmes sont regroupées à l'Anna M. Thompson Memorial Pavillion.

Ladite Anna M. Thompson aurait été la première directrice de la maison d'arrêt, ou une gardienne tuée au cours d'une mutinerie passée, ou encore une détenue ayant réussi des études universitaires après sa sortie de prison et ayant fait don à la ville d'une partie de sa fortune. Tout dépend de la personne à qui vous posez la question.

La maison d'arrêt est une construction massive en brique rouge parmi une douzaine d'autres sur Rikers

Island, îlot de l'East River entre le Bronx et le Queens. Comme Alcatraz – autre « Rocher » légendaire – Rikers Island a la réputation d'être une prison d'où l'on ne s'évade pas. Ici, les candidats éventuels sont découragés non par les requins, mais par les courants particulièrement traîtres et le degré de pollution de l'eau.

De l'autobus, je découvre le bâtiment, que ma voisine nous désigne avec un grognement – apparemment, elle connaît les lieux. Je n'ai jamais vu autant de brique, et aussi peu de fenêtres.

Après avoir franchi une série de grilles, le bus monte vers une sorte de plate-forme de déchargement. On nous fait descendre, on nous menotte par deux une fois encore avant de nous entraîner dans un dédale de couloirs. Premier arrêt devant un guichet, au-dessus duquel un panneau annonce : PERSONNELS. Nom ou adjectif ? Je poserais bien la question à la gardienne qui nous distribue à chacune couverture, serviette de toilette, savonnette et grand sac plastique transparent. Mais son air rébarbatif m'en dissuade.

Nouvel arrêt : les douches collectives où l'on nous demande de nous déshabiller et de placer tous nos effets personnels dans nos sacs plastiques. Je ne peux m'empêcher de penser aux photos des chambres à gaz d'Auschwitz. Nue et grelottante sous la douche, je retiens mon souffle en attendant qu'on nous ouvre les robinets. Quand l'eau jaillit avec un sifflement, elle est si froide que je bondis en arrière en poussant un cri.

Au moins est-ce de l'eau.

Toujours nue et grelottante, je dois me diriger vers une femme en blouse blanche, au visage caché par un masque, blanc lui aussi. Il me rappelle celui des ouvriers venus refaire l'appartement en face de chez moi. La femme tient un tuyau relié à un bidon. Elle me vaporise les cheveux avec un produit aussi malodorant que les insecticides du temps où le DDT n'était pas interdit. Moi qui me demandais ce qu'étaient devenus les stocks inutilisés ! Je croyais naïvement qu'ils avaient été exportés en

Chine ou vendus aux fabricants de cigarettes... Une autre femme m'examine le cuir chevelu, sans doute à la recherche de poux. Une troisième m'ordonne de me pencher en avant en écartant tout.

— Vous voyez ce que je veux dire, ajoute-t-elle.

Je m'exécute en fermant les yeux. A la pensée de son regard qui fouille mon intimité, je revois l'inconnu en train de faire la même chose. J'éprouvais alors des sentiments ambigus. Ils ne le sont plus. C'est à cause de lui que je suis ici. S'il entrait dans la pièce à cet instant précis, mon premier mouvement serait de l'étrangler de mes mains. Et si je réussissais ? Au moins serais-je en prison pour quelque chose.

— C'est bon, déclare la femme.

On me dit de me rhabiller. On me sépare du reste du groupe, ainsi qu'une Noire de petite taille avec des dreadlocks, et une gardienne nous emmène.

— Vous avez toutes les deux droit à un traitement de faveur. Vous êtes en cellule individuelle, explique-t-elle.

La cellule en question fait deux mètres sur trois, juste la place pour loger un lit étroit, des toilettes, une table bancale, une chaise, et l'ampoule au plafond. Le sol est en béton, ou en ciment — Walter m'a expliqué la différence, mais je l'ai oubliée. Ce « traitement de faveur » me vaut de rester enfermée vingt-trois heures sur vingt-quatre. Pendant l'heure restante, je peux me promener dans la cour si le temps permet, ou me rendre au foyer. Le tout sous surveillance constante, car dès lors qu'on a une caution supérieure à cinquante mille dollars — ou pas de caution, comme moi — on est considéré comme détenue à risque. J'apprends que je bénéficie en outre d'une protection spéciale pour éviter un éventuel suicide. Conséquence : mon ampoule restera allumée jour et nuit, et on viendra vérifier toutes les vingt minutes si je suis encore en vie. Je demande à une gardienne ce qui fait de moi une candidate au suicide.

— C'est la procédure habituelle. Pour les autorités, à partir du moment où vous êtes blanche, ni junkie ni prostituée, que vous n'avez jamais fait de prison et que vous êtes accusée de meurtre, vous risquez de faire une bêtise.

Je hoche la tête.

– Vous êtes junkie ? Prostituée ? Si c'est le cas, je peux vous mettre avec les autres.

J'ai envie de dire oui. Ça vaudrait sans doute la peine, rien que pour pouvoir dormir dans le noir. Mais ils ont peut-être raison, je vais probablement avoir des idées de suicide. Je laisse faire.

Très vite, je découvre que la femme aux dreadlocks est dans le même bateau que moi. Elle aussi a « du sang sur les mains », me confie-t-elle. Dans son cas, c'est celui de son « vieux ». (Contrairement à ce que je pensais, un « vieux » n'est pas un père, mais un mari ou un compagnon.) Elle a descendu le sien parce qu'il rentrait ivre, et qu'un soir il a rompu après l'avoir trompée avec sa propre sœur. L'humiliation suprême. Et quand un homme vous humilie comme ça, on ne se contente pas de le tuer. On le descend, on le bute, on l'explose ou on lui fait la peau.

Trois fois par jour, par l'ouverture horizontale dans les barreaux de ma cellule, on me glisse un repas sur un plateau en plastique à compartiments. Les couverts aussi sont en plastique. La nourriture est à base de féculents : si vous aimez les pommes de terre, les pâtes, le riz et le pain, le régime Anna M. Thompson Memorial est pour vous. Vous ne mangez que des fruits, des salades, des légumes ? Là, vous serez déçus. Quant à la viande, ou à ce qui passe pour de la viande, mieux vaut faire une croix dessus : aucun animal connu ne possède les morceaux servis sur mon plateau. Ces festins sont arrosés de café, de lait, et de la même boisson rougeâtre que celle distribuée au palais de justice.

N'ayant droit qu'à une heure de « promenade » par jour, il m'est pratiquement impossible de téléphoner. Je me rends vite compte que les bagarres éclatent près des cabines téléphoniques, et des téléviseurs. Si les cabines sont occupées pendant mon heure de promenade, je dois patienter jusqu'au lendemain. Et pas question de recevoir le moindre appel. Après deux jours sans pouvoir parler à Walter, je me fais un sang d'encre. Je devrais sûrement être rassurée qu'il ne réponde pas à trois heures de l'après-midi : cela signifie qu'il est à l'Université, comme d'habitude. Mais qui s'occupe du dîner ? Qui fait la vaisselle ? Qui règle le réveil ? Et s'il a besoin de quelque chose dont je suis seule à connaître l'emplacement ?

En désespoir de cause, j'appelle ma mère. Je prie le ciel pour qu'elle soit sortie, et que je puisse me borner à laisser un message lui demandant de prendre des nouvelles de Walter.

Elle décroche à la seconde sonnerie...

– Oui ?

– Maman ?

Je m'efforce de parler le plus calmement possible.

– Jillian, où es-tu ?

Se pourrait-il qu'elle ne sache rien ? Qu'elle ne m'ait pas vue à la télévision ? Qu'elle n'ait pas lu les articles dans la presse ? J'ai oublié si Bloomingdales et les autres grands magasins new-yorkais vendent des journaux.

– En prison, maman.

– Je sais, mais où ?

– Au Anna M. Thompson Memorial Pavillion.

– Dieu merci ! J'avais peur que tu sois à Rikers Island ou dans le même genre d'endroit...

Je ne dis rien.

– ... Comment vas-tu ? J'ai lu ces affreux articles sur toi. J'ai tout de suite compris qu'il devait y avoir une erreur.

– Ça va. Mais j'aimerais que tu appelles Walter, pour avoir de ses nouvelles.

– Elles sont bonnes. Il m'a appelée. C'est lui qui m'a appris toute l'histoire.

– Donc il se débrouille ?

196

– Très bien. Il est assez grand pour s'occuper de lui, après tout.

Ma mère a toujours trouvé Walter trop vieux pour moi : le moment doit lui paraître bien choisi pour me rappeler notre différence d'âge.

– Jillian ?

– Oui ?

– J'ai découpé l'article du *New York Times* où on parle de toi. Je me suis dit que tu souhaiterais peut-être le garder. Tu veux que je te l'envoie ?

Je cite mot pour mot. Ma mère, après tout, met peut-être ce qui m'arrive sur le même plan que ma première prestation avec les majorettes, mon premier rôle dans la pièce de fin d'année au lycée, ou l'annonce de mon mariage. Qui sait ?

– Mais oui, maman. Envoie-le-moi.

Heureusement, ma nouvelle adresse postale n'inclut pas les mots « Rikers Island ». Il lui suffit d'écrire au 1717 Hazen Street, East Elmhurst, New York, sans oublier le code postal. Seul indice révélant que je n'habite pas un immeuble résidentiel : mon numéro d'écrou, sans lequel toute lettre sera retournée à l'envoyeur.

J'ai un surnom, signe que je suis acceptée, m'a-t-on déclaré. J'aimerais en être sûre. On m'a surnommée « Lizzie », en référence à la tristement célèbre Lizzie Borden, qui tuait ses victimes à la hache...

– En fait, il paraît qu'elle était innocente, dis-je à plusieurs codétenues.

– Bien sûr, comme tout le monde ici, me répond-on.

– Gray !

A mon troisième matin en prison, on me fait sortir de ma cellule et longer le couloir. Il doit être environ onze heures, trop tôt pour ma « promenade » quotidienne.

– Que se passe-t-il ?

– Une visite, me répond la gardienne.

– De qui ?

– Comment voulez-vous que je le sache ? Un aveugle, je crois.

En parlant avec les autres femmes, j'ai appris que l'administration pénitentiaire s'ingéniait à compliquer la vie des visiteurs autant que celle des détenus. Peu importe que les proches soient des innocents prêts à sacrifier une journée – à changer quatre fois de bus, à remplir des formulaires interminables, à faire la queue, à se soumettre à des fouilles humiliantes, souvent en présence de jeunes enfants – pour passer une petite heure avec un être aimé. Les gardiens ne voient dans les visiteurs qu'une charge de travail supplémentaire. Voilà pourquoi, en apercevant Walter assis à l'une des tables du parloir, sa canne blanche à la main, je suis au bord des larmes. Je me ressaisis, bien décidée à ne pas pleurer devant lui. Pas après tous les obstacles qu'il a dû franchir pour venir jusqu'ici.

Alors que je m'apprête à le serrer dans mes bras, la gardienne me prend par l'épaule.

– Vous pouvez vous tenir par la main. C'est tout. Pas d'autre contact.

Nous nous asseyons face à face, mes mains dans les siennes au milieu de la table. Nous resterons ainsi tout le temps de la visite, profitant au maximum de cet unique geste d'intimité autorisé par le règlement.

– Jilly, comment vas-tu ?

– Bien, je t'assure.

– Tu pleures.

– Non.

– Tu me crois aveugle, ou quoi ?

Il n'en faut pas plus pour que les larmes jaillissent et roulent sur mes joues. Tant pis : je prends la blague de Walter comme une permission.

– Si je pleure, c'est en pensant à ce que tu as dû subir pour venir me voir, dis-je.

198

– Ça n'avait rien d'épouvantable. Même quand ils ont voulu dévisser ma canne pour vérifier que je n'avais rien caché à l'intérieur...

– Merci en tout cas d'avoir appelé ma mère.

A son sourire, je devine que ça a dû être la conversation du siècle.

La visite dure quarante-cinq minutes, le maximum autorisé. Walter me promet d'être présent à l'audience le lendemain. Il me laisse des vêtements propres et un peu d'argent pour m'acheter du dentifrice ou du chewing-gum au magasin de la prison.

– J'ai parlé avec Miss Lewis, dit-il. Elle est pratiquement sûre que tu es inculpée à l'heure qu'il est. Mais elle pense pouvoir obtenir ta libération sous caution.

– Combien ?

– Trois fois rien. Environ un million de dollars.

– J'espère que tes actions sont en hausse.

Nous éclatons de rire tous les deux. En raclant les fonds de tiroir et en réunissant toutes nos économies – actions de Walter incluses – nous atteindrions à peine la somme de vingt mille dollars.

– Allez, Gray, debout !

Sans montre ni fenêtre, je n'ai aucune idée de l'heure, mais à en croire mon horloge interne, c'est encore la nuit. On me donne cinq minutes pour enfiler les vêtements apportés hier par Walter, aux tissus et coloris mal assortis. Pour les chaussettes, il a dû se fier au textile, et il n'y en a pas deux de la même couleur. Je me résous à sortir avec une bleue à un pied, une blanche à l'autre.

On me conduit à l'accueil, nom curieux pour l'endroit où ont lieu les départs. Au cours de l'heure suivante, la pièce se remplit d'une quarantaine de femmes aux yeux bouffis de sommeil, et d'une propreté approximative dans leurs vêtements fripés. Il règne un curieux mélange de mécontentement et d'appréhension. Nous devons toutes comparaître aujourd'hui. Nous montons dans le M-1, premier bus de la journée pour Manhattan.

Le jour se lève à peine lorsque nous quittons Rikers Island. Il doit être à peu près cinq heures du matin : j'en déduis qu'on m'a réveillée avant quatre heures. Le trajet prend plus d'une heure. Le bus peine, menaçant de caler à chaque feu vert.

— Ce sont des épaves achetées aux enchères, cinquante dollars pièce, m'explique une femme de l'autre côté de l'allée. De vieux cars scolaires retirés du circuit parce qu'ils n'étaient plus aux normes, trop polluants ou plus de freins, tu vois le genre. D'où leur couleur : le jaune était là, il y a juste eu à rajouter un peu de bleu.

Nous traversons le Triborough Bridge pour rejoindre le Franklin D. Roosevelt Drive. Dans les embouteillages matinaux, nous progressons lentement jusqu'à la hauteur du Brooklyn Bridge, puis nous obliquons vers le nord par les petites rues. Nous nous arrêtons derrière le palais de justice. Quatre bus sont arrivés avant nous et nous attendons notre tour. Apparemment, la galanterie n'a pas cours dans l'administration pénitentiaire.

Je me retrouve dans une vaste cellule, peu différente de celle où j'ai passé la nuit après mon arrestation. Les autres femmes sont là pour les mêmes raisons que moi, sauf une dont le procès s'ouvre aujourd'hui. Elle aurait tailladé le visage d'une vieille dame qui refusait de se laisser voler son sac. La blessure aurait nécessité soixante-douze points de suture.

— Cette vieille bique n'a eu que ce qu'elle méritait, déclare-t-elle.

Mais quand on vient la chercher, elle nous demande de lui souhaiter bonne chance. Il y a des murmures, des tapes d'encouragement, des « On aura leur peau », « Te laisse pas faire. »

— Toi aussi, Lizzie, dit-elle.

Et je lui souhaite bonne chance moi aussi. Qui sait ? Son histoire n'est peut-être pas si éloignée de la mienne.

Quand viendra mon tour, je serai sûrement contente de me sentir soutenue.

Au fond, il ne m'a pas fallu longtemps pour être des leurs.

Vers onze heures, on appelle mon nom. On me fait sortir de la cellule, on me menotte les poignets dans le dos, un officier de police judiciaire me conduit dans une petite pièce adjacente à la salle d'audience. Je me sens comme ces martyrs dans les arènes antiques, attendant que la porte s'ouvre pour être livrés en pâture aux fauves sous les yeux du public.

Mon attente à moi dure une demi-heure. De toute façon, c'est le lot commun des détenus. On nous fait attendre pour monter dans un bus et en descendre, pour recevoir nos plateaux repas et qu'on nous en débarrasse, pour aller aux audiences et en revenir, pour rencontrer nos avocats, pour passer devant le juge, même pour obtenir du papier hygiénique.

Enfin, on appelle encore mon nom et j'entre dans la salle d'audience réservée aux affaires d'homicide. En me dirigeant vers la table derrière laquelle je dois me tenir, je tourne la tête vers les bancs du public dans l'espoir d'apercevoir Walter. Aussitôt, un officier de police judiciaire me dit que c'est interdit.

Interdit de chercher mon mari des yeux ?

Miss Lewis est là, ainsi qu'un adjoint du procureur, plus âgé que les précédents. Le juge aussi a changé. C'est un Blanc à lunettes, d'une cinquantaine d'années, les cheveux en bataille et la moustache broussailleuse. Il ressemble plus à un boucher ou à un menuisier qu'à un juge. Je tente de lire son nom mais une pile de dossiers m'en cache la moitié. IAM MOGULESCU : c'est tout ce que je vois. « ...iam » comme dans Liam ? Il n'a pas l'air irlandais. Ou alors comme dans Chiam, prénom israélien ? Je croyais qu'on disait plutôt Chaim. Non, il doit être roumain, ou d'origine arabe. Avec son air illuminé, il pourrait même être un de ces types qui s'amusent à fabriquer des bombes pour faire sauter le Lincoln Tunnel.

Formidable. Je suis en prison, accusée d'un meurtre que je n'ai pas commis, et je vais être jugée par un terroriste.

— Monsieur le Procureur ? appelle le juge.

Tous les regards se tournent vers l'adjoint qui le représente.

— Les jurés ont pris connaissance de l'affaire. Nous attendons de savoir si la prévenue veut faire une déposition pour passer au vote, explique-t-il.

Evidemment que je veux faire une déposition !

— Maître ?

Comme lors d'un tournoi de tennis, les regards se tournent à présent vers Miss Lewis. Juge, procureur ou avocat, j'ai l'impression qu'ils sont tous déjà passés par là des centaines de fois, pour des affaires différentes avec des prévenus différents. Et que la seule chose qu'on me demande, c'est d'être un de ces prévenus interchangeables.

— Non, Votre Honneur, ma cliente ne souhaite pas faire de déposition.

Stupéfaite, je me tourne vers elle. Moi, ne pas souhaiter donner ma version des faits ? D'un geste, elle me fait signe de me taire.

— Je vous expliquerai plus tard, me souffle-t-elle.

— Voulez-vous que nous vous accordions quelques minutes ? propose le juge.

— Ce n'est pas nécessaire, Votre Honneur, répond Miss Lewis. Ma cliente va vraisemblablement être inculpée. Nous attendons la date du procès...

« Inculpée » ? « Procès » ? J'ai du mal à suivre.

— ... En revanche, Votre Honneur, je sollicite une libération sous caution.

— Votre Honneur, intervient le procureur adjoint, la défense vient de concéder que l'inculpation pour homicide a toutes les chances d'être votée. Il sera toujours temps de demander à la cour une libération sous caution après la lecture de l'acte d'accusation.

– Certes, répond le juge. Ce n'est pas une raison pour sous-entendre que ces deux femmes peuvent attendre deux semaines de plus. Ou qu'une libération sous caution n'est pas de mon ressort...

Ces paroles me mettent du baume au cœur. Le terroriste prendrait-il mon parti ? Mais je me réjouis trop vite.

– ... Ce qui ne signifie pas que je vais l'accorder.

– Ce serait en effet une décision des plus inhabituelles, réplique le procureur adjoint.

Le juge bondit de son fauteuil, comme mû par une catapulte.

– Et Dieu nous préserve de prendre des décisions inhabituelles, n'est-ce pas, monsieur Rothstein ?

– Je n'ai pas dit ça, Votre Honneur.

Il est clair, cependant, que le procureur a pris son adversaire à rebrousse-poil. Ce juge ...iam Mogulescu est non seulement un terroriste, mais un iconoclaste. Je le regarde étudier mon dossier qu'il s'était contenté de parcourir jusque-là.

– N'est-ce pas l'affaire dont ont parlé les médias ?

– Si, Votre Honneur, répondent Rothstein et Miss Lewis à l'unisson.

– Le meurtre sans cadavre ?

– Oui.

– Et sans témoins ?

– Sans témoins oculaires, précise Rothstein. C'est une affaire limpide, bien que reposant sur des preuves indirectes.

– Et pourriez-vous me dire en quoi elle est si limpide ? demande le juge.

– Plusieurs témoins ont vu la prévenue sur les lieux du crime peu avant le... le...

– Le quoi ?

– ... la disparition. Nous avons un mobile et de nombreuses preuves matérielles – sang, empreintes, cheveux, même un vêtement de la prévenue.

– Ce qui prouve quoi ? La présence de la prévenue, c'est cela ?

– En effet, Votre Honneur.

– Formidable...

Le juge se replonge dans le dossier avant de s'adresser à Miss Lewis :

– Je vois que votre cliente n'a jamais été arrêtée, qu'elle a monté sa propre agence de recrutement, qu'elle habite le même quartier que moi. Un membre de sa famille est-il présent aujourd'hui ?

– Oui, son mari est là.

Miss Lewis se tourne vers le public – apparemment, ce n'est pas interdit aux avocats – et désigne Walter, qui se lève de son siège. Le juge griffonne quelques mots sur un formulaire.

– Je fixe le montant de la caution à deux cent cinquante mille dollars, en liquide ou avec une garantie bancaire. La lecture de l'acte d'accusation aura lieu dans deux semaines, salle d'audience numéro cinquante.

Je n'en crois pas mes oreilles. Certes, la somme est astronomique, mais j'ai ma libération sous caution ! Si je m'écoutais, j'irais sauter au cou de cet imprévisible juge Mogulescu. Malheureusement, quelque chose me dit que c'est interdit.

22

Mon euphorie est de courte durée. Je réussis à joindre Walter au téléphone le lendemain après-midi. Il a déjà vu plusieurs banquiers.

– J'espérais qu'ils accepteraient dix pour cent du montant total, mais ils m'ont ri au nez. Ils veulent une garantie.

– C'est-à-dire ?

– Un titre de propriété. Un relevé bancaire prouvant que nous avons l'équivalent de la somme sur un compte. Une poignée de diamants. Quelque chose de tangible à quoi ils puissent se raccrocher le temps que cette affaire soit terminée.

Si nous disposions d'une telle garantie, nous n'aurions pas besoin d'eux. Nous pourrions réunir le montant demandé en liquide. Mais nous sommes locataires, et nos économies se montent à quinze mille dollars – moins les honoraires de Miss Lewis et du détective privé... Et la dernière fois que j'ai vérifié, il n'y avait pas de diamants cachés dans ma commode.

Je n'ai plus qu'à attendre.

Je reçois une lettre de ma mère. Elle me pose une série de questions, du style : *Comment est la nourriture ? Manges-tu assez ? T'es-tu fait des amies ? A quoi ressemble ta chambre ? Dors-tu suffisamment ?* J'ai l'impression d'être en colonie de vacances. Je regarde sur l'enveloppe :

pourtant, elle n'a pas oublié d'ajouter mon numéro d'écrou à côté de mon nom : 99-F-1562. Il signifie que je suis la mille cinq cent soixante-deuxième détenue à l'Anna M. Thompson Memorial Pavillion depuis le début de l'année.

Drôle de colonie de vacances.

Avec la lettre, soigneusement plié, se trouve l'article du *New York Times* qu'elle m'avait promis.

UNE FEMME ÉCROUÉE POUR LE MEURTRE
D'UN HOMME QU'ON CROYAIT JUSQUE-LÀ DISPARU

Une femme a été écrouée après la disparition d'un homme, signalée voilà déjà quelques semaines par ses voisins inquiets de ne plus le voir.

Cette femme, une certaine Jillian Gray, 38 ans, habitant 235 West End Avenue, a été arrêtée par des inspecteurs du 20e district qui, de source bien informée, enquêtent sans relâche sur cette affaire depuis deux semaines.

Carol McDonald, porte-parole de la préfecture de police, a confirmé l'arrestation, présentée comme l'aboutissement d'une longue enquête ayant permis de réunir de nombreuses preuves matérielles.

D'après un inspecteur, qui tient à rester anonyme, madame Gray aurait attiré sa victime en s'exhibant de manière provocante à la fenêtre de son appartement. Un rendez-vous amoureux, dont on ne connaît pas la nature, aurait suivi. Quand l'homme a menacé de tout révéler au mari de madame Gray, celle-ci l'aurait tué de plusieurs coups de couteau, toujours selon le même inspecteur. Le cadavre n'a pas encore été retrouvé.

Madame Gray, qui dirige sa propre agence de recrutement, sera officiellement inculpée de meurtre, de port d'arme illicite et d'outrage à la pudeur demain matin, par un tribunal de Manhattan.

Le nom de la victime n'a pas été révélé.

Je dois sans doute m'estimer heureuse. Au moins l'auteur de l'article ne s'est-il pas appesanti sur le « rendez-vous amoureux », laissant au lecteur le soin d'en imaginer la « nature ». Dieu merci, ma mère n'achète ni le *Post*, ni le *Daily News* qui, eux, n'ont pas dû avoir ce genre de scrupules. Je vois d'ici les titres : TUEUSE PERVERSE SOUS LES VERROUS, ou ARRESTATION D'UNE NYMPHOMANE MEURTRIERE...

Cela dit, pourquoi avoir donné mon adresse ? Les lecteurs ont-ils vraiment besoin de savoir où j'habite ? Pourvu que Walter ne soit pas importuné par des voisins qui, sans l'adresse, n'auraient même pas reconnu mon nom. Et n'allons-nous pas être expulsés par le syndic, ou nous voir refuser le renouvellement de notre bail le moment venu ?

Le lendemain matin, nouvelle lettre, d'un certain Charlie Donovan cette fois. Reporter à Channel 11, il veut venir m'interviewer à Rikers pour connaître ma version de l'affaire. Il est persuadé que ça intéresserait les téléspectateurs. Il joint un numéro de téléphone où je peux l'appeler en PCV.

Je serais ravie de donner ma version des faits. Je l'aurais volontiers fait devant les jurés si Sherry Lewis ne m'en avait empêchée. D'après elle, je ne pouvais qu'aggraver mon cas, en aidant sans le vouloir le procureur à éclaircir des points restés obscurs. Si je n'ai pas pu parler aux jurés, je me vois mal accorder des interviews à la presse.

Désolée, Charlie.

J'ai beau être libérable sous caution, je suis toujours enfermée vingt-trois heures sur vingt-quatre à cause du montant de ladite caution – supérieur à cinquante mille dollars. En revanche, on ne me traite plus comme une candidate au suicide. Apparemment, la règle veut qu'après une semaine sans avoir tenté de se pendre, on ne soit plus considérée comme sujet à risque. (Je me demande d'ailleurs avec quoi je me pendrais : on m'a retiré ma ceinture, mon foulard et mes lacets de chaussures. S'ils s'imaginent que je vais découper mon jean en lanières avec ma cuiller en plastique...) En tout cas, finies les visites toutes les vingt minutes ; extinction des feux six heures chaque nuit.

Juste au moment où je commençais à m'habituer !

Ne croyez pas pour autant que ma détention soit devenue une partie de plaisir. Ma cellule est toujours aussi exiguë, la nourriture toujours aussi immangeable, le règlement toujours aussi draconien. Si certaines gardiennes se montrent compréhensives, d'autres sont assez sadiques pour m'empoisonner l'existence. Je vis dans la crainte d'être sanctionnée pour « dissimulation » (j'ai gardé une petite brique de lait pour l'ajouter plus tard à mon café, et une autre fois, j'ai oublié de remettre un couteau en plastique sur mon plateau) ou pour « insubordination » (j'ai demandé à une gardienne d'attendre pour inspecter ma cellule que j'aie fini de faire mes besoins). Quant à mon heure de promenade quotidienne, elle tourne souvent au pugilat, soit qu'une codétenue ait décidé de s'en prendre à la couleur de ma peau, à ma religion ou à mon physique, soit qu'une autre me cherche querelle par tous les moyens pour passer le temps. On me bouscule, on me crache dessus, on me fait des croche-pieds ; on déchire mes vêtements et on me tire les cheveux ; je suis l'objet de menaces, de moqueries, d'insultes. Même mon surnom est tourné en dérision. Lizzie devient parfois « Lezbie », quelqu'un faisant circuler une rumeur selon laquelle je n'aimerais que les femmes.

Deux semaines exactement se sont écoulées lorsqu'on m'annonce une nouvelle visite. Je sais que ce n'est pas Walter : je lui ai fait promettre de ne pas s'infliger un nouveau trajet jusqu'ici.

Comme d'habitude, la porte de ma cellule s'ouvre et

on me conduit au parloir. En entrant, je jette un coup d'œil autour de moi. Les visites ont déjà commencé – plusieurs femmes sont avec leurs proches, mari ou compagnon, enfants, mère, sœur ou frère. Les pères brillent par leur absence. J'aperçois un visiteur seul à une table. Un Blanc d'une bonne cinquantaine d'années, chauve, en costume bleu marine avec une chemise blanche et une cravate rouge. Son air abasourdi confirme que ce n'est pas un habitué des lieux. Il surprend mon regard, se lève, esquisse un sourire. Je le rejoins.

– Jillian Gray ?

J'acquiesce, me préparant à apprendre qu'il est Charlie Donovan, le reporter de Channel 11 à la lettre duquel je n'ai pas répondu. Erreur.

– Je m'appelle Bryce Lancaster, déclare-t-il avec le plus pur accent WASP.

Nous échangeons une poignée de main. Je suppose que c'est permis. Il désigne la chaise vide à sa table et attend que je sois installée pour s'asseoir à son tour.

– Merci d'avoir accepté de me voir.

– Je ne suis pas vraiment débordée.

– Ce doit être horrible, pour une femme comme vous, de se retrouver enfermée dans un lieu pareil.

Il inspecte la pièce des yeux. Sans doute veut-il dire « en pareille compagnie ». Je ne réponds pas : inutile de le froisser avant d'avoir découvert qui il est.

– J'espère que vous vous rendez compte de la difficulté d'arriver jusqu'ici, reprend-il.

– Et pour en sortir, donc...

Il rit. Un petit rire poli comme je n'en ai pas entendu depuis longtemps.

– Qui êtes-vous ? dis-je.

– Bonne question. L'un des principaux responsables de Heritage Society, association charitable dont les membres – des hommes d'affaires, des femmes aussi – disposent de moyens financiers et d'appuis, disons... non négligeables. Sans tambours ni trompettes, nous cherchons des occasions justifiées d'en faire profiter le reste de la société.

– En quoi cela me concerne-t-il ?

Il enlève un brin de laine sur la manche de son veston avant de me répondre.

– Quelqu'un a évoqué votre cas lors de notre dernière réunion. Nous avons décidé de vous sortir d'ici.

J'ai la tête qui tourne, comme si mon cerveau était à court d'oxygène. Je me cramponne à la table.

– Vous allez me donner deux cent cinquante mille dollars ?

Une fois encore, il a un rire poli.

– Pas exactement. Mais nous sommes prêts à nous porter caution devant la justice.

– Où est la différence ?

– De cette façon, une fois l'affaire jugée, nous récupérons notre investissement.

– Et moi ?

– Vous êtes libérée sous caution.

J'en reste sans voix.

– Bien sûr, il y a certaines conditions...

J'aurais dû m'en douter.

– Vendre mon âme, mon premier-né...

Nouveau rire poli.

– Vous pouvez garder votre âme. Et d'après nos recherches, vous n'avez pas d'enfant. Mais si jamais vous en aviez un, croyez bien que nous n'avons aucune visée sur lui.

– Qu'attendez-vous de moi, alors ?

Il y a forcément une contrepartie. Les droits exclusifs sur mon histoire. Un pourcentage sur les dommages et intérêts pour arrestation injustifiée, une fois que tout sera terminé et que je traînerai la police en justice...

– D'abord, que vous respectiez à la lettre les contraintes imposées par votre libération sous caution. En d'autres termes, que vous promettiez de répondre à toutes les convocations et que vous ne quittiez pas la juridiction.

A première vue, rien de déraisonnable. Je n'ai aucune envie d'aller me cacher dans la forêt amazonienne.

– Pas de problème.

– Nous vous suggérons également de contribuer avec votre mari au paiement de la caution. Quinze ou vingt mille dollars suffiraient. Assez pour vous sentir impliqués. Plus tard, vous aurez l'impression d'avoir été aidés, et non pas entièrement pris en charge.

Là encore, rien d'insurmontable. Financièrement parlant, toutes nos économies y passeront, mais on peut voir les choses sous un autre angle : si ma caution s'était montée à vingt mille dollars, nous aurions cassé notre tirelire sans hésiter.

– D'accord.

– Enfin, nous avons le sentiment que votre défense laisse à désirer.

– Que voulez-vous dire ?

– Que votre avocate, cette Miss Lewis, est un peu dépassée par la situation. Nous aimerions vous savoir entre les mains de quelqu'un d'un peu plus chevronné. Et d'un peu mieux introduit.

Là, je ne le suis plus. Non que je sois totalement convaincue par Miss Lewis, mais je n'aime pas l'idée qu'on m'impose un avocat. Mon froncement de sourcils n'a pas échappé à Bryce Lancaster.

– Nous ne voyons pas d'inconvénient à garder Miss Lewis avec nous, au moins à ce stade de l'affaire. Mais nous aimerions qu'elle soit assistée par quelqu'un de notre équipe.

– Qui ?

– Jack Higgins.

J'ai un petit sifflement admiratif. Jack Higgins compte parmi les deux ou trois avocats les plus réputés de la ville, voire du pays, ceux qu'on appelle les ténors du barreau. Mais il n'est pas du genre à s'afficher avec les stars du show-biz. Toujours en costume trois pièces, lunettes cerclées de métal sur le nez, il monte au créneau quand les enfants des riches et des puissants de

211

ce monde ont des ennuis avec la justice. Bien sûr, ses honoraires ne sont pas à la portée du commun des mortels.

— Et qui va payer ?

— Nous. Jack est un ami.

On se croirait dans la Mafia.

— Pourquoi lui ?

Lancaster regarde ses boutons de manchettes.

— Tôt ou tard, quelqu'un découvrira l'intérêt que nous vous portons. Notre nom apparaissant sur la garantie bancaire, c'est inévitable. Or nous préférons être associés à des affaires qui finissent bien. Et Jack Higgins gagne toujours. C'est aussi simple que ça.

Je n'ai pas le choix : une offre pareille, ça ne se refuse pas. Si Jack Higgins gagne toujours — et tout ce que j'ai lu ou entendu dire à son sujet le confirme — l'avoir comme défenseur est un atout indéniable. En outre, si mes bienfaiteurs règlent ses honoraires, où est le problème ?

— Il faut que j'en parle à mon mari.

— Nous nous doutions que vous diriez cela. C'est pourquoi nous nous sommes permis de le contacter. A priori, il n'est pas contre. Vous pouvez l'appeler.

Joignant le geste à la parole, il sort un téléphone portable de sa poche et me le tend. J'ai un mouvement de recul, et vérifie aussitôt que personne ne nous voit.

— Rangez-moi ça, vous allez nous faire arrêter tous les deux !

Un téléphone portable est un moyen de communication, et en tant que tel formellement interdit dans l'enceinte de la maison d'arrêt, au même titre que les armes à feu ou les stupéfiants.

Lancaster sourit.

— Je croyais avoir mentionné les appuis dont nous bénéficions en haut lieu.

Il se tourne alors légèrement sur sa chaise, de manière à attirer l'attention de la gardienne qui surveille le parloir d'une cabine vitrée. Elle regarde le téléphone et approuve de la tête.

Je rêve !

Je compose le numéro de Walter à l'Université. Il répond à la première sonnerie, comme s'il attendait mon appel. Oui, il a longuement discuté avec Bryce Lancaster. Oui, il comprend ce qu'implique son offre. Oui, il est totalement pour, du moment que moi aussi.

– A toi de décider, Jilly. Mais il est temps que tu reviennes. J'aime mieux ne pas savoir comment je suis habillé depuis deux semaines. Ni ce que j'ai pu manger, d'ailleurs.

Pour la première fois depuis des jours, qui m'ont paru des mois, j'éclate de rire.

Je vais rentrer chez moi.

23

Il faut une journée et demie pour régler toutes les formalités nécessaires à ma libération. Walter doit vider nos comptes en banque et vendre (hélas !) toutes ses actions. Bryce Lancaster et lui doivent ensuite rencontrer un banquier. On m'emmènera une nouvelle fois au palais de justice pour que je signe la garantie bancaire. Et l'administration pénitentiaire vérifiera qu'elle n'a plus aucune raison de me garder. A une gardienne, je demande quels motifs pourraient empêcher ma libération.

— Une autre affaire en cours, des dettes impayées, des violations de liberté conditionnelle, une plainte des services d'immigration. Ce genre de chose.

Comme si l'administration pénitentiaire cherchait tous les prétextes possibles et imaginables pour ne pas rendre leur liberté à ses détenus. Elle finit quand même par envoyer un de ses cadres pour procéder à ma levée d'écrou – cet étrange jargon administratif est bien la seule chose qui me manquera une fois sortie. Enfin, après les innombrables retards et tracasseries, arrive le grand moment : la dernière grille s'ouvre devant moi. Je suis libre ! Je me jette dans les bras de Walter, m'offrant le plaisir oublié d'une longue étreinte. Le cheveu gras, les vêtements sales et froissés, je dois sentir aussi mauvais que si je sortais des égouts. Walter n'a pas l'air de s'en offenser : à la façon dont il me serre contre lui, il a dû trouver ces deux semaines aussi difficiles à supporter que moi.

Malgré l'état désastreux de nos finances, nous prenons un taxi. Les dix-huit dollars soixante-quinze de la course sont une dépense déraisonnable, mais Walter comprend mon besoin urgent d'être chez moi.

Jamais notre quartier ne m'a paru si beau, notre immeuble si accueillant. Le portier me salue avec un mélange de surprise et de curiosité. Lorsqu'il me demande de signer un accusé de réception, j'imagine un court instant qu'il veut un autographe pour ses petits-enfants. Ou je suis devenue une célébrité locale durant mon absence, ou je perds complètement la tête.

Dans l'appartement, je me déshabille et me fais couler un bain où je me prélasse des heures, ajoutant de l'eau chaude dès que la température baisse. Deux fois Walter m'appelle pour s'assurer que je ne me noie pas.

Il me demande si je veux dîner, mais non, je n'ai qu'une envie, me coucher, dans mon lit à moi. Sentir des draps propres contre ma peau, un oreiller sous ma tête. Je voudrais pouvoir disparaître totalement sous les couvertures.

– Je ne veux plus retourner là-bas. Plus jamais, dis-je.

Si Rikers Island appartient désormais au passé, ce n'est pas le cas du palais de justice. Dès le lendemain, je dois comparaître devant la cour d'assises, pour la lecture de mon acte d'accusation.

Nous avons d'abord rendez-vous avec Sherry Lewis. Elle semble sincèrement se réjouir de ma libération sous caution – dont elle ne savait rien avant que Walter ne l'appelle hier soir, alors que je dormais enfouie sous les couvertures.

En revanche, elle se réjouit beaucoup moins de devoir collaborer avec Jack Higgins :

– Si vous n'êtes pas satisfaits de mes services, vous pouvez changer d'avocat.

– Notre satisfaction n'est pas en cause. C'est juste une des conditions posées par Heritage Society. Je veux absolument vous garder.

Elle me lance un regard sceptique.

– Vous pouvez me croire, dis-je.

Elle finit par accepter ce nouvel arrangement, mais il est clair que son amour-propre en souffre. Quant à moi, je viens d'en apprendre un peu plus sur la nature humaine.

Finalement, la cour d'assises n'a rien d'impressionnant. La salle d'audience numéro cinquante ressemble étrangement à celle où j'ai comparu la dernière fois. Seule différence, elle ne se trouve pas au premier étage, mais au dixième. Et le juge Adlerberg remplace le juge Mogulescu.

Quand mon affaire est appelée, je me dirige vers la table et me tiens près de Miss Lewis. Le greffier annonce que je suis inculpée d'homicide et me demande si je plaide coupable ou non coupable.

– Non coupable, dis-je avec le plus d'assurance possible.

Miss Lewis et Harvey Rothstein, le procureur adjoint, demandent à parler au juge, avec lequel ils s'entretiennent quelques minutes. De ma place près de la table, je n'entends pas leur conversation, mais je les vois rire, comme à une histoire salace. Seul problème : cette histoire salace est la mienne. Sans doute évoquent-ils mon petit numéro de strip-tease, ou la cassette vidéo qui l'a immortalisé, ou encore le mandat de perquisition qui a permis de saisir mes soutiens-gorge. Après tout, je suis juste inculpée d'homicide. On a bien le droit de rire un peu, non ?

Le juge Adlerberg établit le calendrier des requêtes et demande au greffier d'engager la procédure, jargon auquel je ne comprends pas un traître mot. Il semble que l'administration pénitentiaire n'ait pas le monopole du langage codé.

– Prochaine audience en salle cinquante-deux avec le juge Goodman, annonce le greffier.

– La prévenue bénéficie d'une libération sous caution. De notre point de vue, la détention préventive serait préférable, déclare Harvey Rothstein.

J'ai l'impression que mon cœur va s'arrêter.

– A combien se monte la caution ? demande le juge.

– A deux cent cinquante mille dollars, répond le greffier. Le montant a été fixé par le juge Mogulescu, et la garantie bancaire est arrivée hier.

– Le risque de fuite hors de la juridiction est bien réel, insiste Rothstein.

Le juge n'en a pas l'air persuadé.

– Elle s'est présentée aujourd'hui, non ? Si vous y tenez, vous pourrez toujours en parler au juge Goodman la prochaine fois.

Sur ces entrefaites, il lève la séance. Un officier de police judiciaire me tend un papier avec la date de la prochaine audience, dans une semaine et demie. Je l'empoche et je quitte les lieux. Je croyais qu'une libération sous caution était irréversible. Et je découvre à présent que les règles peuvent changer d'une audience à l'autre, d'un juge à l'autre...

– Qui est ce juge Goodman ? dis-je à Miss Lewis dans le hall.

– Budgie ? Il a un caractère de cochon. A part ça, il est très bien.

Il ne manquait plus que ça...

D'après Walter, il serait utile que je rencontre Jack Higgins pour connaître sa stratégie, s'il en a une. J'appelle donc son cabinet, donne mon nom à sa secrétaire, demande un rendez-vous.

– Malheureusement, monsieur Higgins plaide une affaire. Je lui transmettrai votre message, mais je doute qu'il puisse vous voir avant une semaine. Pourriez-vous épeler votre nom ?

Je m'exécute. J'ai l'impression d'avoir pris rendez-vous chez mon gynécologue. Je n'aurais pas été surprise qu'on me demande la date de mes dernières règles.

Je m'efforce de retrouver mes habitudes, ce qui n'est pas facile. Mes deux semaines de détention ont laissé des traces. J'hésite à sortir, de peur de tomber sur des gens que je connais, qui me regarderont comme une nymphomane doublée d'une meurtrière. J'évite même le gardien et les portiers. J'ai des insomnies, et envie de dormir dans la journée. Walter prétend qu'avec le temps, mes rythmes de sommeil reviendront à la normale, ce dont je ne suis pas si sûre. Quant à la nourriture, j'avais oublié qu'elle avait autant de goût. Le contenu de mon assiette me met l'eau à la bouche, mais dès que je commence à manger, tout me semble trop salé, trop épicé, trop sucré. Et à la vue du riz, du pain, des pâtes et des pommes de terre – base de mon alimentation en prison – j'ai la nausée. Les côtes saillantes, je flotte dans mes vêtements et me garde bien de monter sur la balance.

Côté travail, j'ai à peine le courage d'écouter les messages que Walter a soigneusement conservés. Je suis inculpée d'homicide et je vais peut-être passer le reste de ma vie en prison. Difficile, dans ces conditions, de se démener pour aider un idiot de client à décrocher un job où il gagnera dix mille dollars de plus.

Moi, princesse de MOD-BOSS, jamais je ne me serais crue capable de parler ainsi. Mais c'est ce que je ressens, et il fallait que je le dise.

Un appel de Casey Burroughs, mon détective privé. Je suis pétrifiée. Va-t-il m'annoncer qu'il passe me prendre, que je dois subir une nouvelle séance d'identification au commissariat, une nouvelle prise de sang, un nouveau relevé d'empreintes ? A défaut, peut-être me prélèvera-t-on cette fois un morceau d'ongle ou un peu de moelle épinière ?

En fait, Burroughs a simplement envie de bavarder. Il a mené sa petite enquête pour tenter d'identifier la victime, m'explique-t-il. (Je note au passage son emploi du mot « victime » pour désigner l'homme, comme si je l'avais bel et bien assassiné. Alors que dans cette affaire, ce serait plutôt moi la victime. Mais mieux vaut ne pas relever.) Il a donc appris que l'appartement avait été acheté par la société Stover Properties Inc. pour la coquette somme de trois cent quarante cinq mille dollars. Objectif : héberger gratuitement pendant quelques mois les cadres de cette société récemment mutés à New York, le temps qu'ils trouvent un logement. Un certain Reginald Candy – premier locataire enregistré par le syndic de l'immeuble – n'a jamais emménagé, ayant loué un autre appartement par ses propres moyens. Quelqu'un a dû lui trouver un remplaçant, en la personne de l'inconnu. Toujours d'après Burroughs, le syndic n'a jamais eu connaissance du nom ni de l'adresse précédente de ce nouvel occupant, seulement du fait qu'il travaillait pour Stover Properties et venait d'arriver à New York. Burroughs a décidé de s'intéresser de plus près à cette société, mais ses recherches ne lui ont encore permis d'obtenir ni le nom du remplaçant de Candy, ni celui de la personne ayant procédé à ce changement de dernière minute.

— Et que sait-on sur cette société Stover ? dis-je.

— Pas grand-chose pour le moment. C'est une filiale d'un grand groupe, lui-même propriété d'une multinationale. Croyez-moi, c'est aussi compliqué que de remettre la main sur l'argent du dictateur Ferdinand Marcos.

Ça me rappelle vaguement quelque chose, mais quoi ? Sans doute la structure hiérarchique de Rikers Island – la série d'autorisations nécessaires à l'obtention d'un rouleau de papier hygiénique, ou d'un malheureux sparadrap.

Le calendrier établi par le juge Adlerberg oblige Sherry Lewis à rédiger plusieurs requêtes pour avoir accès à divers documents et disqualifier certaines preuves. A sa demande, je me rends à son bureau pour lui fournir les détails nécessaires.

– Disqualifier des preuves signifie les exclure de la procédure, m'explique-t-elle. Nous pouvons le faire – ou du moins demander à la cour de le faire – s'il y a eu violation de vos droits constitutionnels. Par exemple, si la police a perquisitionné chez vous de manière illégale, si on vous a interrogée sans vous rappeler vos droits, ou si un témoin vous a identifiée dans un contexte pouvant influencer son jugement.

Nous passons en revue les circonstances dans lesquelles ont été obtenues les preuves contre moi. La police avait un mandat pour perquisitionner mon appartement et saisir ce qu'elle voulait : elle est donc relativement inattaquable sur ce plan-là. Lors des interrogatoires, les policiers n'avaient apparemment aucune raison de me lire mes droits car je n'étais pas en garde à vue ; et après mon arrestation, ils se sont soigneusement abstenus de me questionner. Quant au témoin qui m'a identifiée, il l'a fait au cours d'une séance où rien n'obligeait la police à choisir des suspects de rechange me ressemblant.

Conclusion : si nous pouvons ralentir la procédure en faisant appel, nous n'avons aucune chance de voir la moindre preuve disqualifiée.

Ensuite, Miss Lewis me communique les informations transmises par le bureau du procureur. Bien qu'elle ne dispose pas encore des rapports officiels, Harvey Rothstein lui a appris que d'après les premiers résultats des tests ADN, le sang que j'ai fourni serait le même que celui de certaines taches présentes dans l'appartement de l'homme, mais pas toutes. Les autres contiendraient son empreinte génétique à lui. On a retrouvé mes empreintes digitales en plusieurs endroits de l'appartement. Le soutien-gorge découvert dans la chambre est d'une taille et d'une marque semblables à l'un de ceux saisis chez moi. Un cheveu resté sur l'oreiller de l'homme est identique à ceux qu'on m'a arrachés. Et un mégot de cigarette garde une légère trace rouge qui, à en croire les analyses, proviendrait d'un de mes tubes de rouge à lèvres.

Les choses ne se présentent pas très bien pour la défense.

– Vous n'auriez pas une bonne nouvelle ? dis-je.
– Si, bien sûr. Vous êtes sortie de prison, non ?
– En effet.

Mais celle-là, je la connaissais déjà.

Les cours d'été de Walter touchent à leur fin, ce dont je me félicite. Alors qu'à une époque, sa présence constante me pesait, je l'apprécie désormais. Non que nous fassions tout ensemble, mais je trouve réconfortant de le savoir près de moi, de pouvoir à nouveau lui rendre de menus services – choisir ses chemises, vérifier que ses chaussettes sont de la même couleur, l'aider à chercher quelque chose. Je sais bien qu'en mon absence, il s'est débrouillé seul pendant deux semaines ; mais je me rassure en me disant qu'il n'aurait pas tenu une journée de plus sans moi. A sa manière, d'ailleurs, il renforce ma certitude de lui être indispensable, me laissant plus souvent qu'auparavant voler à son secours et répondre à ses besoins, réels ou imaginaires. Tant que je n'en fais pas trop, il a même l'air ravi d'être l'objet de tant d'attentions.

Le temps, qui semblait s'être arrêté à Rikers Island, file à toute allure. J'ai l'impression que l'audience avec le juge Adlerberg en salle cinquante a eu lieu hier, et déjà je dois de nouveau comparaître, en salle cinquante-deux avec le juge Goodman. En prison, on est à l'affût du moindre imprévu : tout vaut mieux que cette interminable attente. Une fois dehors, en revanche, on voudrait freiner les événements, ralentir le mouvement. Einstein aurait sûrement pu expliquer le phénomène.

Budd G. Goodman – alias Budgie, pour Sherry Lewis et toute la profession – est un individu hyperactif aussi dépourvu de patience que de cheveux. A neuf heures trente, alors que la plupart des juges finissent tranquillement leur café en revêtant leur robe, Goodman est déjà sur son estrade, ou devant, ou derrière, ou à côté, ou à l'autre bout de la salle d'audience, voire un pied dehors. En lieu et place de la traditionnelle robe noire, il porte une vieille veste en velours fauve, un pantalon beige mal repassé et une paire de mocassins Hush Puppies. Sans doute sa période beige.

Il commence par faire l'appel des prévenus libérés sous caution, cochant au passage le nom des retardataires. Au fur et à mesure qu'ils arrivent, ils sont envoyés sans ménagement dans la cellule adjacente où ils restent enfermés plusieurs heures. Si c'est leur premier retard, on les relâche avec un avertissement. Les récidivistes n'ont pas cette chance. Sur les conseils de Sherry Lewis, j'ai été ponctuelle. Walter et moi avions même une heure d'avance, que nous avons passée à la cafétéria du palais de justice, où les petits déjeuners ne sont pas loin de valoir ceux de Rikers Island...

L'appel terminé, le juge Goodman annonce lui-même les différentes affaires au lieu de laisser ce soin au greffier, pratique également adoptée par les juges Mogulescu et Adlerberg. J'ai néanmoins le sentiment qu'en général, ce juge Goodman n'en fait qu'à sa tête.

Quand vient notre tour, Miss Lewis et moi nous avançons. Harvey Rothstein est invisible et l'autre procureur adjoint doit demander un délai pour tenter de le joindre.

– Je lui donne dix minutes. Depuis le temps, il sait à quelle heure commencent les audiences, répond le juge.

Nous nous rasseyons. Miss Lewis se réjouit du retard de Rothstein.

– Budgie va le lui faire payer, me souffle-t-elle.

Elle a raison. Rothstein arrive à dix heures moins dix, et le juge le fait attendre encore un quart d'heure avant d'ouvrir la séance.

– Je sollicite la remise en détention préventive de la prévenue, déclare Rothstein dès qu'il en a l'occasion.

– Deux cent cinquante mille dollars de caution ne vous paraissent pas une garantie suffisante ? demande le juge.

– Non, Votre Honneur.

– Miss Gray, au moins, est arrivée à neuf heures trente précises. C'est peut-être vous que nous devrions mettre en détention préventive, monsieur Rothstein, pour vous apprendre la ponctualité. Requête refusée.

Je m'autorise un petit sourire. Grosse erreur.

– Quant à vous, Miss Gray, vous pouvez garder vos sourires ! Vous êtes inculpée d'homicide, ne l'oubliez pas. Au premier retard, fût-ce d'une minute, je vous remets en détention ! Et je vous promets que vous ne ressortirez pas de sitôt !

– Oui, Votre Honneur.

Je me sens telle une écolière surprise en train de mâcher du chewing-gum, ou de passer à son voisin un mot lui disant qu'il est le plus beau de la classe.

Après avoir ordonné à Harvey Rothstein de lui adresser les minutes des délibérations du jury, le juge Goodman ajourne la séance pour trois semaines. Je suis Sherry Lewis dans le hall, avec l'impression d'être en plein théâtre de l'absurde.

Pendant une semaine, tout va bien. Jusqu'au soir où Walter répond au téléphone et me passe un correspondant inconnu. Il ne demande jamais qui appelle, je le lui reproche assez souvent. Mais ces temps-ci, je ne lui jetterai pas la première pierre.

– Oui ?

– Bonsoir, Miss Gray. Ici Bryce Lancaster. Désolé de vous déranger à cette heure tardive.

J'ai un instant d'égarement avant de retrouver la mémoire : Bryce Lancaster, un des responsables de Heritage Society. Mon bienfaiteur, grâce auquel j'ai été libérée sous caution.

– Comment allez-vous ?

– Très bien, merci. Malheureusement, je crois que nous avons un petit problème.

– Ah bon ?

– Rien de très grave, rassurez-vous. Mais il vaudrait mieux que nous nous voyions demain matin. Seriez-vous disponible à huit heures ?

Par les temps qui courent, à vrai dire, je suis disponible toute la journée.

– En principe oui. Où dois-je vous retrouver ?

– Pourquoi pas au cabinet de Jack Higgins ?

Il me donne une adresse sur Park Avenue, vers la 40ᵉ Rue. En la notant, je m'aperçois que ma main tremble un peu. Je me rassure en me disant que je n'ai pas écrit depuis longtemps.

Mais je ne suis pas dupe.

Le cabinet de Jack Higgins est situé au 44ᵉ étage d'un immeuble tout en verre. Il est à peine huit heures quand Walter et moi arrivons, et c'est déjà une ruche bourdonnante. Des secrétaires permanentées, des avocats en costume sombre et des créatures hybrides à mi-chemin entre les deux (sans doute des stagiaires) traversent sans arrêt le hall d'attente, les bras chargés de gros livres, de dossiers, de disquettes et de blocs sténo. Ici, à l'évidence, on ne chôme pas : ni tasse de café ni viennoiserie en vue.

Bryce Lancaster apparaît à huit heures précises, accompagné d'un sosie de Charlton Heston, avec quelques années de plus. Je ne saisis pas son nom au moment des présentations, et n'ose pas le faire répéter.

Sans s'annoncer ni attendre d'y être invité, Lancaster nous entraîne dans un couloir moquetté. Impressionnée par son assurance, je m'interroge sur ses rapports avec Higgins. A cause de la réputation de ce dernier, je m'attendais à le voir prendre la direction des opérations. J'en suis moins sûre à présent.

Jack Higgins se lève à notre entrée. Il est plus petit que je ne croyais. Lorsque je l'ai vu plaider à la télévision ou répondre aux questions des journalistes sur les marches du palais, il émanait de lui un certain charisme, moins apparent maintenant qu'il est en face de moi. Mais son sourire est chaleureux, comme sa façon de venir spontanément échanger une poignée de main avec nous.

Lancaster préside la réunion, et il va droit au but.

– Nos membres se sont réunis hier après-midi et ma proposition de me porter garant pour votre caution semble avoir été un peu prématurée.

Je suis stupéfaite.

– Comment est-ce possible ?

– Croyez bien que j'en suis le premier surpris. Et le premier gêné. Apparemment, une majorité de nos membres pense que nous n'avons pas à nous mêler d'une affaire d'homicide, surtout aussi... scabreuse.

Tout cela n'annonce rien de bon. Walter prend ma main dans la sienne.

– Quelles sont les conséquences pour nous ? demande-t-il.

– Nous allons devoir retirer notre garantie, je le crains. Et si vous n'avez pas d'autre financement possible, votre épouse devra retourner en prison.

225

— C'est impossible ! dis-je. Vous avez pris un engagement. Nous avons en quelque sorte passé un contrat.

— Malheureusement, monsieur Lancaster a raison, intervient Higgins. Un garant garde toujours le droit de revenir sur sa décision.

— Je suis extrêmement ennuyé du tour que prend cette affaire, reprend Lancaster. Mais je ne suis pour rien dans la décision finale. D'une certaine façon, je suis pris entre deux feux. Vous me comprenez, j'espère.

Comprendre ? Ce que je comprends, c'est que le sol se dérobe sous mes pieds. Facile, dans un luxueux bureau de Park Avenue, de se prétendre gêné, extrêmement ennuyé, pris entre deux feux ; en attendant, c'est moi qui vais retourner à Rikers Island. Je me vois déjà enfermée de nouveau vingt-trois heures sur vingt-quatre dans ma cellule minuscule, insultée et menacée pour un oui ou pour un non. « Regardez qui voilà, les filles ! Notre vieille amie Lezbie ! » J'en ai les larmes aux yeux. Je voudrais tellement me montrer adulte et ne pas me laisser abattre. J'aurais sincèrement pu rester en prison. Mais m'en avoir fait sortir pour m'y renvoyer aussi vite, c'est vraiment trop cruel !

Les larmes roulent sur mes joues. De la main, je tente en vain d'endiguer ce torrent. Je m'entends dire que je n'irai pas, que je n'en aurai pas la force.

— Je crois que vous n'avez pas le choix, déclare Higgins.

— Peut-être que si, en fait...

Tous les regards, même celui de Walter, se tournent vers le clone de Charlton Heston, qui n'a encore pas ouvert la bouche.

— Peut-être que si, répète-t-il. Après tout, il y a peut-être un moyen.

Lancaster saisit l'occasion pour expliquer la présence de son mystérieux acolyte. J'ai la très nette impression d'assister à une mise en scène soigneusement orchestrée. Peu importe, d'ailleurs : pour ne pas retourner à

Rikers, je suis prête à tout entendre, même les suggestions les plus farfelues.

– A la fin de notre réunion d'hier, commence Lancaster, j'ai pris la liberté de contacter monsieur Worthington ici présent...

Voilà donc comment il s'appelle. Dommage. L'idée d'avoir un Lancaster et un Heston dans mon camp ne me déplaisait pas.

– ...Il est spécialiste du rachat de sociétés, de petites sociétés en particulier. J'ai pensé qu'une agence de recrutement pouvait l'intéresser.

– Mon agence n'est pas à vendre, dis-je à travers mes larmes.

– Même pas pour deux cent trente mille dollars ? demande Worthington.

Un silence de mort lui répond. Walter me serre plus fort la main, comme pour m'inciter à parler. Une seule question me vient à l'esprit :

– Qu'est-ce que je deviendrai ?

– Vous continuerez à travailler pour la société. Je serais prêt à vous verser un salaire confortable, très confortable même, assure Worthington.

– Alors où serait la différence ?

– Il n'y en aurait pratiquement pas. Techniquement parlant, je prendrais le contrôle du capital. Mais vous resteriez responsable du fonctionnement au jour le jour de l'agence.

– Je n'ai pas de capital.

– Bien sûr que si. Vos dossiers, vos contacts, vos listings, votre motivation.

Tout ça me paraît trop simple pour être honnête.

– Et votre motivation à vous ? Pourquoi faites-vous ça ? Qu'avez-vous à y gagner ?

– D'abord, mon ami Bryce m'a un peu forcé la main. Apparemment, il s'en veut de vous avoir mise dans cette situation. D'autre part, autant vous l'avouer, cette transaction pourrait avoir des retombées intéressantes sur le plan fiscal.

J'ai soudain envie de sortir d'ici, de quitter cet univers feutré, lambrissé, et ces technocrates aux phrases onctueuses.

— Ai-je droit à un délai de réflexion ?

— Certainement, me répond Worthington.

— Mais ne tardez pas trop, enchaîne Lancaster. Les membres de l'association m'ont laissé vingt-quatre heures. J'ai rendez-vous demain matin à neuf heures et demie avec le juge Goodman pour annuler la garantie. Si vous acceptez que l'argent de monsieur Worthington se substitue au nôtre, il suffira de refaire les formulaires. Sinon...

Il n'a pas besoin d'aller plus loin. Je sais parfaitement à quoi m'attendre.

Une fois rentrés, Walter et moi discutons de cette étrange proposition qui ne nous enthousiasme ni l'un ni l'autre. Mais Walter est encore plus déterminé que moi à m'épargner un nouveau séjour à Rikers Island, séjour qui pourrait durer des mois – à ce que j'ai entendu dire, il faut en moyenne un an pour qu'une affaire d'homicide soit jugée.

— Pas question que tu repartes là-bas, déclare-t-il. Je sais ce que ton agence représente pour toi, Jilly. Mais ta liberté est autrement plus importante. Laisse ce Worthington ajouter un trophée à son tableau de chasse. Qu'il obtienne sa réduction d'impôt, quel qu'en soit le montant. Et quand cette affaire sera terminée, quand nous récupérerons l'argent de la caution, on pourra toujours racheter l'agence.

— S'il veut la revendre...

— S'il refuse, tu auras deux cent cinquante mille dollars d'économies.

— *Nous* aurons...

— Donc tu acceptes ?

Oui, en désespoir de cause, j'accepte de vendre mon âme, ou du moins mon agence, pour ne pas retourner à Rikers Island. Incapable d'annoncer moi-même la nouvelle à Worthington, je confie à Walter le soin de l'appeler. En milieu d'après-midi, un coursier m'apporte un contrat en quatre exemplaires, avec la consigne d'attendre le temps que j'en prenne connaissance et que je le signe. Beaucoup de jargon juridique, et deux pages de notes en petits caractères. Je parcours l'ensemble de mon mieux, le cœur serré à la lecture de certaines phrases en caractères gras. On me demande de m'engager à « ... *céder tous les actifs de la société [...] à renoncer à tout contrôle sur les décisions exécutoires et stratégies commerciales (y compris un éventuel changement de nom) [...] en échange d'un salaire annuel de 100 000 $ et d'avantages mentionnés dans l'Annexe A, le tout garanti pour cinq ans à compter de la signature du contrat.* »

Suivant les instructions, je porte mes initiales au bas de chaque page et ajoute ma signature à côté de celle de Worthington. Il aura suffi de cinq minutes pour transformer la princesse de MOD-BOSS en marionnette, en secrétaire, en obscure employée d'un grand groupe anonyme.

Je tends les contrats signés au coursier qui me remet une enveloppe en échange. Je l'ouvre. Elle contient un chèque certifié de deux cent cinquante mille dollars, à l'ordre du greffe du tribunal.

Le lendemain, nous sommes de nouveau convoqués par le juge Goodman pour l'enregistrement du changement de garantie. Lancaster m'a affirmé qu'il s'agissait d'une simple formalité et que je n'avais pas besoin d'arriver avant midi, heure à laquelle les documents seraient prêts. Je me présente néanmoins dès neuf heures quinze, pour mettre toutes les chances de mon côté. Sage décision puisque le juge Goodman me reconnaît et me sourit, apparemment satisfait de ma ponctualité.

Quatre jours plus tard, une lettre recommandée m'informe de la mise en liquidation officielle de l'agence Recrut'mod Services. Mon salaire et les avantages garantis par contrat me seront bien sûr versés.

24

J'AI un peu l'impression d'avoir subi un deuil. Il m'avait fallu des années pour monter mon agence, et elle a disparu en un clin d'œil. En plus, je me sens coupable de sa disparition ; coupable de m'être fourrée dans un tel guêpier que pour en sortir, j'ai dû vendre le fruit de douze ans d'efforts. A un inconnu, de surcroît. Et à peine vendue, plus d'agence ! Mise « en liquidation »...

Je reçois une nouvelle lettre, cette fois avec les instructions sur la marche à suivre. Une entreprise de déménagement va venir chercher tous mes dossiers. Les comptes de ma société sont désormais sous le contrôle d'un liquidateur. Je ne peux plus faire ni retrait ni versement, ni payer la moindre facture. Je ne dois plus utiliser les cartes de crédit et cartes de visite au nom de l'agence, ni mon fax, ni ma ligne téléphonique professionnelle. Recrut'mod Services n'ayant plus d'existence légale, je dois interrompre toute activité de recrutement ou de conseil. Un chèque de huit mille trois cent trente trois dollars représentant mon premier mois de salaire accompagne la lettre.

Comme un automate, je rassemble mes dossiers, disquettes, agendas, carnets d'adresses, cartes de visite, fournitures diverses. De quoi remplir trois cartons. Deux déménageurs sonnent, emportent le tout sur un chariot, et je me retrouve debout au milieu du séjour, un reçu rose à la main.

La seule trace de mes douze années de travail.

– J'ai appelé Vince Lamonica, le doyen de la faculté de sciences économiques, annonce Walter. Il ne voit pas comment on peut obtenir une déduction fiscale en liquidant une société achetée une semaine auparavant. Pour lui, cette histoire ne tient pas debout.

– Comment expliques-tu ça, alors ? Pourquoi quelqu'un m'offrirait-il deux cent trente mille dollars, sans parler des cinq cent mille que je vais toucher au cours des cinq prochaines années, pour une société qui ne l'intéresse pas ?

– Peut-être voulait-il simplement t'aider à sortir de prison, et il ne voyait pas d'autre moyen. Tu sais, un raider ne se refait pas. C'est un macho. Pas le genre à faire étalage de sa générosité et de sa compassion.

Décidément, Walter fait plus de crédit que moi au genre humain.

Un appel de Casey Burroughs.

– Je crois que j'ai levé un gros lièvre ! Vous vous souvenez de Stover Properties, la firme qui a acheté l'appartement en face du vôtre ?

Je réponds que oui, vaguement.

– Eh bien j'ai enfin pu remonter jusqu'à la société mère. J'ai eu du mal, mais j'ai réussi. Ce n'est pas une PME, plutôt un des cinq cents groupes les plus importants de ce pays. Je dois voir un des grands patrons cet après-midi, un de ces types qui se font dans les deux millions de dollars par an. Il a promis de me révéler l'identité de votre mystérieux inconnu et son rôle dans le groupe. Souhaitez-moi bonne chance !

Ce que je m'empresse de faire.

Maintenant que je n'ai plus d'obligations profession-
nelles, je ne sais pas comment occuper mes journées.
Je peux difficilement passer plus d'une heure, deux au
maximum, à lire le *New York Times* sur mon canapé.

Je fais des promenades avec Walter, mais il se fatigue
vite et demande à rentrer écouter les cassettes qu'il vient
de recevoir. Je vais à la bibliothèque, où rien ne me
tente, ni au supermarché, d'ailleurs. Même chez le fleuriste, les fleurs me semblent défraîchies.

De retour à l'appartement, je m'installe devant mon
ordinateur, vidé de tous ses logiciels et fichiers professionnels. J'écrirais bien une lettre, mais à qui ? Je vérifie
le fax, silencieux depuis des jours. Je décroche mon téléphone, porte le combiné à mon oreille : pas de tonalité.

Autant de rappels que Recrut'mod Services n'a plus
de réalité. Comme si Jillian Gray, la chasseuse de têtes,
n'avait jamais existé. Je sais que je dois m'y habituer, et
faire une fois pour toutes mon deuil de l'agence.

Facile à dire...

Au bout de trois jours, je décide d'appeler Worthington. Peut-être que s'il m'explique ce qui l'a incité à
acheter mon agence pour la liquider une semaine plus
tard, j'y verrai un peu plus clair et pourrai enfin tourner
la page.

Je sors la photocopie de son chèque – celui avec mon
premier mois de salaire – faite avant de le déposer à la
banque. Je vérifie le nom de l'émetteur :

WORTHINGTON ENTERPRISES, LTD.
LONDON – NEW YORK – PARIS – TOKYO

Pas d'adresse, ni de numéro de telephone. J'ouvre
l'annuaire à la lettre W : pas de Worthington. J'appelle
les renseignements, devinant la réponse.

– Désolé, nous n'avons personne de ce nom.

Je parcours l'exemplaire du contrat laissé par le coursier. Le nom « Worthington Enterprises Ltd. » apparaît au moins une dizaine de fois, et la signature de Charles F. Worthington figure au bas de la dernière page. Aucune adresse là encore, ni même un numéro de boîte postale.

J'essaie d'appeler Bryce Lancaster, sûre qu'il aura le numéro de Worthington. Je m'aperçois alors que je n'ai pas davantage le numéro de Lancaster, ni celui de Heritage Society. Je rouvre l'annuaire, rappelle les renseignements : même scénario que précédemment.

J'aligne les pages du contrat devant moi sur mon bureau. Je regarde le chèque en pleine lumière. Tout cela est réellement arrivé, me dis-je. Je ne l'ai pas inventé. Quelqu'un s'est bien porté garant de ma caution, et par deux fois. On m'a bien envoyé un chèque de huit mille trois cent trente trois dollars. Je ne rêve pas. Ce n'est pas le produit de mon imagination.

J'appelle le cabinet de Jack Higgins. Lancaster et lui avaient l'air de bien se connaître ; Lancaster semblait même diriger les opérations. Si quelqu'un peut le contacter, c'est Higgins.

— Désolée, me répond une secrétaire. Monsieur Higgins est absent pour deux semaines. Puis-je vous passer quelqu'un d'autre en attendant ?

— Je croyais qu'il avait une affaire à plaider ?

— En effet, mais le procès s'est terminé hier. Monsieur Higgins prend des vacances bien méritées.

Grand bien lui fasse.

Je ne vois plus vers qui me tourner. Machinalement, je compose le numéro de Sherry Lewis. Elle, au moins, est là.

— Faites vite, me dit-elle. Je vais à des obsèques et je suis déjà en retard.

— Toutes mes condoléances. C'est un proche ?

— Un ami. D'ailleurs, vous le connaissez. Enfin, vous le connaissiez.

— Qui est-ce ?

— Casey Burroughs, le détective privé. On a retrouvé

234

son corps dans son appartement il y a deux jours. Apparemment, il voulait utiliser son four et avait ouvert le gaz sans allumer le brûleur. La police a conclu à un accident, sans doute lié à un excès de boisson.

– Excès de boisson ?

– En bon Irlandais, Casey avait un faible pour le whisky. L'Irish Mist, en particulier.

Je raccroche. Un accident lié à un excès de boisson ? Un faible pour le whisky ? Casey Burroughs m'a téléphoné il y a trois jours. Il jubilait d'avoir réussi à remonter jusqu'à la société mère de Stover Properties. Que m'avait-il dit, déjà ? Qu'il s'apprêtait à rencontrer un « grand patron », qui devait lui révéler l'identité de notre disparu. Et maintenant, Casey Burroughs est mort.

La sonnerie du téléphone me fait sursauter.

– Oui ?

– C'est encore moi...

Je reconnais la voix de Sherry Lewis.

– Il faut vraiment que j'y aille, mais je préfère vous prévenir : la police a arrêté un certain George McMillan hier soir. Ce nom vous dit quelque chose ?

– C'est un de mes clients. Enfin, c'était.

J'ai soudain l'impression de devoir tout mettre au passé.

– Dans l'appartement du disparu, la police avait trouvé une pochette d'allumettes de l'hôtel Royalton, avec un numéro de téléphone inscrit à l'intérieur. Celui d'un téléphone portable appartenant à ce monsieur McMillan, semble-t-il. Vous ne vous seriez pas entretenue avec lui à l'époque de la disparition ? En tout cas, la police en a conclu qu'il vous avait aidée à vous débarrasser du cadavre, et elle l'a inculpé de complicité d'assassinat. C'était le chaînon manquant de leur enquête. Enfin, jusqu'à maintenant.

– George McMillan ? Vous plaisantez !

– J'aimerais bien. Mais ce n'est pas tout. Le procureur envisage de réunir les jurés pour demander une inculpation définitive après la découverte de cette nouvelle preuve. Il serait alors en position de force pour convaincre le juge de vous remettre en détention préventive.

— Il peut vraiment faire ça ?

— Soyez sûre qu'il va essayer.

— Il lui faudra combien de temps ?

— Deux ou trois jours au plus.

Dire qu'il y a une heure, je me plaignais de m'ennuyer, de ne savoir que faire de mon temps ! Et voilà que le ciel me tombe sur la tête ! Charles Worthington et Bryce Lancaster se sont évanouis dans la nature. Comme par hasard, Jack Higgins a pris deux semaines de congé. Casey Burroughs est mort. George McMillan s'est fait arrêter. Et je ne vais pas tarder à retourner en prison.

Décidément, le sort s'acharne contre moi...

Avec l'aide de Walter, je parviens à obtenir quelques informations sur la situation de George McMillan, qui a comparu il y a une heure. Mis en détention préventive, il est libérable sous caution contre sept mille cinq cents dollars, et serait dirigé sur The Tombs, maison d'arrêt attenante au palais de justice. Walter et moi fonçons à la banque. Sur les huit mille trois cent trente-trois dollars dont mon compte vient d'être crédité, nous en retirons huit mille en coupures de cent dollars, sous l'œil soupçonneux de l'employé. Je n'ai jamais vu tant de billets de ma vie. Je les confie à Walter. Nous hélons le premier taxi qui passe et demandons au chauffeur enturbanné de nous conduire à la prison du palais de justice.

Il nous faudra plus de trois heures pour soustraire George à l'administration pénitentiaire. Encore un peu sonné, il a cependant affronté l'épreuve avec le courage d'un ex-Marine.

— Deux petits Blacks du Bronx voulaient soi-disant

m'emprunter mon blouson, mais ils ont trouvé à qui parler.

En réussissant à faire libérer George sous caution, nous épargnons sans doute à la ville une nouvelle série d'émeutes raciales.

– Le seul problème, continue-t-il, c'est que je peux faire une croix sur le poste chez Polo. Je devais commencer aujourd'hui.

– Oh non !

– Ne vous en faites pas. De toute façon, ça n'aurait jamais marché. Pas avec cette bande d'efféminés en jean branché, qui passent leur temps à s'échanger des marques de thé et d'infusions.

– Donc, vous êtes au chômage.

George enlève un cafard de son pantalon.

– De fait, oui. Je me suis plus ou moins grillé chez Perry Ellis. En partant, je leur ai dit ce qu'ils pouvaient faire de leur sale boîte. Je peux vous répéter la phrase exacte.

– Ce n'est pas nécessaire.

– Vous n'auriez pas d'autres pistes en vue, par hasard ?

– Peut-être, si vous avez envie de jouer les détectives privés.

Walter hausse les sourcils.

– C'est dangereux ? demande George.

– Ça pourrait le devenir.

– Alors je suis votre homme !

25

UNE ancienne chasseuse de têtes dans l'industrie du prêt-à-porter, un ex-Marine au chômage et un professeur de littérature anglaise, aveugle de surcroît. Drôle d'équipe, non ? Mais le temps nous manque pour recruter des hommes de l'art : d'après les calculs de Sherry Lewis, il me reste deux ou trois jours au plus avant d'être convoquée par le juge Goodman et renvoyée à l'Anna M. Thompson Memorial Pavillion. Si l'occasion fait le larron, me dis-je, le désespoir fait les détectives privés.

Sherry Lewis m'a donné l'adresse de Casey Burroughs. Il habitait un studio au troisième étage d'un immeuble sans ascenseur, dans le quartier de Sunset Park à Brooklyn. Une chose est sûre, son loyer ne devait pas le ruiner.

Le gardien nous toise avec méfiance lorsque nous lui expliquons que Walter est le frère de Casey, venu spécialement de Cincinatti, et George son ancien capitaine dans les Bérets Bleus.

— Bleus ? Ils n'étaient pas plutôt verts ?

— Dans les Forces Spéciales, oui. Nous, les Bleus, on était les troupes d'élite, explique George.

— Jamais entendu parler.

— Normal. Nos opérations étaient ultra-confidentielles.

Le gardien continue de nous dévisager l'un après l'autre. Devant Walter, il semble se radoucir. « Pourquoi un aveugle s'inventerait-il un frère mort ? » doit-il se dire. Les cinquante dollars que je lui glisse n'y sont sans doute pas pour rien non plus. C'est ce que tout le monde faisait dans les vieux films policiers en noir et blanc, non ? D'ailleurs, ça marche !

– D'accord, mais n'y passez pas la journée, déclare-t-il, empochant les billets et vérifiant furtivement que personne ne l'a vu.

Le studio est exigu mais propre. A voir les cartons de dossiers, il servait aussi de bureau à Casey. Il y a une penderie pleine de vêtements, des photos de famille sur les murs, ainsi qu'un nombre impressionnant de bouteilles d'Irish Mist, vides... Aucune trace de bagarre ou de coup monté, du moins pas à nos yeux inexpérimentés. D'après le gardien, c'est le voisin du dessus qui a senti une odeur de gaz et appelé la police. De peur que l'immeuble saute, ils ont fait évacuer tout le pâté de maisons en attendant que la compagnie Brooklyn Union vienne fermer la vanne. Lorsqu'ils ont pu entrer dans le studio, Casey était mort. Ça s'est passé il y a trois jours, et pourtant il reste une vague odeur de gaz ; à moins que ce ne soit celle du pauvre Casey.

Walter s'assoit pendant que George et moi fouillons le studio. Ce que nous espérons trouver ? Peut-être un indice de la rencontre avec ce fameux « grand patron », que Casey attendait impatiemment.

Souhaitez-moi bonne chance, m'avait-il dit. Ses derniers mots ?

Au bout d'une vingtaine de minutes, George tombe sur l'agenda de Casey, un de ceux où une semaine entière de votre vie tient sur deux petites pages. Pour Casey, apparemment, ça suffisait. Hormis ses frais professionnels, quelques rendez-vous et convocations au tribunal, il y notait surtout les achats urgents, les vêtements à retirer au pressing, la date de paiement de son loyer et ses réunions des Alcooliques Anonymes. Gênée de mettre ainsi mon nez dans l'existence d'un homme qui vient de mourir, je tourne les pages jusqu'à la semaine en cours, impatiente de découvrir quel jour Casey devait rencontrer le « grand patron » pour apprendre qui se cache derrière Stover Properties.

Mais les deux pages correspondantes ont été arrachées, ou plutôt découpées, afin de ne pas attirer l'attention. Sauf de quelqu'un voulant à tout prix les retrouver, comme moi. Hélas, j'arrive trop tard.

– Décalquez les traces sur la page suivante. C'est ce que font les Feds, dit George.

Je me garde bien de lui demander qui sont les « Feds » : une fois lancé, plus moyen de l'arrêter. Je prends un crayon et frotte doucement la mine à l'endroit où pourraient se trouver quelques mots en surimpression.

Rien.

– Vérifie la poubelle, suggère Walter.

Facile à dire pour lui...

Casey Burroughs n'était pas un fan du recyclage. Il jetait tout dans la même poubelle sous le plan de travail de son coin cuisine. Le contenu a mal vieilli. A l'ouverture du couvercle, une peau de banane, une boîte de raviolis à moitié pleine et un bout de pain moisi dégagent une odeur écœurante. Il y a aussi de vieux journaux, des lettres déchirées et un carton de lait (vide, Dieu merci), le tout saupoudré d'une centaine de mégots.

Nous étalons ce trésor sur une serviette éponge. Je me retiens pour ne pas vomir et Walter se réfugie à l'autre bout de la pièce. Histoire de mettre un peu d'ambiance, George décrit la puanteur d'un cadavre vieux d'une semaine, avec lequel il s'était trouvé nez à nez dans une tranchée à la sortie de Binh Dinh.

Nos efforts sont pourtant récompensés, sous la forme d'un ticket jaunâtre délivré par un parking situé au 347, Madison Avenue. Il est daté, indiquant même l'heure d'arrivée et de départ :

240

ARRIVÉE :	13 08
DÉPART :	14 22
SOMME DUE :	21.75 $

Merci !

Qui a dit que cette ville était chère ?

Dans la Buick de George, nous repartons vers Manhattan. La circulation, intense sur le Brooklyn Bridge, se ralentit encore au fur et à mesure que nous roulons vers le nord. Nous avons tout le temps de voir un numéro 345 et un numéro 349 sur Madison Avenue – même un numéro 350 à la façade impressionnante juste en face – mais pas de 347. Il se trouve en fait au coin de l'avenue, sur la 44e Rue, et c'est uniquement un parking : le Chilton Parking Authority.

George demande à Walter de nous attendre dans la voiture sur la 44e Rue pendant que lui et moi partons à la recherche de Stover Properties. Aucun de nous n'a les moyens de payer près de vingt-deux dollars pour une heure de stationnement...

– Si un flic vient vous casser les pieds, dites-lui que vous allez tourner dans le quartier jusqu'à notre retour, ajoute George.

– D'accord, répond Walter en se glissant derrière le volant.

Je me demande soudain s'ils ne parlent pas sérieusement...

Rien d'intéressant au 345 Madison Avenue. Stover Properties n'apparaît ni sur le tableau du hall, ni dans le registre de l'agent de sécurité. Et ce nom ne dit rien au garçon d'ascenseur. Même chose au numéro 349.

Nous traversons l'avenue.

– Jamais deux sans trois, prédit George, l'air sombre.

– Il ne faut jamais désespérer, dis-je.

Le numéro 350 est un gratte-ciel d'au moins cinquante étages. Et quelqu'un s'est cru obligé de lui donner un nom, comme au Chrysler Building ou au Woolworth Building. C'est le OneCorp Building.

Mais tous ces étages et tous ces bureaux n'abritent apparemment aucune société du nom de Stover Properties.

Jamais deux sans trois...

George insiste pour nous reconduire. Alors qu'il s'est fait arrêter à cause de moi, il ne semble pas m'en vouloir le moins du monde. Au contraire, il paraît enchanté de cette diversion imprévue, et de pouvoir m'aider à élucider cette ténébreuse affaire. Une preuve de plus que c'est dans l'adversité qu'on reconnaît ses vrais amis. Pour le remercier, je l'embrasse sur la joue quand il nous dépose devant chez nous.

— En quel honneur ? demande ensuite Walter d'un ton inquisiteur.

— Quoi donc ?

— Ce baiser.

— Tu me fais une scène ?

— Pardon. Je n'aurais pas dû m'énerver.

— Moi non plus. Mais George McMillan, franchement !

— Je ne pouvais pas savoir qu'il n'avait rien d'un playboy. Je suis aveugle, après tout.

Le reste de la journée est à l'image de cet échange. Walter, qui s'est montré jusque-là d'une patience angélique, finit par admettre qu'il appréhende de me voir repartir pour Rikers Island.

— Je ne supporte pas l'idée que tu puisses retourner là-bas. Tu n'imagines pas à quel point je suis perdu sans toi.

Pas d'autodérision, pour une fois. Sa franchise me touche. Même si j'ai aussi peur que lui.

Plus tard, alors que nous sommes allongés côte à côte dans l'obscurité, je lui demande ce que nous allons faire.

– Aucune idée.

– On pourrait s'enfuir.

C'est la première fois que je lui en parle ouvertement, mais j'y pense depuis deux ou trois jours. Depuis que de nouvelles menaces se précisent.

– Pour s'enfuir, il faut de l'argent. Tu oublies que nous n'avons plus un sou, répond Walter.

Dois-je y voir un reproche déguisé ? Pourquoi s'en priverait-il ? C'est bien dans le paiement de ma caution que sont passés nos vingt mille dollars d'économies, non ? A moins qu'il fasse simplement preuve de réalisme. Il doit en effet falloir beaucoup d'argent pour s'enfuir.

Je ne réussis pas à m'endormir avant trois heures du matin.

Après quelques heures d'un sommeil agité, j'entame ce qui pourrait bien être ma dernière journée de liberté avec une migraine atroce. J'avale trois aspirines en même temps que mon café. Au bout d'une heure, la migraine s'estompe, mais je garde un sifflement dans les oreilles.

Je n'ose pas sortir. J'imagine les inspecteurs postés au coin de la rue, prêts à bondir sur moi pour me conduire au commissariat du 20e district et m'arrêter. Plusieurs fois, je me surprends à aller vérifier dans ma chambre, cachée derrière le rideau, si je n'aperçois pas Carrington, Donna Fernandez ou Voix Rauque. Je sais qu'ils sont là à me guetter.

J'appelle Sherry Lewis pour savoir si elle a du nouveau concernant mon inculpation définitive. Sa secrétaire me répond qu'elle est au palais et ne rentrera pas avant treize heures.

– Voulez-vous qu'elle vous rappelle ? demande-t-elle.

– Non, ce n'est pas la peine.

Ce que je ne lui dis pas, c'est que je ne supporte plus la sonnerie du téléphone. A chaque fois, je tremble à la pensée qu'il s'agisse de l'appel tant redouté, celui qui me renverra à Rikers.

Vers midi, Walter descend chercher le courrier. Je lui fais promettre de ne pas sortir, de remonter aussitôt. De peur que des policiers débarquent en son absence, et que je doive les affronter seule.

Il s'absente moins de dix minutes, qui me paraissent une éternité. Avant de détacher la chaîne de sécurité, je vérifie que c'est bien lui. Tout en sachant que cette piètre protection n'empêcherait pas la police d'enfoncer la porte, comme la dernière fois.

J'ouvre le courrier, en me rappelant que je dois retourner tout chèque à l'ordre de Recrut'mod Services. Mais ce matin, il y a surtout des catalogues, des publicités et des factures, et un mot du gardien annonçant une coupure d'eau pour demain. Ainsi qu'une enveloppe de la compagnie d'assurances First Fidelity, dont je n'ai jamais entendu parler.

A ma connaissance, nous n'avons jamais souscrit de contrat chez eux. Je déchire l'enveloppe, et la voilà enfin, la manne tombée du ciel, sous la forme d'un chèque de vingt mille dollars à l'ordre de Walter et moi. Avec une lettre nous informant qu'il s'agit de la somme que nous avions versée pour participer au paiement de la première caution.

— Ils nous remboursent ! On peut s'enfuir, maintenant, dis-je.

Je lis à Walter le montant du chèque et le contenu de la lettre. Il réfléchit quelques instants.

— Ce n'est pas notre argent. C'est celui de Worthington. Souviens-toi, il a versé deux cent cinquante mille dollars pour la caution. Or il a acheté l'agence pour deux cent trente mille dollars. Ces vingt mille dollars représentent la différence. Ils sont à lui.

— Et si nous décidons de les garder ?

— C'est du vol.

– Une meurtrière comme moi n'en est pas à un vol près.

Walter éclate de rire.

– C'est une façon de voir les choses. Cela dit...

– Quoi ?

Je commence à me demander de quel côté il est.

– ... First Fidelity ne sait pas que nous sommes des voleurs. Et si nous les appelions pour leur dire que nous devons restituer les vingt mille dollars à Worthington ?

– Tu es fou ?

– Peut-être. Je croyais pourtant qu'on cherchait l'adresse de Worthington, son numéro de téléphone, ou tout autre indice permettant de le contacter...

Il a toujours raison.

Il nous faut de la patience. Beaucoup de patience. Mais deux heures et douze coups de téléphone plus tard, nous réussissons enfin à soutirer à une secrétaire qui n'arrête pas de faire claquer son chewing-gum la seule information en sa possession sur Worthington Enterprises Ltd. et Charles F. Worthington.

– J'ai pas de numéro, seulement une adresse, si ça vous intéresse.

– Parfait. Nous pourrons au moins lui envoyer son chèque, dis-je.

– 350, Madison Avenue. Au cinquantième étage très précisément.

Les claquements de son chewing-gum m'agacent tellement que je réagis pas tout de suite. C'est seulement lorsque je répète l'adresse que Walter m'interrompt d'un geste :

– 350, Madison Avenue : ce n'est pas là qu'on était hier ?

Si. Et Casey Burroughs aussi, le jour de sa mort.

Cette fois, j'y vais seule. Sans Walter, ni George McMillan. Si Walter m'accompagne et que la police sonne chez nous en notre absence, ils risquent de croire que nous avons pris la fuite et de lancer un avis de recherche, comme dans *Kojak* dès que le méchant prenait la tangente.

Je mets des lunettes noires et une casquette. Je descends par l'escalier et sors par-derrière, en utilisant la porte de service. Pas trace de Carrington ni de ses collègues. Je hèle un taxi. Direction : le sud de Manhattan. Après tout, je peux me le permettre : on nous a remboursé nos vingt mille dollars. Pas question de les rendre à Worthington, vol ou pas vol.

A cause des embouteillages, il est déjà seize heures quand j'arrive au coin de Madison Avenue et de la 44e Rue. Je serais allée plus vite en métro. Comme toujours à New York...

Aujourd'hui, je ne m'occupe ni du tableau dans le hall, ni de l'agent de sécurité. Je monte directement dans l'ascenseur et j'appuie sur la touche cinquante. Il va à la vitesse de la lumière, me transportant en une demi-seconde à destination. Mais j'ai l'impression que mon estomac, lui, est resté en bas.

J'ignore ce que je vais trouver au cinquantième étage, sans doute une série de portes. Avec un peu de chance, je lirai sur l'une d'elles *Worthington Enterprises Ltd.*, ou *Charles F. Worthington*.

Quelle n'est donc pas ma surprise de découvrir, au sortir de l'ascenseur, que je suis déjà dans un bureau. Autrement dit, tout le cinquantième étage appartient à une seule et même société. Derrière un comptoir gigantesque – acajou, bois de rose ou autre essence en voie de disparition – une demi-douzaine de visages juvéniles attendent, prêts à me renseigner. Au-dessus de leur tête, brillent des lettres en cuivre ou en bronze – ou même en or massif, pourquoi pas ? Sept grandes lettres qui forment le mot suivant :

246

Fourrant casquette et lunettes noires dans mon sac à main, je choisis le visage le plus avenant, celui d'une jeune Noire qui me sourit.

— Bienvenue à OneCorp, me dit-elle.

— Merci. J'ai un chèque pour monsieur Worthington, monsieur Charles F. Worthington...

Je le lui montre pour prouver ma bonne foi.

— ... Je dois le lui remettre personnellement, en échange d'un reçu signé de sa main. La somme est assez importante.

Elle examine le chèque, dont le montant n'a pas l'air de l'impressionner. Ici, pour qu'une somme soit considérée comme importante, il doit falloir qu'elle ait un zéro de plus. La jeune femme pianote sur son clavier et consulte son écran.

— Désolée, il n'y a pas de monsieur Worthington ici, dit-elle.

— Vous êtes sûre ?

— En tout cas, nous n'avons personne de ce nom.

— Et monsieur Lancaster ? Bryce Lancaster ? Je pourrais le voir à la place de monsieur Worthington.

De nouveau, elle pianote sur son clavier et vérifie sur son écran.

— Désolée, répète-t-elle.

— Il doit tout de même bien y avoir quelqu'un à qui je peux remettre ce chèque. Puis-je rencontrer un responsable du personnel ?

— J'appelle monsieur Murphy. Peut-être que lui pourra nous aider.

Elle a l'air de réciter une phrase tirée d'un manuel. Mais je n'ai pas le choix. Avant que j'aie pu ouvrir la bouche, elle décroche, appuie sur une touche et commence à parler.

— Il sera là dans quelques instants. Vous pouvez prendre un siège.

Je me tourne dans la direction qu'elle m'indique. A

voir leurs coussins en cuir et leurs tubes chromés, les fauteuils ont dû coûter une petite fortune. Mais je suis trop énervée pour m'asseoir. Je préfère marcher jusqu'au bout de la pièce. Là, sur le mur, sont accrochées des photos noir et blanc. Un champ de pétrole au crépuscule, dont les pompes se détachent sur le ciel orangé ; un pétrolier géant, seul sur l'océan ; une jungle tropicale noyée dans la brume ; une navette spatiale sur le point de se poser en douceur. Chaque photo, j'en suis sûre, honore les bons résultats d'une filiale. Aucune d'elles, il va sans dire, ne représente des ateliers employant des enfants au Sri Lanka, la déforestation en Equateur, ni les marées noires en Alaska.

Je m'avance vers d'autres photos, plus petites, moins artistiques. Des portraits d'hommes pour la plupart, dont les visages ne me sont pas familiers. Des « capitaines d'industrie », sans aucun doute. Les célébrités sont un peu plus loin, certaines très reconnaissables, en compagnie d'anciens présidents de la république, d'acteurs, de champions de golf et de tennis. Une voix s'élève derrière moi :

– Excusez-moi... Je suis Tom Murphy. En quoi puis-je vous être utile, mademoiselle... ?

– Green..., dis-je sans réfléchir.

C'est un homme d'une quarantaine d'années, grand et raide, les cheveux coupés en brosse comme dans les années soixante. Il a une sorte de talkie-walkie à la main.

– ... J'ai là un chèque appartenant à Worthington Enterprises. Je dois le remettre en main propre à monsieur Worthington, ou à monsieur Lancaster.

– A la demande de qui ?

– De monsieur Worthington lui-même.

Bien sûr, c'est faux.

– Ce doit être une erreur. J'ai vérifié, et nous n'avons ici ni monsieur Worthington, ni monsieur Lancaster. Ni trace d'une société Worthington Enterprises.

– C'est impossible. Alors vous devez avoir un monsieur Stover, ou une filiale de ce nom ?

– Je vais jeter un coup d'œil. Suivez-moi.

Je n'hésite qu'une fraction de seconde. Qu'est-ce que je risque ? Qu'il m'assomme à coups de talkie-walkie ? Je le suis dans un interminable couloir. La hauteur de plafond est impressionnante, le sol en marbre. Sur les murs blancs, des dizaines de photos, encore plus petites que les précédentes. Des groupes d'hommes. Certains assis, d'autres debout. Tous regardent l'objectif le plus sérieusement du monde. Ils ne sont pas en costume mais en tenue de sport, arborant parfois même des maillots assortis. Sur plusieurs photos, les accessoires figurent au premier plan : clubs de golf, raquettes de tennis, battes de base-ball... Des trophées étincelants sont portés à bout de bras, des banderoles ostensiblement déployées. Chaque photo est accompagnée d'un long commentaire, dont je ne saisis au passage que le mot « champions ».

Cet endroit ressemble à un immense club de sport pour hommes.

Nous entrons dans un bureau. Tom Murphy va à son ordinateur. Il tape S-T-O-V-E-R sur le clavier, appuie sur ENTER. Rien ne s'affiche sur l'écran. Je regarde par-dessus l'épaule de Tom Murphy tandis qu'il tape S-T-O-V-E-R P-R-O-P-E-R-T-I-E-S. Toujours rien.

– Je suis vraiment désolé.

A voir son expression, il doit être sincère. Je me suis encore trompée de cible, semble-t-il, et je suis dans une impasse. Je me sens à bout de forces, au point que je me surprends à chercher des yeux un endroit pour m'asseoir.

– Ça va ? me demande Tom Murphy.

– A peu près. Puis-je utiliser les toilettes ?

– Certainement.

Il m'entraîne dans un autre couloir, moins long que le premier.

– Je vous attends. Prenez votre temps, dit-il.

Les toilettes femmes sont deux fois plus vastes que mon appartement, et cent fois plus luxueuses. Je m'enferme dans une cabine. Sur le siège, je baisse la tête pour dissiper la sensation de malaise qui m'envahit. Je reste cinq minutes dans cette position, peut-être davantage, jusqu'à ce que mon cerveau soit correctement irrigué et que j'aie la force de sortir.

Comme promis, Tom Murphy m'attend.

– Vous allez mieux ?

J'acquiesce.

Nous revenons sur nos pas dans le dédale des couloirs. Toujours la même hauteur de plafond, le même sol en marbre, les mêmes photos sur les murs. Tom Murphy ne dit rien et son silence m'angoisse. Je cherche un sujet de conversation, n'importe quelle banalité.

– Qui voit-on sur ces photos ? dis-je.

– Nos équipes championnes. Nous en sommes très fiers.

Son visage s'éclaire un peu.

En regardant de plus près, je m'aperçois que certains maillots sont décorés d'une licorne bondissante. Sans que je sache pourquoi, ce détail retient mon attention. Je me tourne vers Tom Murphy, comme s'il pouvait éclairer ma lanterne, mais il reste muet. J'ai soudain la tête qui tourne et je dois me retenir pour ne pas m'appuyer au bras de Murphy.

Une licorne bondissante.

Où ai-je bien pu en voir une ?

La réponse m'arrive lentement, tel un rêve oublié qu'un incident trivial ramène à la conscience quelques jours plus tard.

Le sweat-shirt de l'inconnu.

Il y avait une licorne au dos de son sweat-shirt gris. Et aussi quelque chose sur le devant. Un numéro, dont je ne réussis pas à me souvenir.

Hébétée, je laisse Tom Murphy me reconduire à la réception. Je le remercie de son aide. Il me suggère de m'asseoir quelques minutes, le temps de reprendre mes esprits. J'approuve et je le remercie encore.

Assise au bord d'un des fauteuils en cuir, je fais semblant d'inventorier le contenu de mon sac à main. En réalité, je surveille les réceptionnistes du coin de l'œil, guettant le moment où elles seront toutes aux prises avec des visiteurs. Moment qui finira bien arriver, le tout étant alors d'être prête à agir.

Je patiente dix bonnes minutes. Seulement cinq des six réceptionnistes sont occupées, mais la sixième vérifie son maquillage à l'aide d'un miroir de poche. Je ne peux guère espérer mieux.

Le plus discrètement possible, je me lève et me dirige vers le mur où sont accrochées les photos, m'arrêtant devant chacune d'elles comme pour les admirer. Le champ de pétrole, le super pétrolier, la jungle, la navette spatiale... Je continue vers les capitaines d'industrie, les célébrités, les présidents de la république. Une ou deux fois, je tourne légèrement la tête pour vérifier que personne ne regarde dans ma direction.

Je m'engage dans le couloir, à pas de loup sur les dalles de marbre.

Il doit y avoir une trentaine de photos en tout, chacune représentant une équipe d'une douzaine de joueurs. J'élimine les golfeurs et les tennismen pour me concentrer sur les équipes en maillot. A intervalles réguliers, des pas résonnent derrière moi sur le marbre. Je m'interromps à deux reprises, comme si je m'apprêtais à repartir vers la réception. La troisième fois, j'ignore les pas et continue à passer les joueurs en revue. Ils finissent par se ressembler tous. Grands, séduisants, l'air anglo-saxon. Il me faudrait plus de lumière. Encore des pas. Des murmures. Des têtes qui se tournent vers moi.

Ce doit être la vingtième photo. Là, dans la rangée du fond. Est-il possible que ce soit lui ? On le dirait bien, mais ils se ressemblent tellement. Je vérifie le numéro de son maillot : quatorze.

Aucun doute, c'est bien lui.

Je lis la légende : 1997 ONECORP SOFTBALL CHAMPIONS

Juste en dessous, en petits caractères, figurent les noms des joueurs, rangée par rangée. Ils doivent être une quinzaine, peut-être vingt. Trop nombreux pour que j'identifie son nom.

Les gens ralentissent en passant derrière moi. « Qui est cette femme ? » demande une voix. Le couloir se remplit : il ne doit pas être loin de dix-sept heures. Je ne peux pas m'éterniser davantage. Que faire ? Je pars vers la réception, fais demi-tour, reviens devant la photo. Je ne vois plus que trois ou quatre personnes dans le couloir, toutes en train de s'éloigner. Je saisis la photo par le haut et je tire. Elle se décroche. Je la glisse sous mon bras et repars vers la réception.

A treize ou quatorze ans, j'ai volé un soutien-gorge au rayon lingerie de Macy's. Je l'avais caché dans la manche de mon manteau. Aujourd'hui encore, je suis sûre d'avoir été vue par un agent de sécurité. Mais j'ai continué vers la sortie, sans me retourner. Je m'attendais à être interpellée d'un instant à l'autre, jetée à terre, arrêtée. Sur les escalators, à travers le magasin, dans la porte à tambour donnant sur la 34ᵉ Rue, le long de la 7ᵉ Avenue, dans la rame de métro qui me ramenait chez moi, jusqu'au moment où j'ai pu m'enfermer dans ma chambre, la peur m'a noué l'estomac.

Vingt ans plus tard, je ressens exactement la même angoisse en marchant droit vers la réception. En attendant l'ascenseur. En descendant les cinquante étages (j'étais montée en quelques secondes, la descente semble durer des heures). En quittant le bâtiment. En hélant un taxi et pendant la course. En retrouvant mon immeuble, en déverrouillant ma porte.

Mais j'arrive à bon port.

Une fois encore.

Walter n'en croit pas ses yeux.

— Tu veux dire que tu l'as arrachée du mur, comme ça ?

— Pas arrachée, décrochée.

– Et s'ils s'en aperçoivent, et qu'ils t'envoient la police ?

– J'ai utilisé un pseudonyme.

– Lequel ?

– Mademoiselle Green.

– Formidable. Ça suffira sûrement à les égarer...

Qu'importe. Je n'en suis plus à ça près.

– A propos, reprend Walter, Sherry Lewis a appelé, avec de mauvaises nouvelles. Tu comparais dès demain matin. D'après elle, il y a de fortes chances pour que le juge Goodman annule ta libération sous caution et celle de ce George McMillan, et pour qu'il vous remette tous les deux en détention préventive. Mais elle m'a chargée de te dire qu'elle allait batailler ferme pour l'en empêcher.

Piètre consolation... Je regarde ma montre : dix-sept heures trente-cinq. Je ne comparais pas avant demain matin, neuf heures trente. J'ai seize heures devant moi. Et curieusement, ça me paraît beaucoup.

$$26$$

G RAHAM Davis.
Il a donc un nom. Oh, pas un beau nom juif comme Sidney Klein, Lenny Kaplan ou Moe Wasserstein. Non, Graham Davis, tout simplement. Si ma mère savait...

Dernier rang, de gauche à droite : Mike Smythe, Ed Flynn, Graham Davis, Harrison Tynan, Leo Hartley.

Le plus grand des cinq, il domine le dernier rang. Sourire triomphant, casquette de base-ball légèrement inclinée sur ses cheveux noirs en bataille : voilà donc le numéro 14, plus séduisant que jamais sous son bronzage estival. Dieu merci, Walter ne peut voir cette photo.

Comme les autres fois, nous commençons par chercher dans l'annuaire et appeler les renseignements. Pas de Graham Davis. Ni même de G. Davis – personne, en tout cas, dont le prénom ne soit ni George, ni Gus, ni Gertrude. J'obtiens le numéro vert de OneCorp, que je compose aussitôt, bien qu'il soit plus de dix-neuf heures. Il me met en relation avec un de ces répondeurs sophistiqués qui vous ôtent tout espoir de jamais parler à un humain. *Si vous connaissez le poste de votre correspondant, tapez les quatre derniers chiffres. Si vous ne connaissez pas son poste, tapez le trois. Tapez maintenant les trois premières lettres du nom de votre correspondant. Vous avez tapé D-A-V. Si vous souhaitez parler à Michael Davidoff, tapez le un. Si vous souhaitez parler à Eleanor Davies, tapez le deux. Si vous souhaitez parler à Vincent Davillo, tapez le trois. Si vous souhaitez parler à Alexander M. Davy, tapez le quatre...*

Pas de Graham Davis. Ni de Davis tout court.

— Echec du plan numéro un, déclare Walter.

— Quel est le plan de rechange ?

— Tenter d'obtenir le numéro d'un autre membre de l'équipe, répond Walter de son ton professoral. Tu ne l'as pas tué, ce Graham Davis, nous sommes d'accord ?

J'acquiesce, tout en me demandant s'il n'y aurait pas l'ombre d'un soupçon dans sa voix.

— Dans ce cas, il me semble qu'il faut découvrir s'il est vivant, ou si quelqu'un d'autre l'a tué. Toujours d'accord ?

— Toujours d'accord.

Sans compter Graham Davis, ils sont quinze sur la photo, correspondant aux quinze noms en légende. Quinze joueurs de l'équipe de softball de OneCorp, dont les talents leur ont valu je ne sais quelle coupe de je ne sais quel championnat, et une place sur le mur des célébrités de leur firme.

Dans l'annuaire de Manhattan, nous trouvons un numéro pour deux d'entre eux. Dans mon métier (mon ancien métier, devrais-je dire), je demandais toujours les annuaires des villes environnantes. Beaucoup de cadres préfèrent les pelouses de Westport ou de Scarsdale au béton et à l'asphalte de Manhattan. L'annuaire de Wetchester nous donne deux numéros supplémentaires ; ceux de Nassau et de Suffolk, un chacun ; celui de Bergen County, New Jersey, deux ; celui de Morris County, un. Celui de Fairfield County dans le Connecticut a même un G. Davis, mais pas d'adresse. Vérification faite, la ligne n'est plus attribuée.

En tout, nous disposons donc de numéros pour neuf noms identiques à ceux des joueurs de l'équipe, sûrement tous cadres supérieurs : à les voir, il est clair qu'on n'a pas fait appel aux manutentionnaires ni aux coursiers de la firme.

Etape suivante : inventer une histoire justifiant un appel au domicile de Mike Smythe (dernier rang, dernier à gauche) ou de Leo Hartley (deuxième rang, deuxième en partant de la droite), à l'heure où, après avoir promené le setter irlandais, ils sont plongés dans la lecture du magazine *Barron's*, un Martini à la main et les pieds sur l'accoudoir du canapé.

Devant des cartons de porc au caramel trop gras et de riz frit (Walter ayant insisté sur le fait qu'un estomac vide nuit à la créativité), nous concoctons divers scénarios, les testons sur nous-mêmes, les affinons encore et encore. Lorsque nous nous décidons enfin à appeler un premier numéro, il est près de vingt-deux heures.

— Pourrais-je parler à Leo Hartley ?
— Un instant.
J'entends une voix crier « Papa ! ».
— Allo ?
— Leo Hartley ?
— Lui-même.
— Monsieur Hartley, je suis l'agent King, du commissariat de Riverdale. Ne quittez pas, je vous passe l'inspecteur Walters.
Je fais signe à Walter de décrocher l'autre téléphone.
— Monsieur Hartley ? Ici l'inspecteur Walters.
— Oui ?
— Nous avons ici quelqu'un qui prétend s'appeler Graham Davis. Il a été interpellé pour une infraction au code de la route. Malheureusement, il n'a aucun papier d'identité sur lui. Il nous a donné votre nom et votre numéro de téléphone en disant que vous pourriez témoigner de sa bonne foi.
Un silence, pendant lequel je retiens mon souffle. Puis un déclic et la tonalité.
Les deux appels suivants se révèlent aussi décevants.

Stanley McIntyre nous raccroche au nez, et Mike Smythe, après nous avoir écouté patiemment, s'excuse et interrompt la communication.

Le quatrième et le cinquième appel sont encore moins productifs : il n'y a personne. Au sixième, en revanche, nous mettons presque dans le mille.

– D'où appelez-vous, déjà ? demande Palmer Wilkinson (premier rang, au centre).

– De Riverside.

– Ça se trouve où ?

– Pas loin de la frontière de l'Etat.

– Quel Etat ?

Walter froisse une feuille de papier près du combiné et appuie sur quelques touches pour faire croire que la ligne est mauvaise.

– ... si oui ou non vous accepteriez de vous porter garant pour nous permettre de le relâcher. J'ai besoin d'une réponse.

– Je suis un peu ennuyé. Il n'est pas censé être mort ?

– Il me fait l'effet d'être bien vivant.

– Je peux lui parler ?

– Oui, dès que vous aurez répondu à quelques questions. Sinon, il pourrait vous influencer, vous comprenez.

– Désolé, mais je ne vais pas pouvoir vous aider, inspecteur... ?

– Walters.

– Désolé, inspecteur Walters.

Nouveau déclic de fin de communication. Dommage, nous y étions presque.

Le septième appel ne donne rien. Il ne reste que deux noms. Au départ, l'idée de Walter me paraissait formidable ; maintenant, je doute qu'elle réussisse et je pense déjà au prochain plan de rechange.

Je compose le huitième numéro. Au moins, il y a quelqu'un et il ne raccroche pas avant que j'aie pu lui passer l'inspecteur Walters.

– Graham ? Oui, bien sûr que je peux me porter

garant, répond Hugh Aldrich (premier rang, dernier à droite).

– Parfait. Il nous a dit que vous étiez tous les deux cadres chez OneCorp.

– En effet. Ecoutez...

– Et que vous jouiez dans la même équipe de softball.

– Exact.

– Vous avez même gagné le championnat en 1997.

– Absolument. Ecoutez, inspecteur...

– S'il vous plaît, j'ai quelques questions à vous poser. D'abord, quand avez-vous vu monsieur Davis pour la dernière fois ?

– Il y a environ un mois. Pouvez-vous me dire pourquoi...

– Et à votre connaissance, où devait-il se rendre ?

Un silence.

– C'est à vous de voir, monsieur Aldrich. Ou je le relâche, ou il reste en prison. Curieusement, il prétend que dans ce cas, « tout sera à l'eau ».

– Il partait pour le Maine.

Mon cœur fait un bond dans ma poitrine. Walter, lui, reste imperturbable.

– Le Maine, oui, je vois très bien. Mais où, exactement ? C'est un Etat très vaste.

– Je n'en sais pas plus. Sur une petite île au large de la côte. Avec un nom français. Ecoutez, je ne suis pas censé vous révéler tout ça. Pourrais-je parler à Graham ?

– Malheureusement non. Il est en cellule au sous-sol. Mais il m'a demandé de vous transmettre un message. Il a dit que c'était très important.

– Quel genre de message ?

– Il veut que vous teniez cette histoire secrète. Il parlait sans doute de son arrestation. Il a dit que si quelqu'un l'apprenait, sa tête tomberait. Etrange, non ? Vous comprenez, vous ?

– Bien sûr que je comprends.

– C'est entendu, alors ?

– Motus et bouche cousue.

Enfin ! Il est vivant !

Et les gens de OneCorp le savent, au moins pour certains d'entre eux.

— On aurait dû enregistrer cet appel, dis-je à Walter.

— Qui pouvait prévoir que ça marcherait si bien ?

Il reste un nom sur notre liste : Bill Tillinghast (deuxième rang, deuxième en partant de la gauche). Je l'appellerais bien, mais Walter (pardon, l'inspecteur Walters...) n'est pas d'accord. Il pense que très vite, un ou plusieurs de ces types va avoir des soupçons et réagir.

— Imagine qu'ils se téléphonent, qu'ils parlent entre eux de ces appels bizarres. Tôt ou tard, ils feront le rapport et devineront ce que nous cherchons. Ce sont des cadres supérieurs, après tout. On ne les a pas nommés là où ils sont sur leur bonne mine.

— Sûrement pas.

— On fait une pause, dit-il. Si tu sortais l'atlas ?

Pendant que Walter finit le riz frit, je suis du doigt la côte du Maine sur la carte. Il y a une quantité incroyable d'îles. Mount Desert, Marshall, Southport et Shoals ; Matincus, Monhegan, Damariscove et Great Duck ; Bailey, Bartlett, Baker et Black. Et des dizaines d'autres. Sur le nombre, pourtant, trois seulement portent des noms aux consonances françaises. Il y a Roque et Bois Robert, toutes deux trop au nord, presque au Canada. Plus bas, environ à mi-hauteur, se trouve la troisième. D'après la carte, elle est en réalité au sud d'une autre île, comme isolée dans l'Atlantique, abandonnée au milieu de nulle part.

L'endroit idéal pour se cacher.

Elle s'appelle l'Isle au Haut.

— Et maintenant ? dis-je à Walter.

Il est près de minuit. Il me reste moins de dix heures avant de comparaître. Dans mon cerveau fatigué, la panique commence à l'emporter sur l'envie de partir à l'aventure.

— Jilly, tu te rappelles les vacances d'été que nous projetions il y a quelques mois ? Le soleil, la mer, les crabes ?

— Tout à fait.

— Et où parlions-nous d'aller, à l'époque ?

— Dans le Maine ?

— Exactement ! Pas mal, comme coïncidence... Eh bien, c'est l'occasion ou jamais. Qu'en penses-tu ?

— Ils vont annuler ma libération sous caution, si je ne me présente pas demain matin.

— Qu'ils aillent au diable ! Après tout, qu'est-ce que deux cent cinquante mille dollars ? On vivait heureux avant de les avoir, non ?

— Et s'ils lancent un mandat d'arrêt ? S'ils me traquent comme un chien ?

Walter prend mes mains dans les siennes.

— Jilly, je ne laisserai personne te renvoyer à Rikers.

— Et on ira comment, dans le Maine ? On n'a même pas de voiture !

— Non, mais si je me souviens bien, cet ancien Marine que tu connais en a une, lui...

27

IL fait encore nuit lorsque nous nous engageons sur le West Side Highway. On distingue à peine les voiliers au mouillage dans la marina de la 79e Rue. Les rares voitures qui circulent déjà descendent vers le sud de Manhattan. A notre gauche, des phares trouent l'obscurité dans un vrombissement. Nous montons vers le nord, presque seuls à quitter la ville à une heure aussi matinale.

George McMillan n'a mis qu'une heure pour venir de sa maison du New Jersey, dans sa Buick au coffre rempli de matériel de survie datant de son passage chez les Marines. Il s'est déclaré enchanté de repartir « en mission », comme il dit, et la perspective d'être recherché par la police n'a pas paru l'inquiéter le moins du monde.

J'aimerais pouvoir en dire autant.

Walter et moi sommes descendus en catimini par l'escalier, utilisant pour la deuxième fois la porte de service. En montant dans la Buick, je me suis cogné le tibia contre un objet dur installé devant le siège arrière.

– Attention à ma baïonnette ! s'est exclamé George.

Sa baïonnette ?

Au-dessus de nous, se profilent les lumières du George Washington Bridge. La circulation est encore fluide sur le Cross Bronx Expressway et, très vite, nous obliquons vers l'est. Dans le faisceau de nos phares, le bas-côté apparaît comme d'habitude jonché d'enjoliveurs, de pneus, de pots d'échappement et de radiateurs. Mais à l'évidence, la nuit a été calme dans le Bronx : ni voitures retournées, ni camions calcinés, ni cadavres criblés de balles.

Nous prenons la Route 95 qui nous conduira jusqu'à la côte. Devant nous, les premières lueurs de l'aube colorent le ciel. Derrière nous, en revanche, seules les traînées rouges des feux arrière éclairent la nuit, ceux des premières voitures qui se dépêchent de rejoindre Manhattan avant l'heure de pointe.

Je regarde ma montre : quatre heures douze. Dans cinq heures, je devrais théoriquement me trouver dans le hall du palais de justice, attendant l'ascenseur pour monter jusqu'à la salle d'audience numéro cinquante-deux, où trônera le juge Goodman.

C'est lui qui va être surpris...

A six heures, nous traversons New Haven, avec les premiers panneaux indiquant New London et Providence. Jusqu'à présent, George n'a autorisé qu'un seul arrêt de trois minutes pour le « ravitaillement » : juste le temps pour moi de courir chercher du café pendant que les deux hommes faisaient le plein.

— On a encore de quoi traverser le Massachusetts, annonce George un peu plus tard.

— Et l'arrêt pipi ? dis-je.

— Il y a un jerrycan à l'arrière, réplique George.

— Pas question !

— On est recherchés par la police. On ne va pas se montrer dans tous les Burger King de la région.

Comme s'il avait besoin de me le rappeler...

Pour détendre l'atmosphère, je décide de faire semblant de le prendre au mot. Je trouve le jerrycan, d'une contenance de vingt litres, près de la mystérieuse baïonnette. George veut sans doute y fabriquer du napalm. Il a un bouchon à vis et une ouverture d'au moins deux millimètres de diamètre.

– Très bien. A défaut de toilettes...

Aucune réaction : à ma place, George utiliserait sûrement le jerrycan sans hésiter. Et Walter aussi, tout aveugle qu'il est...

Je propose à George de le relayer mais il refuse, expliquant qu'il a trouvé son rythme de croisière. Tant mieux : je n'ai pas conduit depuis des années. Je le soupçonne néanmoins de considérer toute femme au volant comme un danger public, sauf pour conduire les enfants à l'école ou aller au supermarché du coin. S'il se sentait vraiment fatigué, je parie qu'il préférerait demander à Walter de le remplacer plutôt qu'à moi.

Je peux donc fermer les yeux quelques instants.

Quand je me réveille, il est presque huit heures et nous sommes coincés dans les embouteillages à la sortie de Boston. Walter est endormi dans le siège du passager tandis que George sifflote *It's a long way to Tipperary*. Mon premier mouvement est de lui présenter des excuses. Après tout, ce malheureux s'est fait arrêter à cause de moi pour une histoire à laquelle il n'était mêlé ni de près, ni de loin. Et le voilà avec la police à ses trousses, enchaînant les heures de conduite depuis trois heures du matin pour nous aider à retrouver un inconnu qui se cache éventuellement sur une île au milieu de l'océan. Pourtant, George m'a rarement paru plus heureux de son sort. Au lieu de transpirer dans un restaurant à la mode, serré dans un costume trois pièces et étranglé par sa cravate, il est en jean et en Rangers, avec un T-shirt de camouflage sans doute aussi vieux que moi.

La panoplie de George McMillan partant en mission...

Au sud de Portsmouth, New Hampshire, la pluie se met à tomber. Une toute petite bruine, mais elle me rappelle que j'ai un besoin urgent à satisfaire. Je me garde bien d'en faire part à George : Dieu sait ce qu'il me suggérerait cette fois-ci !

Il est neuf heures et demie pile.

Dans la salle d'audience numéro cinquante-deux, le juge Goodman doit faire l'appel des prévenus libérés sous caution. En veste de velours et pantalon beige, Hush Puppies aux pieds, il se promène dans la pièce et arrive à mon nom.

– Jillian Gray... Miss Gray ? Quelqu'un a-t-il vu Miss Gray ?

Pas de réponse.

Sherry Lewis inspecte une dernière fois la pièce du regard, espérant me voir apparaître à la porte avec une excuse justifiant mon retard. Espoir déçu.

– Mandat d'arrêt contre Jillian Gray, annonce le juge Goodman.

– J'ai vraiment besoin d'aller aux toilettes, dis-je à George.

– Bonté divine...

– Désolée, je ne tiens plus. C'est toute cette pluie.

– D'accord, d'accord. Vous voyez ces buissons sur la droite ?

Nous arrivons dans le Maine peu avant dix heures. George préfère quitter l'autoroute : d'après lui, à l'heure qu'il est, un des collègues de Graham Davis qui nous a raccroché au nez a dû prévenir la police, et celle-ci pourrait nous attendre de pied ferme.

– Il peut y avoir des barrages routiers, vous savez.

– Les collègues en question n'auraient pas plutôt tenté de joindre Graham Davis ?

– Pas sûr, marmonne George.

– Moi aussi, j'ai une question, dis-je. Admettons qu'on ait la chance de retrouver ce type sur son île. Et

264

après ? On fait quoi ? On l'assomme, on le ligote, on le fourre dans le coffre et on l'amène au juge Goodman ?

A voir Walter acquiescer de la tête, il est clair que ce plan lui convient.

– A mon avis, il suffirait de le prendre en photo pour avoir la preuve qu'il est encore vivant, que personne ne l'a assassiné. L'affaire serait définitivement close.

– J'ai un appareil photo, déclare George.

– Et s'il fait trop sombre ? Et si on n'est pas assez près pour prendre une photo ?

– J'ai des jumelles et des lunettes à infrarouge, répond George.

Sans oublier la baïonnette...

Rien dans ma vie ne m'a préparée à ce genre d'expérience. Me voilà à la fois accusée d'un meurtre que je n'ai pas commis, et dans l'impossibilité de faire appel à la police dont le filet, à l'heure qu'il est, se resserre sur moi. Chaque minute qui passe, chaque kilomètre parcouru nous rapprochent de ce qui s'annonce comme un désastre absolu. Je devrais être morte de peur. D'ailleurs, d'une certaine façon, je le suis : mon cœur se met parfois à battre à tout rompre, mes mains à trembler. Pourtant, une partie de moi semble considérer les choses avec un certain détachement. Alors que je devrais me sentir anéantie, je ne peux m'empêcher de rire de l'absurdité de la situation. Ça peut paraître bizarre, mais c'est plus fort que moi. Sans doute une façon de lutter contre l'angoisse. Avec mes nombreux sujets d'inquiétude, heureusement que je ne prends pas les choses au tragique. Sinon, je deviendrais folle. Voilà pourquoi, même et surtout quand j'ai peur, je garde le sens de l'humour.

Sinueuse, la Route 1 remonte la côte, reliant de petites villes aux noms pittoresques où nous roulons pare-chocs contre pare-chocs. Garages à bateaux, stations-service, fast-foods, boutiques de souvenirs, magasins d'antiquités ou d'articles de pêche se succèdent. A intervalles réguliers, surgissent des piles de casiers à homards, des bouées peintes aux couleurs de l'arc-en-ciel, des rangées de flotteurs en verre bleu ou rouge.

Mais aucun barrage routier...

Peu avant midi, nous laissons Portland derrière nous et retrouvons l'océan. Vers quatorze heures, Walter et moi réussissons à convaincre George de s'arrêter pour déjeuner. Walter dévore une tourte au homard. Incapable de choisir entre soupe de poisson et potage aux fruits de mer, j'avale un bol de chaque sans voir la différence. Quant à George, sans doute déçu de ne pas avoir de rations militaires datant de la guerre de Crimée à se mettre sous la dent, il se rabat sur un sandwich.

A la caisse, nous achetons une carte routière que je déplie sur le siège arrière de la voiture. Son échelle est plus grande que celle de l'atlas, ce qui nous aide. Mais je préfère ne pas la regarder de trop près, de peur de découvrir de nouvelles îles avec un nom français. Je commence à avoir des doutes sur l'Isle au Haut. Elle me semble presque trop lointaine, presque trop isolée. Nous sommes venus jusqu'ici pour rien, j'en suis pratiquement convaincue. Nous cherchons une aiguille dans une meule de foin. Une énorme meule de foin, en plein océan. Et pour tout arranger, quelqu'un a sans doute prévenu l'aiguille que nous la cherchions.

Je n'ose faire part de mon scepticisme à Walter et à George. Ils ont fait des centaines de kilomètres alors qu'il n'ont strictement rien à se reprocher dans cette affaire. De quel droit irais-je me plaindre de la vanité de notre entreprise, moi qui en suis la cause ? D'autant que je n'ai rien de mieux à proposer. Alors je ronge mon frein en silence, me demandant si Walter et George n'ont pas eux aussi conscience de l'absurdité de la situation.

Quittant la Route 1, nous obliquons vers le sud. D'après la carte, nous sommes sur la Blue Hill Peninsula, pareille à une main qui tendrait ses cinq doigts dans l'océan. Nous nous dirigeons vers celui du milieu, et le plus long : Deer Isle.

A mi-parcours, George me passe enfin le volant. Il doit se dire qu'à ce stade du voyage, je ne peux plus faire beaucoup de dégâts, d'autant que la vitesse est limitée à soixante kilomètres/heure. Par ailleurs, il veut s'installer à l'arrière pour faire l'inventaire de son matériel. Je frémis à la pensée de ce qu'il a mis dans le coffre où – je cite – « se trouve l'artillerie lourde ». Peut-être des bazookas et des grenades. Peut-être même quelques missiles, qui sait ?

La Buick est facile et amusante à conduire. Je me sens rajeunir. Je me revois à dix-huit ans, cheveux au vent, fonçant dans l'Oldsmobile de mon père. Il ne pleut presque plus et la brise qui entre par la fenêtre ouverte me caresse le visage. Elle a un parfum d'embruns et d'aiguilles de pin. Je crois que je pourrais vivre au bord de l'océan.

A Deer Isle, la nature a réussi à juxtaposer sur une quinzaine de kilomètres tout ce qui fait le charme du Maine : forêts de conifères, côte rocheuse déchiquetée, et au loin le bleu de l'océan. Si notre homme est venu jusqu'ici, a-t-il été sensible à la beauté des paysages ? Ou était-il trop pressé d'échapper à d'éventuels poursuivants pour regarder autour de lui ?

La route continue vers le sud jusqu'au petit port de Stonington. George, membre le moins reconnaissable du trio, va se renseigner sur l'Isle au Haut dans une quincaillerie. Assise main dans la main avec Walter à l'avant de la Buick, je lui décris les bateaux au mouillage.

A son retour, George nous apprend que seule la vedette du service postal assure la traversée jusqu'à l'Isle au Haut. Il y a deux départs quotidiens : un à huit heures, l'autre à quinze heures. Nous venons de rater celui de quinze heures.

Walter suggère de louer un des bateaux au mouillage. George le dévisage d'un œil soupçonneux, l'air de se demander s'il est vraiment aveugle ou s'il fait semblant.

— Trop risqué, répond-il. Mieux vaut attendre demain matin et se mêler aux autres passagers.

Un aveugle, une femme à moitié irresponsable et un type avec des lunettes à infrarouge. Nous passerons sûrement inaperçus... Pourtant, même si le raisonnement de George ne me convainc pas, je m'incline. Hormis deux petites heures de sommeil à la hauteur de Rhode Island, je n'ai pas fermé l'œil depuis quarante-huit heures et ma dernière douche date d'avant-hier. Il me faut impérativement un lit et des toilettes. De vraies toilettes, pas un jerrycan ou un buisson.

George déclare que descendre à l'hôtel est « trop risqué », que nous cherchons les ennuis.

— On ferait mieux de dormir dans la voiture au bord de la route, déclare-t-il.

— Dormez dans la voiture si vous voulez, moi je préfère la civilisation, dis-je.

Lorsqu'il voit que Walter prend mon parti, George cède. Nous trouvons deux chambres sur place, dans une ancienne auberge baptisée Captain's Quarters qui donne sur le port. On se croirait dans *Moby Dick*. Notre chambre est minuscule, le parquet aux lattes irrégulières n'en finit pas de grincer, et je m'attends à voir surgir d'une minute à l'autre le géant Queequeg, harpon à la main.

Mais au moins il y a un lit, et une salle de bains digne de ce nom.

Laissant mes vêtements en tas sur le sol, je me glisse dans une vieille baignoire aux pieds griffus. L'eau a une odeur de sel et le savon ne mousse pas. Peu importe : ce bain chaud est une bénédiction.

Walter et George sortent dîner. Trop fatiguée pour les accompagner et rassasiée par mes deux bols de soupe, je me mets au lit et m'enfouis sous les draps. Je souris d'aise. Mes deux compères s'éloignent dans le couloir en se régalant à l'avance de hamburgers, de frites et de beignets d'oignons. Formidable, me dis-je en m'endormant. Ils vont se boucher les artères et être foudroyés par un infarctus, et je me retrouverai seule aux prises avec l'équipage du *Pequod*.

28

Nous prenons la vedette de huit heures pour l'Isle au Haut. L'employé qui délivre les billets nous demande si nous descendons au port ou au camping.

– Au port, dis-je.

– Au camping, dit George.

L'employé approuve de la tête cette seconde réponse, comme par solidarité masculine. En outre, le sac à dos de George constitue un argument de poids : à le voir, on croirait que nous comptons passer un an sur l'île. Si seulement notre interlocuteur savait ce qu'il contient...

– On va d'abord au camping, pour faire une reconnaissance et bivouaquer, chuchote George à Walter.

Je n'ai jamais très bien compris le sens de ce dernier verbe.

La traversée dure une heure environ. Nous avons une double escorte : les mouettes dans le ciel, les dauphins à l'avant de la vedette. A l'arrière, une passagère crie qu'elle a aperçu un phoque, mais j'arrive trop tard pour le voir.

Walter engage la conversation avec un ranger. Il apprend que l'île faisant partie de l'Acadia National Park, on y accepte seulement un nombre limité de visiteurs pour la journée. Il n'y a que deux endroits où l'on peut passer la nuit : le camping, dont les emplacements doivent être réservés plusieurs mois à l'avance, et une

270

petite auberge à l'autre extrémité de l'île, dans l'ancienne maison du gardien de phare. Il est difficile, voire impossible, d'y retenir une chambre.

– C'est là qu'il doit être, conclut Walter.

– Qu'est-ce qui te fait dire ça ?

– Quand on s'appelle Graham Davis, on ne dort pas sous la tente. On préfère les petites auberges, me répond-il.

– Ah oui ? Et quand on s'appelle Walter Sapperstein ?

– On a le mal de mer.

J'avais totalement oublié. La cécité de Walter l'empêche de fixer un point sur l'horizon (ou quoi que ce soit d'autre, d'ailleurs), ce qui le rend particulièrement sujet au mal de mer. Encore un détail auquel on ne pense jamais.

Arrivés au camping, nous sautons à quai. Nous nous présentons comme des randonneurs et nous engageons sur un des sentiers. George ouvre la marche, Walter et moi essayons de suivre. Le sentier est détrempé, plein de creux et de bosses. Des cailloux et des racines en grand nombre compliquent encore la tâche de Walter. Il trébuche souvent, mais ne tombe pas. Et à aucun moment il ne se plaint.

Nous marchons pendant une demi-heure. En nage, nous devons en plus nous battre contre les insectes. Apparemment, la transpiration attire les mouches noires. Malgré ces quelques désagréments, la nature est d'une beauté stupéfiante. Un dais de feuilles et de branches nous protège du soleil brûlant ; de chaque côté du sentier, se dressent en rangs serrés des conifères de toutes formes et de toutes les nuances de vert, que je serais bien incapable de nommer. En revanche, l'odeur des pins, des cèdres et de l'océan me rappelle les vacances de mon enfance.

Sans prévenir, George s'écarte du sentier pour s'enfoncer dans les fourrés à sa droite. Je l'attends, pensant qu'il va se cacher derrière un buisson pour la même raison que moi hier. Mais non, il nous fait signe de le suivre et de ne pas faire de bruit. Nous obéissons sans broncher, de peur d'être définitivement distancés.

Alors que la végétation devient de plus en plus dense et impénétrable, George ralentit l'allure, puis s'arrête. Je me dis qu'il va enfin se montrer raisonnable et rejoindre le sentier. Au lieu de quoi il fouille dans son sac à dos, brandissant sous mes yeux consternés une boussole et une machette... Il jette un coup d'œil au soleil, à la boussole, puis sort la machette de son étui. Et il se remet en marche, jouant tous les dix mètres de son coupe-coupe pour éliminer des obstacles réels ou imaginaires.

Je m'appelle Jillian Gray. J'habite au sixième étage d'un immeuble de Manhattan. Comme toute New-Yorkaise qui se respecte, je m'habille chez Gap ou chez Banana Republic, j'achète mes fruits chez Fairway, mon poisson chez Citarella. Je mange italien ou chinois, je vais parfois dîner au All State Café. Je possède ma propre agence de recrutement (je possédais, devrais-je dire). Et me voilà à des centaines de kilomètres de chez moi, au milieu des bois sur une île en plein océan, lancée dans une poursuite sans espoir avec un cinglé d'ex-Marine agitant une machette...

Je dois avoir perdu la raison.

Pourtant, comme Walter, je continue à suivre George. Jusqu'à une sorte de clairière, bien qu'ici, le terme soit très relatif. Disons que nous avons tous les trois la place de tenir debout sans nous marcher sur les pieds.

— C'est ici que nous allons établir notre camp de base, annonce George.

Camp de base ? Que préparons-nous, au juste ? L'ascension du mont Everest ?

Gardant mes sarcasmes pour moi, je me plie aux exigences de George. Tout ça me dépasse désormais. Je ne suis qu'un soldat exécutant des ordres sans discuter. Le chef, c'est le type là-bas, avec sa machette, sa boussole, et Dieu sait quoi d'autre. Adressez-vous à lui.

Nous établissons donc notre « camp de base ». Nous

montons la tente, rangeons le matériel, préparons notre
« incursion en territoire ennemi »...

– Une incursion, ou un raid ? interroge Walter.

De deux choses l'une : ou il se paie la tête de George,
ou il commence lui aussi à se prendre pour un guéril-
lero. Je me retiens pour ne pas crier. L'un de ces hommes est mon mari, la personne au monde que je croyais
le mieux connaître – après moi. Il y a une semaine
encore, le second n'était qu'un client – un client difficile, en prime. A présent, j'ai l'impression d'être face à
deux étrangers. Toute cette histoire est un jeu pour eux,
un jeu fort amusant. Je ne serais pas surprise qu'ils se
mettent à échanger des histoires grivoises. Et moi ?
Epuisée, terrifiée, je rêve d'être loin d'ici, dans mon
appartement de Manhattan. Je voudrais retrouver mon
agence, ma vie, même ma mère, aussi incroyable que
cela puisse paraître.

Comme une petite fille, je ferme très fort les yeux
pour faire disparaître ce qui m'entoure. Quand je les
rouvre, hélas, rien n'a changé. Je suis toujours dans une
minuscule clairière au milieu des bois, où deux hommes
que je ne reconnais plus viennent d'établir leur camp
de base...

Notre plan est prêt.

Nous devons aller au port, trouver une cabine téléphonique et appeler l'auberge. Demander Graham
Davis et, si son nom ne suffit pas, donner sa description.
Pour ne pas le faire fuir, prétendre que l'appel vient de
New York. Attendre le dernier départ de la vedette, au
cas où il prendrait tout de même peur. Dernière chose :
au port, acheter un journal avec les plus gros titres possibles.

Ensuite, nous irons à l'auberge. Si nous repérons
Davis, je m'approcherai de lui, mon journal à la main.
George se tiendra prêt avec son appareil photo. Quand
il aura le doigt sur le déclencheur, je brandirai mon

journal. Sur la photo, on verra Davis à côté de moi, à une date identique ou postérieure à celle de la parution du journal. Assez pour prouver qu'il est encore vivant, longtemps après le moment où je suis censée l'avoir assassiné avec la complicité de George.

Bien sûr, il y a une condition préalable : que Graham Davis soit effectivement descendu à l'auberge de l'Isle au Haut. Sinon ? Eh bien nous pourrons toujours lire le journal en retournant à notre camp de base, pour mettre au point une nouvelle stratégie...

Nous abandonnons sous la tente l'essentiel de notre matériel (celui de George, en fait) et rejoignons le sentier. George sème un petit tas de cailloux pour nous aider à retrouver l'endroit plus tard.

La progression est plus facile que ce matin à travers bois. Le sentier finit même par s'élargir et rencontrer une petite route. De temps à autre une voiture passe et je suggère à George de faire de l'auto-stop.

– Pas question. Trop risqué, répond-il.

Et Walter approuve...

L'air mauvais, je continue à marcher.

Maintenant que nous sommes à découvert, le soleil de l'après-midi tape dur et George a pensé à tout, sauf à l'eau.

– On cherchera quelque chose à boire dès qu'on arrivera au port, promet-il.

Si nous y arrivons...

Le port se résume à une demi-douzaine de petites maisons, une station-service, une laverie automatique et une épicerie. Pendant que Walter et George s'en tiennent au plan prévu – demander où est l'auberge, vérifier l'heure des traversées, trouver un journal et une cabine téléphonique – j'achète de la limonade, une bouteille d'eau et des jus de fruits. Comme les enfants, je ne pense qu'à étancher ma soif pendant que les adultes s'occupent des choses sérieuses.

Nous nous retrouvons à l'extérieur du village. George rapporte le journal d'hier dont le principal titre, en assez gros caractères, est consacré aux dégâts de la dernière tempête. Et il nous annonce que la dernière vedette part à seize heures. Quant à la cabine téléphonique, la station-service à deux pas d'ici en a une qui marche une fois sur deux. Walter, lui, sait tout ce qu'il y a à savoir sur l'auberge.

— Elle s'appelle The Keeper's House. Elle n'a qu'une quinzaine de chambres et, tenez-vous bien, ni le téléphone, ni l'électricité, sauf pour alimenter la lampe du phare. Le personnel met en route le groupe électrogène une fois par jour, pour réfrigérer la nourriture. Le reste du temps, ils se débrouillent avec des bougies et la lumière du jour.

— On se croirait chez les Vietcongs ! s'exclame George.

L'absence de téléphone à l'auberge nous oblige à revoir notre stratégie. De toute évidence, il est impossible de savoir à l'avance s'il y a un Graham Davis parmi les pensionnaires, ou quelqu'un lui ressemblant.

— Il va falloir improviser, en espérant que la chance nous sourira, soupire George.

— De toute façon, avec seulement une vingtaine de pensionnaires, on ne devrait pas avoir trop de mal à repérer notre homme, déclare Walter.

Facile à dire pour lui...

En l'absence d'un restaurant digne de ce nom sur l'île, les pensionnaires de The Keeper's House n'ont pas le choix : ils sont condamnés à dîner à l'auberge. La soirée paraît non seulement le meilleur moment pour identifier Graham Davis, mais aussi celui où, tout le monde étant rentré, notre approche passera relativement inaperçue.

Comme les jours sont plus longs, le dîner doit être servi vers dix-neuf heures. Nous décidons d'arriver un peu avant, et de rester cachés dans les fourrés pour tenter d'apercevoir Davis. Si tel est le cas, j'entrerai comme prévu avec mon journal, pendant que George s'occupera de prendre la photo. A cause de sa cécité, Walter ne nous sera pas d'un grand secours, mais il tient à nous accompagner pour nous soutenir moralement.

– Par ailleurs, si vous me laissez seul ici, jamais je ne retrouverai mon chemin jusqu'à notre camp de base, ajoute-t-il.

Difficile de le contredire.

Il nous reste à tuer le temps en attendant la fin de l'après-midi. Après nous être rapprochés de l'auberge, nous empruntons un sentier envahi par la végétation, qui descend jusqu'à l'océan.

Le Maine doit bien avoir quelques plages de sable, si j'en crois mes souvenirs d'enfance. Pourtant, nous n'en avons pas vu une seule, et celle-ci ne fait pas exception : des rochers, encore et toujours. Mais quels rochers ! D'immenses plate-formes qui descendent en pente douce jusqu'à l'eau ; des blocs gigantesques invitant à l'escalade, mais tellement déchiquetés parfois qu'on a du mal à tenir debout, même avec des chaussures. Leurs teintes vont de l'orangé au noir le plus profond, en passant par toute une gamme de marrons et de gris. Partout, des pins rabougris surgissent entre les rochers, dans les endroits les plus improbables. On dirait que certains poussent à même la roche. Les flaques laissées par la marée sont constellées de coquillages et des crabes miniatures fuient à notre approche. Nonchalantes, les mouettes se laissent bercer par la brise. Le bruit du ressac monte jusqu'à nous tandis qu'à perte de vue s'étend l'océan, dont la surface lisse semble soudée au ciel du même bleu ardoise.

Pendant que George va s'abriter du soleil sous les

arbres, Walter et moi enlevons nos baskets et retroussons notre jean. Nous avançons vers l'océan. La main de Walter agrippe la mienne. Malgré sa peur de glisser sur les rochers, il a un sourire radieux. L'eau est froide à couper le souffle. Il serait dangereux d'aller trop loin et nous restons un long moment immobiles, main dans la main, les jambes trempées par les vagues. Je ferme les yeux, essayant d'imaginer – ce n'est pas la première fois – ce qu'on ressent quand on est aveugle. Le cri des mouettes, le fracas des rouleaux et les rythmes réguliers de la marée descendante se mêlent en une symphonie magnifiquement orchestrée. Pourquoi ne pas venir vivre ici, me dis-je, respirer chaque jour l'air parfumé par l'océan et marcher dans les vagues, au lieu de nous terrer dans une mégapole au silence déchiré par les klaxons, les sirènes, les grincements des bennes à ordures ?

Un moteur d'avion me ramène à la réalité, me rappelant pourquoi nous sommes là, trois amateurs à la poursuite d'un homme dont nous ne savons même pas s'il est vivant, et qui peut aussi bien se trouver à l'autre bout de la planète. Je suis recherchée, accusée d'homicide. Aujourd'hui même, j'aurais dû comparaître devant le juge. Un mandat d'arrêt a dû être délivré contre moi. A l'heure qu'il est, la police a sans doute enfoncé une nouvelle fois la porte de notre appartement pour le mettre sens dessus dessous, à la recherche d'indices pouvant les conduire directement jusqu'à nous. Ils savent déjà que nous avons téléphoné à George McMillan à trois heures du matin. Après avoir perquisitionné chez lui et compris qu'il avait lui aussi disparu, ils ont dû lancer dans plusieurs Etats un avis de recherche accompagné du signalement de la Buick. Que la police locale a sûrement retrouvée dans le port de Stonington où nous l'avions cachée, maladroitement, trop près de l'embarcadère pour ne pas éveiller les soupçons. Les policiers ont dû questionner les passagers de la vedette, les rangers du parc naturel. D'ailleurs, cet avion que j'entends, n'est-il pas là pour...

– Calme-toi, Jilly, calme-toi.

Un instant, je crois reconnaître la voix apaisante de George Goldman, mon ancien psy. J'ouvre les yeux et je vois Walter à côté de moi. J'ai serré si fort sa main qu'il a senti mon angoisse.

– Tout va s'arranger, Jilly, je t'assure.

Il répète ces mots, encore et encore, le plus doucement possible, essayant par son ton rassurant de faire taire la panique qui monte en moi. Mais il se trompe. Rien ne va s'arranger.

Je sais que nous courons à la catastrophe, et que je n'ai pas fini de payer mes erreurs.

Nous revenons sur nos pas et j'aide Walter à escalader les rochers. Il dit souvent que le plus difficile à accepter pour un aveugle est d'avoir toujours besoin d'aide, surtout pour des tâches nouvelles ou en des lieux inconnus. Je devine combien il aimerait se débrouiller seul, combien il s'en veut de sa dépendance. J'ai beau le guider le plus discrètement possible, d'une légère pression du doigt, ni lui ni moi ne sommes dupes.

Une fois nos pieds séchés par le vent, nous nous rechaussons pour rejoindre George sous les arbres. Nous apercevons son sac à dos, appuyé contre un pin. Mais aucune trace de George. Il a dû s'enfoncer dans le sous-bois pour chercher davantage d'ombre ou satisfaire un besoin naturel.

Assis au pied du pin, nous attendons son retour. De nouveau, je ferme les yeux. La musique de l'océan est toujours là, mais à l'arrière-plan, assourdie par le bruissement des branches, le chant des oiseaux, le bourdonnement des insectes, la course des écureuils.

En écoutant attentivement, je perçois un autre son, sorte de plainte lointaine qui semble venir des profondeurs du bois. Elle dure quelques secondes, puis s'interrompt, comme étouffée par les autres bruits ou chassée par le vent. Chaque fois qu'elle disparaît, je crois avoir rêvé. Mais dès qu'elle reprend, je sais qu'elle est bien réelle.

Je rouvre les yeux. Je vois que Walter dresse l'oreille : non seulement il a lui aussi entendu la plainte (il a l'ouïe plus fine que moi), mais il essaie de la localiser. Je m'apprête à lui demander ce que c'est, mais il m'arrête d'un geste, avant même que j'aie pu articuler un mot.

– C'est George, souffle-t-il.

Nous nous levons aussitôt. Cette fois, Walter ouvre la marche et je le suis, la main sur son bras pour l'aider à éviter les arbres et les branches. Tous les cinq ou six pas, il s'arrête. Une ou deux fois, il balance lentement la tête de droite à gauche. N'importe qui croirait que c'est pour regarder autour de lui. Pas moi : je sais qu'il écoute, d'une oreille, puis de l'autre, à la manière d'un animal aux aguets.

La plainte s'intensifie. Parfois, on dirait celle d'un humain, mais pas toujours. Un instant, je crois reconnaître George, mais c'est seulement parce que Walter me l'a dit. Cette fois, il se trompe ; je refuse de le croire. Je ne veux pas qu'il ait raison. Je veux que ce soient les branches frottant l'une contre l'autre dans le vent. Ou un animal blessé dans les fourrés, sa patte prisonnière des mâchoires d'un piège. Nous allons le sauver et je le recueillerai.

Mais oui, bien sûr que c'est un animal ! George l'a entendu lui aussi, avant nous et il est parti à sa recherche. Sans doute l'a-t-il déjà retrouvé, sans doute l'aide-t-il à se dégager.

Je veux tellement y croire que même lorsque nous atteignons une clairière, même en découvrant George de dos, étendu par terre, je me dis qu'il doit être en train de secourir l'animal. Quand Walter s'arrête, je lâche son bras et je contourne lentement George pour en avoir le cœur net. Et même à la vue du sang, de cette large zone sombre sur sa chemise, je continue à croire que c'est un animal blessé qu'il serre contre lui.

George McMillan meurt dans mes bras.

George McMillan, mon client.

George McMillan qui n'était pour rien dans cette affaire, qui est venu uniquement pour me rendre service, pour jouer les détectives privés à ma demande.

De quel droit l'ai-je entraîné avec nous ? Il a une femme, après tout, et des enfants. Enfin, il avait une femme et des enfants. Qu'il a abandonnés pour nous accompagner, trop content de partir à l'aventure. Je trouve sa machette à quelques mètres de son cadavre, la lame couverte de sang. Celui qui l'a blessé et l'a laissé mourir a dû le surprendre, le désarmer, puis retourner l'arme contre lui. Et tout ça pourquoi ? Parce que nous sommes venus prendre quelqu'un en photo ?

De mon mieux, je décris la scène à Walter, bien que ce ne soit pas vraiment nécessaire ; il s'attendait plus ou moins à cette macabre découverte.

– Pauvre George...

Ce sont les seuls mots qui me viennent.

– Fidèle jusqu'au bout, ajoute Walter.

L'idée d'abandonner le cadavre de George nous répugne, mais il est beaucoup trop lourd pour que nous le transportions. Nous repartons à travers bois. Lorsque nous revenons enfin à notre point de départ, je n'ose pas approcher le sac à dos de George, mais Walter dit qu'il le faut, pour récupérer l'appareil photo. Ne pouvant m'y résoudre, je demande à Walter de le vider à ma place pendant que je fais le guet. Au toucher, il en trie le contenu, ne conservant que l'appareil photo, le journal et quelques accessoires pouvant se révéler utiles. Je détourne le regard. Tous ces objets me rappellent trop George : à les voir éparpillés sur le sol, j'éprouve la même révulsion que devant une tombe profanée.

– Rentrons à New York, dis-je.

– Impossible, Jilly. Pas sans une photo de ce type. Sinon tu te retrouveras aussitôt derrière les barreaux.

– Je m'en fiche.

Je suis fatiguée et morte de peur. Subitement, l'idée de retourner à l'Anna M. Thompson Memorial Pavillion me paraît moins effrayante. Au moins, j'y serais en sécurité ; au moins, personne ne me découperait à coups de machette.

Je me souviens alors que mes vêtements sont tachés de sang, le sang de George que j'ai tenu dans mes bras pendant qu'il rendait son dernier soupir. Je m'éloigne quelques minutes pour aller au bord de l'océan. A genoux sur un rocher, j'asperge d'eau mes bras, mon visage, mon chemisier. Je suis assourdie par le fracas des vagues, étrangement rassurant. L'eau glacée me donne la chair de poule, me rappelant ce jour maudit où j'ai utilisé des glaçons pour faire saillir la pointe de mes seins. Quelle idiote j'ai été, quelle triple idiote ! Comment ai-je pu sacrifier tout ce à quoi je tenais, rien que pour sentir sur mon corps le regard d'un inconnu ?

« Vous êtes vraiment très bien. » J'entends encore sa voix, comme si ce regrettable épisode se passait aujourd'hui, ici et maintenant. Je continue à me passer de l'eau sur le cou, la nuque, les oreilles.

« Vraiment très bien. » De nouveau, cette voix que je trouvais si séduisante résonne dans ma tête.

Et soudain, je comprends.

Lentement, je me lève, me retourne. Il est debout à quelques mètres de moi, plus beau que jamais, un sourire ironique aux lèvres. Toujours avec une mèche de cheveux noirs qui lui retombe sur le front. Ainsi campé sur un rocher, il paraît encore plus grand. Bras tendus, il braque vers moi un revolver pointé si précisément entre mes deux yeux que j'aperçois l'intérieur du canon.

– Désolé, dit-il.

« Désolé » ?

Tout semble se dérouler au ralenti. Contre toute attente, je garde mon sang-froid. J'ai l'impression d'assister à la scène en spectatrice, comme s'il s'agissait d'un arrêt sur image.

Voilà donc comment je vais mourir, dans ce magnifique paysage, au bord de l'océan. Ce n'est pas la pire des morts. Mais pourquoi ? La réponse m'échappe toujours. Oui, pourquoi ? Cette fois, j'ai posé la question à haute voix.

Revolver toujours pointé sur moi, Graham Davis hausse les épaules.

— Vous aviez quelque chose qu'il nous fallait.

— « Nous » ?

— Le groupe. OneCorp.

— Moi, j'avais quelque chose qu'il vous fallait ?

Il éclate de rire.

— Vous n'avez toujours pas compris, n'est-ce pas ? Même après tout ce temps ?

— Apparemment non.

— Vous aviez notre numéro de téléphone.

A cause du bruit des vagues, je crois avoir mal entendu.

— Votre quoi ?

— Notre numéro de téléphone. Six-six-trois-deux-six-sept-sept.

— Pourquoi serait-ce votre numéro ?

Nouvel éclat de rire.

— Notre numéro vert. Avec les lettres correspondant à ces chiffres, on obtient le nom du groupe : 1-800-ONE-CORP. Nous avons essayé plusieurs fois de vous l'acheter, mais vous ne vouliez le vendre à aucun prix. Vous répétiez que vous étiez la princesse de MOD-BOSS et autres âneries. Avez-vous la moindre idée de ce qu'un tel numéro représente pour nous ?

Je secoue la tête.

— Des millions de dollars, peut-être des milliards.

Oui, mais certaines choses ne sont pas à vendre...

— Avec les mêmes chiffres, vous pouviez obtenir un autre type de numéro gratuit. Seul l'indicatif aurait été différent, dis-je.

– Nous y avons pensé. Mais ça n'aurait pas été la même chose. Un peu comme si, habitant New York, vous aviez l'indicatif téléphonique du New Jersey. Les gens sont bizarres, vous savez. On a beau leur expliquer, pour eux, un numéro vert commence forcément par 1-800. Avec un autre indicatif, nous aurions perdu deux ou trois millions d'appels par an. C'est beaucoup, et ça représente énormément d'argent.

– Donc, vous...

– Nous vous avons tendu un piège, en quelque sorte.

Je n'en crois pas mes oreilles. Et ce n'est qu'un début.

– Nous sommes partis du principe que chaque personne avait une faiblesse, un tendon d'Achille. Dans votre cas, nous nous sommes dit que vous seriez sûrement heureuse de pouvoir faire admirer vos charmes. Après tout, mariée depuis toujours à un aveugle assez vieux pour être votre père... Et nous ne nous étions pas trompés !

– Donc c'était un coup monté...

– Parfaitement.

– ... visant à me faire passer le reste de mes jours en prison ? Pour un malheureux numéro vert !

– Ne vous faites pas plus bête que vous n'êtes. Nous avions ce que nous voulions. Une fois votre agence achetée et liquidée, nous en avions terminé avec vous. Nous comptions attendre quelques semaines, un mois au plus – un délai raisonnable, comme on dit – et je serais réapparu avec une bosse sur le crâne et frappé d'amnésie. Nous aurions échangé des excuses et tout aurait été pour le mieux dans le meilleur des mondes. Vous vous seriez même retrouvée plus riche de deux cent cinquante mille dollars. Environ dix fois la valeur réelle de votre agence minable.

– Allez vous faire foutre.

– C'est fait. Et je dois dire que j'y ai pris un grand plaisir. D'ailleurs, j'ai fait des envieux dans le groupe. Je commence par tirer le bon numéro : c'est moi qu'on choisit comme cobaye. Pour une expérience dont la réussite, dans un premier temps, dépasse toutes nos espérances. Bien sûr, nous pensions que vous apprécieriez d'avoir un admirateur. Quelle femme mariée à un vieil aveugle ne succomberait pas à la tentation ? Nous devions vous filmer et vous montrer une partie de la cassette – assez pour vous persuader de vendre votre agence. Mais de là à prévoir que vous accepteriez de vous rendre dans l'appartement loué pour les besoins de la cause...

– Vous ne m'avez jamais montré cette cassette.

– Non. A ce stade, notre équipe avait décidé que votre mari était trop amoureux, qu'il vous pardonnerait sûrement en disant que c'était sa faute, qu'il ne s'était pas assez occupé de vous. Nous avons donc dû élaborer un scénario un peu plus... sophistiqué.

– Dans lequel vous disparaissiez en laissant croire que je vous avais assassiné ?

– Exact. Malheureusement, vous avez manqué de patience. Il a fallu que vous mettiez votre nez dans nos affaires. D'abord avec votre détective privé, ce... comment s'appelait-il, déjà ?

– Casey Burroughs.

– En effet. Il faut lui reconnaître le mérite d'avoir réussi à remonter jusqu'à nous. Même le fisc n'y était jamais arrivé.

– Alors vous l'avez tué...

– Un accident, à ce que j'ai compris.

– Ben voyons.

– Ensuite, comme si ça ne suffisait pas, vous êtes allée fouiner jusqu'au cinquantième étage du OneCorp Building. Vous avez subtilisé cette fameuse photo. Vous avez téléphoné à tous mes collègues en pleine nuit. Contrairement à ce que nous pensions, nous n'avions pas pris assez de précautions. Impressionnante, la façon dont vous m'avez localisé. Mais vous avez eu la bêtise de venir vous jeter dans la gueule du loup.

– Et George McMillan ?

– C'est son nom ? Drôle d'idée, de courir comme ça

dans les bois, armé d'une machette... Considérez que j'étais en état de légitime défense.

— Vous êtes fous à lier, tous autant que vous êtes.

— Non, seulement des hommes d'affaires qui protègent leur outil de travail.

— Des hommes d'affaires, vraiment ?

— Avez-vous la moindre idée de la taille de OneCorp ? De sa place dans l'économie nationale, et mondiale ?

— Je vois... Du genre « Ce qui est bon pour General Motors est bon pour l'Amérique. »

— General Motors ? Mais nous possédons des centaines de General Motors ! Plusieurs fabricants d'automobiles, plusieurs compagnies de téléphone, plusieurs groupes de presse, plusieurs entreprises du secteur tertiaire. Vous pensez que la concurrence est une bonne chose ? Que toutes ces compagnies de téléphone baissent vraiment leurs prix ? Que la loi anti-trust est votre alliée ? Ouvrez les yeux ! La concurrence est votre pire ennemi. Elle génère des budgets publicitaires ruineux et fait perdre de l'argent à tout le monde. On se retrouve avec cinquante entreprises qui vendent le même produit vingt fois trop cher. Pourquoi ? Pour verser un salaire astronomique aux chefs de produits et regarder des publicités en boucle à la télévision. One-Corp est l'unique rempart empêchant l'économie américaine de s'effondrer. Lentement, mais sûrement, nous achetons tout ce qui se présente pour vous sauver malgré vous. Déjà, nous vous éclairons, nous vous nourrissons et vous habillons, nous fabriquons vos voitures, nous remplissons leur réservoir d'essence, et même votre armoire à pharmacie. Il n'y a rien que nous ne fassions pour vous. Sans nous, vous seriez déjà revenus à l'Age de Pierre.

Il se calme, son plaidoyer pour les multinationales apparemment terminé. Je devrais sans doute être admirative, et reconnaissante. Curieusement, je ne suis ni l'un, ni l'autre. Je me sens très lasse.

— Et maintenant ?

— Comme je le disais au début, je suis désolé, mais...

Du pouce, il tire sur quelque chose à l'arrière du revolver. J'entends un déclic. Puis il le braque de nouveau sur moi.

— Plus un geste !

Nous nous retournons tous les deux. C'est la voix de Walter. Un peu à l'écart, à égale distance de l'homme et de moi, il tient un fusil qui semble avoir survécu à la Seconde Guerre mondiale. Malheureusement, il n'est pas pointé dans la bonne direction.

Lorsqu'il s'en rend compte, Graham Davis a un large sourire. Mais il a l'intelligence de se taire. Il sait que s'il parle, même un aveugle pourra le localiser et réussir éventuellement à l'atteindre.

Encore faudrait-il que Walter sache tirer. Et que le fusil — qu'il a dû trouver dans le sac à dos de George — soit chargé. Mais Davis ignore ces détails. Pourtant, à en juger par son sourire, ce dernier rebondissement l'amuse beaucoup.

A présent, c'est Walter qu'il met en joue, considérant sans doute que même aveugle, il représente une menace plus réelle que moi.

— Lâche ce fusil, Walter, Davis est armé, dis-je.

— Peu importe. C'est un bon moment pour mourir, non ?

— Je t'en prie, lâche ce fusil.

— Quelle heure est-il ? demande-t-il.

Je regarde mon poignet, mais je n'ai pas ma montre.

— Je ne sais pas.

— Mais à ton avis ? Quelle heure peut-il bien être ?

Enfin, Walter, qu'est-ce que ça peut te faire, puisque tu vas mourir ? Serait-ce un nouveau petit jeu ?

Je comprends tout à coup. Walter n'a pas besoin de l'heure. Ce qu'il me demande, c'est de l'aider à localiser l'homme.

Je regarde autour de moi. Walter pointe son fusil droit devant lui, parallèlement au rivage, ce qui doit correspondre à midi. Davis est sur sa gauche, formant un

286

angle de quarante-cinq degrés. Je fais un rapide calcul. Pas question d'à peu près. Je dois tomber juste.

– Il doit être environ dix heures et demie.

En une fraction de seconde, Davis, sachant qu'il ne peut pas être dix heures et demie, incline le poignet pour jeter un coup d'œil à sa montre. Bref instant mis à profit par Walter pour viser vers la gauche. Une flamme sort du canon, suivie aussitôt d'une énorme détonation. Pendant un long moment, durant lequel le monde semble s'arrêter de tourner, rien ne se produit. Je me dis que Walter a dû rater sa cible, ou que le fusil n'était pas chargé avec de vraies balles.

J'ai encore tiré à blanc, ironiserait Walter.

Je vois alors Graham Davis vaciller, et s'écrouler lentement sur les rochers.

29

Je m'appelle Jillian Gray. Ou plutôt, je m'appelais Jillian Gray. Je n'utilise plus ce nom désormais. Je vis au bord de l'océan avec mon mari. Je ne suis plus recherchée par la police. Je ne suis plus accusée d'homicide. Paradoxalement, j'ai été sauvée par la mort de l'homme que j'étais censée avoir assassiné.

Ce n'est pas la justice que je fuis, ni la police. Ils ont fini par comprendre ce qui s'était passé ; suffisamment, en tout cas, pour reconnaître mon innocence. A contre-cœur, le juge Goodman m'a remise en liberté sous caution. Puis Harvey Rothstein, le procureur adjoint, s'est laissé convaincre de me faire bénéficier d'un non-lieu. Et avec un peu de patience, nous avons récupéré nos deux cent cinquante mille dollars. Ajoutés à la retraite de Walter, c'est notre seule source de revenus.

Si nous avons préféré quitter New York, c'est à cause de ceux qui m'ont envoyée en prison avant de tuer deux innocents. Pour un malheureux numéro de téléphone.

A ce jour, j'ignore encore combien de ces soi-disant « hommes d'affaires » étaient vraiment impliqués. Je sais qu'en plus de Graham Davis et de ses collègues joueurs de soft-ball, il y avait Bryce Lancaster, de Heritage Society, et mon second bienfaiteur supposé, Charles Worthington. Pour Jack Higgins, l'avocat en vue, et pour Tom Murphy, si compatissant lors de ma visite au

OneCorp Building, je ne peux rien affirmer. En revanche, je soupçonne même les inspecteurs chargés de l'enquête – Freddie Carrington, Donna Fernandez, et ce bon vieux Voix Rauque – ainsi que Neil O'Donnell, agent « spécial » du FBI. Mais qui sait ? Je vais peut-être trop loin. Comme on dit, avoir de vrais ennemis n'empêche pas d'être paranoïaque...

Le dénommé Walter Sapperstein est toujours mon mari, et mon héros. S'il m'en voulait encore de mon infidélité, sa rancune a dû s'envoler lorsqu'il a appris la façon dont j'avais été piégée. Sans parler de sa fierté d'avoir tué lui-même le principal responsable. Comme je le lui murmure parfois à l'oreille la nuit, si jamais un autre homme s'intéresse à moi, je sais qu'il ne lui arrivera pas à la cheville.

Il y a encore des moments où je ne peux pas croire que deux innocents soient morts pour une ridicule histoire de numéro de téléphone, et qu'à quelques secondes près, deux autres aient failli les suivre. Mais chaque fois que je me surprends à en douter, il me suffit de décrocher et de composer le 1-800-MOD-BOSS. Après deux sonneries, pas une de plus, et un déclic, j'entends la voix enregistrée d'une femme, sûrement très jeune et très belle, qui me dit : *Bienvenue dans le monde merveilleux de OneCorp. Si vous avez un téléphone à touches, tapez le 1...*

« SPÉCIAL SUSPENSE »

Composition Nord Compo
et impression Bussière Camedan Imprimeries
en octobre 2003.

N° d'édition : 21023. – N° d'impression : 034780/4.
Dépôt légal : novembre 2003.
Imprimé en France.